城南

朱鸿 著

陕西新华出版
陕西人民教育出版社
·西安·

图书在版编目（CIP）数据

城南 / 朱鸿著. --西安 : 陕西人民教育出版社，
2023.6（2025.9 重印）
ISBN 978-7-5450-6649-4

Ⅰ. ①城…　Ⅱ. ①朱…　Ⅲ. ①散文集—中国—当代
Ⅳ. ①I267

中国国家版本馆 CIP 数据核字（2023）第 057712 号

城　南

CHENG NAN

朱鸿　著

出版发行	陕西人民教育出版社
地　　址	陕西省西安市丈八五路 58 号
邮　　编	710077
经　　销	各地新华书店
印　　刷	陕西金和印务有限公司
开　　本	890 mm×1240 mm　1/32
印　　张	10.75
插　　页	4
字　　数	210 千字
版　　次	2023 年 6 月第 1 版
印　　次	2025 年 9 月第 4 次印刷
书　　号	ISBN 978-7-5450-6649-4
定　　价	48.00 元

自　序

城南究竟有多大？从几十里到几百里，都属于城南，因为这是长安城，天子的城。

西安城固然已经没有天子了，不过其基础仍是天子的城，城南也还是过去的城南。城南之纵，难定。城南之横，起码东自峣山，西至骆峪，其广矣！城南有山，有谷，有原，有川，有河，有池，实为形胜，遂有楼观，且有寺院。城南之道如砥，路如砥，当然也十分险阻，所以会辟关设防。城南史迹遍地，宜于思古。

我喜欢城南，不仅由于汉天子和唐天子曾经高高在上，举目就是城南，令我遐想，而且也因为我家就在城南，熟悉这里。

在我不认识字的时候，故乡的文化便熏陶我了。我的祖父和祖母，我的父母，也都葬埋于斯。

穿过城南，走近城，进城一游，或在城里工作，在当年是我的向慕。城南涵蓄着我最重要和最深沉的感情。

二〇二二年三月二十日，窄门堡

目录

城南之山，连绵起伏，重峦叠嶂。古者认为其惇物，藏玉、金、银、铜、铁，生樟、檀、柘、楸及竹，并有奇花异草，珍禽瑞兽，是百工之所取给，万民之所生息。城南之山也是军事上的屏蔽，具易守难攻之用。在未央宫或大明宫上眺望终南山诸峰，其美足以欣赏。现在交通方便了，只要愿意，谁都可以进山看一看风景，换一换口味，唯当不忘保护生态。

——朱鸿

终南山

我是长安人，小时候，趴在窗口，或开了门，或是在任何一个立足之点，我都会看到终南山。我的眼睛如此明亮，是因为这样的远望增强了视力。我的故乡与终南山的直线距离不过三十里，拥有未必，欣赏无碍，幸甚至哉！

遗憾我现在栖身城里，墙也挡，楼也挡，视力虽好，视野遇阻，终南山遂一面难见。尤其钢筋水泥建筑有虎狼之恶，马蜂之凶，夜以继日向终南山推进并挤压，国之所瞻渐然模糊。非智慧之举，不可能结大德大善之果。

终南山素为神栖之地，是否，我未加深入研究。不过小时候我见终南山兴云便下雨，一旦云散，雨随之止。日月经天，终南山总是重威而沉默，色蓝便嫩绿，色青便老苍。奇的是它播向关中的雨，北线可以到鄂尔多斯台地，也可以到渭河沿岸，也可以只到西安钟楼的金顶，或是只到西安南门，只到小寨，甚至只到长延堡村、三爻村。人辄喟叹：雨到南门外就停，再走一步便进西安城了，可惜它硬是不肯走。从终南山酝酿的雨往往到南门就停，无可奈何。之所以城北燥，城南润，文章在终南山。

唐人十分敬畏终南山，认为它是保佑王朝的。公元 796 年，唐德宗下诏修缮终南山祠以祭神，求其赐雨，柳宗元还参与了此工作。到了公元 837 年，唐文宗指示封终南山为广惠公，立庙以祀，当时长安县令杜氏操办了此事。据考察，广惠公祠在石砭峪口。

实际上终南山久有庙宇，汉武帝在公元前 2 世纪就于斯祭祀过太乙神。今之太乙宫当为祭祀所在，可惜遗址失焉。汉武帝谁也不怕，然而敬畏我终南山。

终南山起于地，摩于天，横亘于黄河与长江之间，踞于关中与汉中之界，高且广，有容乃大。所谓终南，既指从北方绵延而来的以黄土为贵色的中原的结束之地：其终止于南矣！又指发端南方并逶迤而来的重峦叠嶂的停顿之地：其南之终止矣！在这里的一位隐士固执地认为：终南山以喜马拉雅山和昆仑山为介，通着古印度。古印度的信徒初赴中国，选道路便是翻越喜马拉雅山和昆仑山，直奔终南山，并以终南山为居。

不过我是长安人，入于斯，出于斯，往来相会，遂为熟知。我同意这样的观点：终南山东贯蓝田，西御眉县，系列几百里，其中有几个秀丽的单元，包括骊山、翠华山、南五台、圭峰山，甚至也包括雄壮的太白山。终南山是其尊称，它还有一些别名或雅号，周南山、南山、中南山、橘山、楚山、太乙山、太一山、地肺山、月亮山，都是的，足证它包含之丰富。终南山更易为人接受的一种解释是：在天之中，居都之南。有士颂其曰：京师之镇，国之所瞻。

终南何有？
有条有梅。

上古之际，便有书指出终南惇物。不过周人之颂，显然洋溢着一种骄傲。或是春秋时代的秦人之歌吧，他们反复吟咏：

终南何有？
有纪有堂。

公元前138年，汉武帝狩猎终南山一带，尽其性，纵其情，也难免破坏庄稼。由于乔装，农夫以为是一伙土匪，斥责并围攻，顿显危险。返长安城，汉武帝便打算把终南山划归为上林苑。当是时也，东方朔上奏劝阻，但汉武帝却坚持扩张了上林苑。读东方朔书，可以知道终南山的丰硕。他说：“其山出玉石，金、银、铜、铁，豫章、檀、柘，异类之物，不可胜原，此百工所取给，万民所印足也。又有粳稻、梨、栗、桑、麻、竹、箭之饶，土宜姜芋，水多蛙鱼，贫者得以人给家足，无饥寒之忧。”

终南山一直是长安人的生存所资，尤其是它慷慨地供给了在关中建都的一个又一个王朝，把中国文明一度又一度地助向灿烂。东方朔没有现代生物学知识，他不清楚终南山是地球难能可贵的生物基因库。这里有两千多种药用植物，有三千多种种子植物，包括悠久的柏、栎、桦、杉，罕见的水青树、连香树、香果树、铁甲树、七叶树、金背枇杷树、望春花、星叶草、独叶草。这里有六百多种脊椎动物，除了当年汉武帝箭射的那些鹿豖狐兔之外，还有锦鸡、金钱豹、云豹、麂子、野猪、狼、果了狸、大鲵，还有大熊猫、朱鹮、金丝猴、羚牛、褐马鸡。这里有五千多种昆虫。东方朔当然也不清楚终南山是地球重要的地质地貌博物馆，这里有非常典型的造山带地质遗迹、第四纪地质遗迹、山崩地貌、花岗岩地貌、裂谷地垒构造、冰晶顶构造、板块碰撞缝合带、冰洞、风洞、溶洞、堰塞湖，既富研究价值，又具欣赏价值。

终南山之奇，早就为人所注意。葛洪尝纪录终南山有草木之异常。一种离合草，其叶红绿相杂，茎为紫色。一种丹青树，就是所谓的华盖树，其干冲冲向上，百尺光滑无枝，其冠绞缠纠结，状如车篷，其叶一面青，一面赤，斓如锦绣。他还记录公元前188年，终南山雷击起火，草木多有焚毁，之后有人在焦土之中竟捡到一具蛟骨、一具龙骨，使长安人雅俗皆惊。

玫瑰可以象征爱，如此观点已经弥漫世界，早就为有情男女所用。资料显示，这种红而长刺的植物开始是在终南山野生的，经长安人几番培育，才穿过丝绸之路到了古印度和地中海沿岸，并进入欧洲。

终南山既如此之奇，又是神所栖之境，衮衮风流倜傥之士遂居其岩穴，作形而上的求索，便理所当然了。披紫气而来的是老子，他在终南山楼观留下了一段教诲便杳然遁迹。也许老子不是终南山最早的隐士，不过他应该是最大的隐士，之后不时有智者在此研术究道。商山之四皓，紫柏山之张良，还有汉钟离、孙思邈、吕洞宾、韩湘子、曹国舅、陈抟、张载、刘海蟾、张无梦、王重阳，无不于斯修行。

尤其有趣的是，唐高祖之女平阳公主，唐睿宗之女玉真公主，轻其权势，重其怀虚，也在终南山修行。李隆基贵为皇帝，爱美人，但他却也敬老子，尽管有军国大事，不能匿身炼丹，不过一旦得到老子降显骊山的消息，便立即改骊山为昭应山，并封玄德公为神以祭。

鸠摩罗什是从西域而来的高僧，得后秦王姚兴支持，要在中国有效地传其佛教，遂把佛经汉译的场所选在了依傍终南山的草堂寺。几百年以后到了唐，佛教的中国化得以完成。当是时也，佛教立其八宗，其中六宗在长安，四宗的祖庭在终南山，它们是三论宗的草堂寺，华严宗的至相寺，律宗的净业寺、丰德寺和灵感寺，以及净土宗的悟真寺、香积寺。三阶教的祖庭百塔寺也在终南山，虽然此宗的法脉没有传下来。这里茅蓬之多，弥峰跨谷，诚如诗云：“长安三千金世界，终南百万玉楼台。”

终南山的隐士，不管是执道还是执佛，其避世之源也许更早。虽然退出社会，然而他们也未必冷血。通过改造自己以有理有利地改造世界，当是各路大德的归宿。

岩穴之士当然也有真有假。司马承祯尝修行嵩山，以后常住天台山。其深谙其法，誉飘朝野。武则天召之洛阳，盼他辅政，但他对当官却并无兴趣。他致礼，拜谢了武则天，仍往天台山去。唐睿宗执政，又召之长安，晤面便挽留，然而司马承祯仍坚持返天台山，唐睿宗遂赠帐以送行。唐政府一些大臣也参加送行，尚书左丞卢藏用在场，他举臂指了指终南山对司马承祯说："此中大有佳处，何必天台！"卢藏用当年居终南山，似乎修行，实际上志在魏阙，所以一旦武则天招徕，便去洞当官。唐睿宗执政，其继续留任，属于擅术失道之徒。司马承祯知道其秉性，遂讽刺他说："以愚观之，此乃仕宦之捷径也！"这便是终南捷径的故事。

唐人之诗把中国的语言艺术锤炼到了极致，显然，终南山也给了他们灵感。"白云回望合，青霭入看无"，此王维之吟。"秀色难为名，苍翠日在眼"，此李白之叹。"危松临砌偃，惊鹿蓦溪来"，此司空图之诵。唐太宗李世民也有诗赞终南山，并以气势而胜。不过把切肤刺骨之感表达出来的诗，还是祖咏的，其曰：

终南阴岭秀，
积雪浮云端。
林表明霁色，

城中增暮寒。

地理教科书指出，关中平原主要是渭河冲积的，不过只有经过考察才能知道渭河南岸之水富于北岸之水，其多从终南山谷口所出。以潼关至宝鸡一段计，终南山谷口150个，以蓝田到眉县计，终南山谷口85个，其积小流汇为灞、浐、潏、滈、涝、沣、涝及其西安饮之所赖的黑河，它们尽入渭河。渭河以南的关中平原，主要是由这些终南山之水所冲积的。其水携带终南山草木鸟兽虫鱼的腐殖物渗透于土地之中，渐然形成黄壤之膏，田野之沃，有耕耘，便有收获。关中平原养活过中国的十三个王朝，滋润过一波一波的中国文明，其功也有终南山及其他的水。遗憾这个时代疯狂地用钢筋水泥建筑向终南山铺陈，甚至点峪圈岸，企图环终南山一线营造其房。君不见别墅豪门挡林风，瓷墙光脊污岫岚；君不见四方商家有盘算，蠢蠢欲动，虎步鼠窜，以悄然购买终南山之一角，卒以连官邸带林壑售之而得万贯。

岂料大自然是敏感的，终南山会像少女的肌肤一样易损。基于此，我请求当权派和牟利者不要以任何神圣的名义开发终南山，不要在此做混凝土建筑，尤其不要装腔作势地搞什么诗意的栖居。我请求让终南山保持安宁，因为终南山一直在萎缩，它的谷口之水频频断其小流，如果钢筋水泥建筑在此入侵、繁殖、演化，那么必将加速它的萎缩。一旦变成这样的局面，挨着它的土地也许会贫瘠化、沙漠化，甚至损坏整个关中平原，并向北推移，损害鄂尔多斯，损害黄河沿岸。惹恼终南山，必成其祸，并苦我子孙。

在中国版图上，或是读地理教科书，会发现终南山与秦岭有一段是重叠的。秦岭西起甘肃和青海，东至河南，全长1500公里。它起码包含了西倾山、岷山、迭山、终南山、华山、崤山、嵩山、伏牛山，显然秦岭比终南山广袤。不过终南山早，秦岭晚。秦岭是春秋以后，甚至是战国才有的，是秦人统一天下的成果。于是终南山就变成了秦岭的一个部分，或呼终南山为秦岭也可以。秦人很猛，秦国发展很快，固然灭了六国，不过它也亡得很快。秦人的方法冷酷无情。谚曰：渭水无鱼，秦人无义。我是长安人，不是秦人。

南五台

天下修行，以秦岭为幽；秦岭修行，以终南山易功；终南山修行，以南五台有灵。对此我有百闻，并得以一见。

南五台纵深十余里，巉岩为列，茂林成荫，尽头才是极峰观音台。从东到西呈五壑，白蛇沟居中，修行的人多从这里进山。晨不见红日东升，唯见蓝漫长天，有透明感、融化感。昏不见夕阳西下，唯见霞染峻岭，有温暖感、幻境感。登临此山者，平常三三两两，三五成群，不过逢农历之月举行庙会，便密若蚂蚁，轰然作阵。

通过一条斜径可以往塔寺沟去。此地的五佛殿有两棵国槐，隋唐年间的，老树重威，有遇事而鸣的奇异，可以欣赏。只是腐叶厚积，脚要入其里，试探着避过滑沙和尖石，以防跌倒。移步到底，有坡陡起，缘溪上行，隐隐便能看到圣寿寺塔。西靠峭壁，东向豁涧，风行光照，舒服极了。住持广宽身材颀长，他说：“大雁塔是唐建的，圣寿寺塔是隋建的，足见这里的佛法久远。”其有七层，砖木结构，不过它抵抗了屡屡地震、万千雨雪，还有红卫兵的破坏。20世纪的高僧印光大师一度于斯修行，这里的一个石头壁龛便是纪念，镌有于右任所题：印光大师影堂。资料显示，慈禧太后、蒋介石、宋美龄，都尝在此瞻仰。几个从北京来的居士殷勤地为住持广宽做饭，柴烟生白，袅袅而逝，有松脂的淡味，不过我当走了。

返白蛇沟，跨接引台，过五马石，略览韩森寨汤房，便继续南攀。所谓汤房就是为拜佛的人提供的歇脚和吃饭的小屋，有一村一汤房的，也有数村一汤房的，空间虽陋，够解其困。当年沿南五台一线，星星点点，竟达七十二汤房，可见香火之旺。汤房毁弃的多，不过也有现在仍可使用的。

蓦然举目，迎面一座二层宾馆，红柱灰脊，玻璃窗子，人呼独松阁。绕宾馆转了一圈，果然见松孤立，干矗枝苍，任风冷吹。刘澜涛尝任西北局高官，也有人呼独松阁为刘澜涛别墅的。睡佛殿曾经在兹，遗憾这里依岸临谷，既聚敛，又开朗，宾馆便取代了睡佛殿。围着睡佛殿，还有一些修行之堂——黑虎殿、三佛殿、南海殿、三圣宫、吕祖洞，可惜20世纪几乎全毁。近年有几个得以恢复，可惜都修得比较粗糙。

至独松阁一带，长长的白蛇沟就收缩了，其路也变成鸟道，然而仍有迹可循。上行几百米，见佛寺赫然凌空，拾级攀之，遂看到了赵朴初所撰门联：古寺无灯凭月照，山门不锁待云封。这便是著名的紫竹林。住持释宽印指着茫然的山峰说："天下哪有这样的气象啊！不过我只是一个看门的。"此处向阳，豁然透亮，遂发现不知不觉已经翻越了一个岭。有日本高僧慧萼，在唐代数次到中国来学习禅宗，并攀南五台请观音像赴日本。不料过普陀山，风起云涌，大浪阻船，根本进不得，他便问观音是何意，观音答不肯去，于是慧萼就在普陀山潮音洞之前的紫竹林建不肯去观音院。天下信众纷纷礼拜，从而形成佛教重地，并慢慢形成一个习惯，四方庙宇多以紫竹林名之。住持释宽印脸白如玉，天庭饱满，说："普陀山的观音是从南五台请的，南五台应该大有前途。不过我只是一个看门的。"颇有见解，也十分率性，遂应他邀在紫竹林进了午餐。

环悬崖起起伏伏半周，至西林寺，敲了敲门，有僧问要见谁，答见简化居士。虽然简化居士不在，不过僧还是开了门。僧自谓一心，山东人，五十岁出家，先在五台山，后到南五台，言语谨慎，颇有定力，淡然沏茶并让过来。虽是西林寺，实为茅蓬，就是不对客开放的修行之处。南五台茅蓬甚多，不过西林寺属于大茅蓬，当是魏晋就有了吧。由于交流投缘，一心居士让我看了5世纪的罗汉洞，还带我看了他们的菜园，唯僧房拒观。

西林寺素有重望，清代的虚云法师和觉朗法师都于斯而居，印光法师也居之，而且是他把大茅蓬命名为西林寺的。高鹤年为居士，1915年也居这里。圣一法师是香港大德宝莲寺的方丈，1990年他80岁之际还到此来过。在江南和岭南，西林寺腾声佛教界。

西林寺翼然处半壁之间，大雄宝殿随穴而造，因为向阳，天高峦远，烂然空明，虽是冬日，也一片和煦。我在此逗留近乎一个小时，放松轻快，很得意。这一带还有湘子洞，兜率石，回天门，也都属于茅蓬，可惜柴扉紧闭，不敢打扰。

有罗汉洞的石雕证明南五台在5世纪或是之前的岁月就发生佛事活动，不过圣寿寺的碑文显示，这里的观音道场于隋代大开。据其记录，当年有毒龙在南五台作恶，鳞甲生火，烧焦草木，又以丹术惑众，服药的身轻顷举，龙便追而食之。观音大士遂愤施佛法，旋即闪电响雷，降伏毒龙，并展绳缚绑，碾其死，扬其粉末。在西林寺悬崖下方，有地畅然平旷，僧指这便是过去的碾龙场。其情难断，也有智者提醒，毒龙不过是贪欲之喻而已。不过南五台观音道场兴于隋，盛于唐，完全是真实的。

碾龙场有一条斜径盘旋而升，沿其缓缓向上便到观音台，这是南五台的极峰。走在路上，隐隐的总闻私语之声，伸眉仰观，低头俯察，皆不见人，遂感到玄入妙门。观音台虽是南五台之巅，不过坦然为平地，小小的，也就是篮球场的面积。其耸向蓝天，有云聚散，聚则如白纱成卷，伸手便揽，散则如白光顿失，交睫即净。隋在此做庙宇，唐尤为宏，至宋，公元978年，有圆光在观音台出现了六次，僧皆以为祥瑞，遂定其为圆光寺。高僧善导、虚云、觉朗、海灯，都曾经在此弘法。隋的墙基还在，石柱铁瓦也自安一隅。屡遭火毁，然而灰冷必筑庙宇。现在的大雄宝殿是留村佛教徒捐资所造，人来了，总会进去叩首跪腿，当此之际，往往击磬有响，灵言入空。在观音台可以看到文殊台、清凉台、灵应台，还有舍身台。遥遥而望，阳光普照，五峰分立，各有庙宇，也皆出佛典。登临一台，览其四台，真是不虚此行了。

我在观音台沿岸徘徊，见终南山向四面远远而逝，苍茫没有边界，清晰得如翠屏环列，青莲承露，有的如马奔象游，凡栎、栗、漆、杜梨、核桃、棠棣，尽显灰色，唯松柏有绿。沟壑之中，涧谷之间，常常有一些小屋悄然出林。实际上这才是我要观察的，令我兴奋的。此类小屋都是茅蓬，是修行的人造的，可惜我不知道他们从何处而来，到何处去，也不知道他们是谁。显然他们有与众相异或与俗相悖的思想，其思想也并非没有价值。他们选择了避世遁迹的生活方式，做了隐士。隐士各有各的原因，有的是躲灾，有的是减烦，有的是精神的追求，不过隐士生活源远流长。尧授许由以位，许由离去，舜授善卷以位，善卷逃走，他们似乎都是原始的无政府主义者。伯夷与叔齐在首阳山采薇而食，显然是周的不同政见者。商山四皓避秦之暴，是智者。张良受封万户，位列于侯，然而道心顷醒，遂学赤松子，别未央宫，迁紫柏山。陶渊明辞彭泽令，当然是个性主义者和自由主义者。王维为尚书右丞，禅性厚积，遂出大明宫，安居辋川。在闹市作威作福，或享举世之荣，固然让人羡慕，不过做岩穴之士，鸟鸣而起，星亮而息，何不让人羡慕呢？可惜乏其力，缺其慧，遂追红尘而苦。

圆光寺住持告诉我：夜幕降临，站在观音台之崖可以欣赏西安钟楼一带的万家灯火。遗憾我父亲有病在家，需及时下山换药。

出白蛇沟西折，乘车十分钟便抵台沟，其谷口有著名的弥陀寺，可惜天黑了，门关了。月清星冽，寒犬竞吠。我颇为犹豫，想回家，然而通昭居士说："我敲门！"

南五台之阅，陪我者就是他，还有时任长安区文化局局长的聂小林。

翠华山

翠华山隐然于秦岭之中，雨前行云，晴日显形，雪后反光，具十分的诱惑，并久负盛名，又近故都，人便好攀之以悦其目，赏其心。

我初登翠华山是在春天，随大学同学共赴，共四十二位。恰同学少年，队伍走着走着就拉长了。过去没有见过奇峰伟峦，所以沟壑壁崖，甚至一草一木，无不让我欣喜，遂掏出笔，拿出纸，渐行渐记，企图在一群以政治教育为专业的男女之中一露作家的身手。轻狂激荡，傲视往圣，根本不懂道德文章不是随便就能出来的。

再登是在夏天，邀我者，二三子。大树孤立，野果烂然，尤其石白岩绿，美得让人陶醉，可惜我的兴趣转到了这里的文化堆积，真是辜负了。史记，汉武帝在此地拜过太乙神，建过太乙宫。以汉武帝之行，此地遂为太乙山。有太乙山便有太乙谷，其水入潏河。王维来过，韩愈来过，似乎司马光也来过，但我却偏爱王维的诗："欲投人处宿，隔水问樵夫。"我自问，当年的樵夫态度如何？王右丞是否找到了可居之屋？我还暗忖，也许樵夫就是卖炭翁，而王维则在他的宅第享用过卖炭翁所创造的炉火。我不明白陕西巡抚毕沅为何要向乾隆皇帝反映这一片芙蓉似的峰面与峦貌呢？是歌颂陕西的风景吗？难道陕西没有什么民生情况要反映了吗？乡贤刘古愚先生曾经在此地创办过一个学堂，向弟子传播新的思想，为辛亥革命进行铺垫，真是有一种精神啊！遗憾这里的遗址早就无存了。翠华山的风洞与冰洞固然会使肌肤顿生妙感，然而有寒，终于不可坐卧，但匆匆穿越却也是别有一番意思的。

我三登翠华山是在秋天，其雨淅沥不足，零星有余，算是细雨蒙蒙的一种状态吧。物品在润，石白无泥，也不滑。上坡下坡，从容游之，冲淡得几乎旷达。悠然顾盼，到处是绿。不过定睛辨别，绿中银杏树黄，火晶柿红，斑斓得很是丰富。然而这一切，皆不过是秦岭的一点皮毛或点缀。秦岭本在一个地下世界，但它却向往着光明，遂挺身而出，冲破地壳，隆起于地面了。远思当年，中国大陆一定声震天下，烟冲云上。以地质学家的观点，芙蓉似的翠华山便是秦岭一再崩裂的结果。地质学家还称，秦岭一直处于运动状态。然而当年这等壮烈的变化有谁看见了？庄子认为朝菌不知晦朔。人若朝菌，秦岭若晦朔，渺小之人，拘于其时，怎么会知道秦岭的真相呢？究竟谁能为秦岭之生报喜，谁能为秦岭之死报丧？我慢慢地走到一个堰塞湖边，站在一棵松树下，蓦然发现，从翠华山竟能看到我的故乡少陵原！小时候总觉得故乡逼仄而鄙陋，但那天却感到故乡深沉似海，并生出一种源远流长的眷恋。少陵原与翠华山只有二十余公里，但我却跋涉了三十余年。人生实际上是一片黑暗，谁都不得不在其中羁旅，非常艰难。天当然是会破晓的！人生变得明白了，天就破晓了，黑暗也就退去了。想着我便静静地坐下来，希望自己成为一块或尖或圆的岩石。

附记：

有民间故事认为，翠华山得名在于翠华姑娘。她是泾阳之女，质性善良，也心灵手巧，能纺细线，织平布，唯相貌平平，难觅婆家。嫁贫民吧，其父母不甘，嫁富豪吧，其快婿何在？这样便耽搁了，翠华姑娘大了。有一天她在田野拾柴，捡到一个蛇蛋带回了家，放在针线篮子里。不久蛇蛋就孵出一条蛇，人多惊异，有让放走的，有让处死的。翠华姑娘不听，反之竭尽其诚地喂养它，要让它长大。蛇也懂翠华姑娘的语言，她倾诉其苦，蛇便轻轻点头，表示理解。渐渐地，蛇与翠华姑娘有了感情，不过蛇毕竟是蛇。忽然有一日电闪雷鸣，大雨狂泻，当是时也，蛇驮起翠华姑娘纵身而飞，只见天空云腾雾绕，俄顷便入终南山。父母急追，可惜登临峰峦，其女已经幻化为神。显然，翠华姑娘所喂养之蛇也并非平常之蛇。无论如何，万壑之中产生了一座翠华山。

圭峰山

我从一部书上知道，圭峰山有重云寺，建筑久毁，痕迹犹存。据其史记，古刹曾经藏西域高僧鸠摩罗什所用之物，华严宗五祖定慧法师也尝在此做过佛事，并葬在这里。中国人在圭峰山的精神求索也许更早，然而最迟也开始于五代十国，因为重云寺是后梁京兆的比丘智晖营造的。有所鼓舞，总想一识圭峰山。

2010 年 12 月 14 日，乌云渐聚，气温直降。想赶在大雪之前上山，便急邀几个朋友在圭峰山北麓的环山路一角集合，以共登其顶。

经商量，决定由乌桑峪进入。圭峰山在户县（今鄠邑区）辖区，东有太平峪，西有黄柏峪，不过乌桑峪正对圭峰山，直线距离最近，然而事有不顺。匆匆而行，一径竟是绝壁，瀑止冰凝，望之生寒，二径竟是断岩，裂石为沟，皆走投无路。

返回半坡的乌东村，请教了一个兴圣寺的和尚，才知道应该沿蹊西折，随道入壑。只见垄上一棵柿树，叶子尽落，其枝全黑，有累累而红的果子迎风招展，遂喟叹主不摘取，是圣贤之派，贼不小偷，为君子之风，又见埂上林间，群雀竞跃，众鸟争鸣，显然是在联欢，从而心由境悦，气以景爽，然而事有不妙。不到二里，一个朋友便腰疼难忍下山了。大约三里的样子，到了鸽鹁台，涧阔云静，有刺槐随势而长，树冠皆枯，疏朗而立，亭亭然，错落然，完全一种严正之姿。无不呼美，并持其照相机变换角度连连拍摄。可惜有两个朋友在一阵沉默之后，宣布下午要开会，便又下山了。过将军石，越菩萨洞，蓦地崖收豁敛，藤灰草黄，有风从灌木之梢飕飕掠过。估量在此是四里之余，遗憾有三个朋友逡巡徘徊，也兴尽下山了。

处其朋友，可以同乐，也可以存异，允许彼此有按其意志行动的自由，不过万万不能由于是朋友便一味姑息，甚至为朋友之愫所裹挟。我继续上山，然而也顿感重峦沉寂，叠嶂虚空，难免觉得孤独。越向前走，路越窄，草木越深，斜岗侧壁越落寞，不过天空也越高越明。鸟道渐渐变成了隐隐的蛇迹，叶子所盖，滑得让人紧张。试着踢了一块石头下去，架在了根蔓之间，遂大放我心，以为滚坡下去最多也是被植物挡住。有时候会有朽木横出，便拨开它猫腰钻过，有时候会有荆棘挂衣，挪开就是脱身。

终于到了一个屋脊似的岭上，宽不足一砖，两面都是深谷，渊不见底，飘者为雾。其耸立凌云，在南便是圭峰山之顶，似乎远有百步之遥，近在一跨之间。它的形态确实如过去的公侯所握之玉，下方上圆，是一个巨大的圭。苍苍其色，略露白石，仿佛铁面，然而不失慈悲之容。背身而望，北有数峰，一一瘦小，其巅之岩，嶙峋杂列，蓬蒿萧然。举头极目，关中大地仿佛一把豪华的扇子在山外辽阔展开，酝酿于西伯利亚的寒流似乎骑着骏马向这里奔驰而来。

忽然有窸窣之声，一看竟是一个打柴的农民，斜挎着两个黄杨树根，说："这里是四岔梁，正对着圭峰山。不过一个人不能上山了，今天太晚了。要欣赏圭峰夜月，明年秋天再来吧！"

我感谢了农民的提醒，正犹豫着，手机出现了一条短信，朋友说："立即下山，等你。"我喟叹着朋友就是朋友，便随农民下山而去。

非常幸运，我了解了圭峰山种种难以获悉的故事。到了鸽鹁台，农民指着乌桑峪说："这里的刺槐是1972年栽的。当年这里还种过玉米，可惜棒子都很瘪！哎，不过是想把农民拴住罢了。"

白鹿原在浐灞之间，神禾原在潏滈之间，少陵原在浐潏之间，乐游原踞曲江以北，为龙首原之横冈。城南之原，白鹿原最远，乐游原最近。汉文帝霸陵选白鹿原，汉宣帝杜陵选少陵原，皆以台地高亢，风水大好。

——朱鸿

乐游原

汉宣帝曾经有不虞之难，裹在襁褓里便入牢，由于长安城狱中绕天子气，汉武帝竟下令捕杀净尽，几乎命悬一线。所幸获廷尉监邴吉怜惜，指派女犯乳养，给其衣食，坚拒使者入牢搜查，以后遇赦，流落民间，从而生存。忽然时来运转，晋身大位。汉宣帝感杜县有庇护恩典，遂在登基之后经营杜陵以葬于斯，乐游原遂发达起来。

凡山川河流，只有打上人类的印记，而且投射了人类的意志，尤其注入了人类的审美元素，才会变为文化遗产。所谓的乐游原，为渭水冲积而成，在长安城以南，现在属于西安市雁塔区所辖。汉宣帝先起乐游苑，作皇家之园林，再造乐游庙，以进行祭祀活动。苑庙皆在杜陵西北，今之曲江池沿岸。乐游原显然是以乐游苑和乐游庙而得名的。史记：汉宣帝在民间，好游杜县乡里，乐其风物，所以我以为苑庙以乐游所命，是汉宣帝的意思，也反映了他独具的一种心情。

乐游原突兀而出，呈高亢之势，四望天下，畅然辽阔，为汉人所悦。这里尝自生一种玫瑰树，不知道是什么形状，然而我知道苜蓿，玫瑰树下广种苜蓿，风在其上肃然。苜蓿是张骞从西域大宛带回来的，日照其花，光彩闪烁。当是之时，苜蓿之名还没有约定俗成，汉人或呼其木粟、牧宿，或呼其怀风、光风，或呼其连枝草。久而久之，苜蓿之名才确立。

唐人比汉人更潇洒，也更懂得生活的享受。正月晦日，三月三日，九月九日，长安城仕女多往乐游原去踏青受爽，祓禊以免灾。太平公主是武则天之女，性格开朗，计谋深厚，敢嫁三夫，有权势，遂能在乐游原置亭邀朋友聚而晤之。

李白和李商隐曾经在乐游原上有感。李白吟诵："乐游原上清秋节，咸阳古道音尘绝。音尘绝，西风残照，汉家陵阙。"李商隐喟叹："夕阳无限好，只是近黄昏。"所发似乎都是衰败信息。唐以降，关中便不为国都之地，长安城也不是京帅了。不过到宋，乐游原显然还遗留着一点汉的痕迹，当年的学者宋敏求就看到乐游庙的余基，并录其志书。

聊为长安遗民，一再随李白和李商隐之影登临乐游原，所见房舍相拥，层楼竞高，风不再是汉之风，天也不再是唐之天，确实是换了人间。固然人间换了，耕植太慢，城市化应该，但反顾并反思祖先的业绩却会给现代人以启示，甚至会使生活方式的一些畸形得以矫正。作为文化遗产，乐游原之磨灭十分可惜，因为今之人不能通过它去触摸古人的手了。然而这也罢了，更可惜的是，作为汉唐精神的一种具象的感受体和联想物，今之人及其子孙有足不能蹈，有目不能享。在中华民族的发展进程中，打碎阶级斗争的镣铐是重要的一步，钻出钱眼或打碎物质主义之桎梏将是更重要的一步，不如此，中国人的精神便不能升华。君不见，在利益的追逐之下，疯狂之辈无处不是前铲吾古人，后损吾来者。伤逝乐游原，我作如是想。

少陵原

少陵原上的自然村星罗棋布，也许蕉村在这里是最古老的，曾经属于周的杜伯国。2800余年，蕉村一直谓之焦村，到民国时期才改为蕉村，理由是在此没有焦姓之人。

公元前785年，有一天，女鸠，周宣王的妾，热烈地向杜伯调情，遭拒遂恼，反诉其对她非礼，周宣王便拘捕了杜伯。左儒是杜伯的朋友，为之申义，然而周宣王一意孤行，杀了杜伯，也杀了左儒。左丘明对此事的记录是："宣工囚杜伯于焦，士无罪而杀之。"

我是在少陵原上长大的，蕉村有我的祖业。经过土地改革，社会主义改造，父辈分立，我家庭院之广仍在七分有半。1958年，生产队砍掉了后院一棵国槐为人民公社做了马车，1972年，父亲伐倒前院的国槐做了一套家具。朱家巷子南北贯通，庙宇在民国时期改为蕉村小学，是我家的西邻。世代所居，随日作息，夏收小麦，秋获谷子和玉米，虽不富裕，然而天汉灿烂，黄土能产，人足以赖之生存。树动为画，风响为乐，大享清洌和宁静。

图谋经济的发展，遂有西安国家级民用航天基地登临少陵原，蕉村要拆迁，它周围的十几个自然村都要拆迁。农民狂盖其楼，以争取多赔。车进车出，尘起尘落，俨然烽火征战。路缩木折，窗小室黑，宿如蹲在监狱。我的母亲泣声说：“住了一辈子，实在不想走。”

我非常熟悉少陵原，这里史迹累累，遍地都是文化遗产。

少陵原南畔自东至西，有兴教寺，唯识宗或法相宗之祖庭；有兴国寺；有华严寺，华严宗的祖庭，耸立杜顺塔和澄观塔，仰观其檐，铃响于空，妙若天音；有牛头寺，因为高僧一年四季总是以一个牛头为食而得名；还有清凉寺。这一带香火之旺，昔传递今，今化于昔。尤其是兴教寺，由于以葬玄奘及其弟子窥基和圆测之灵骨，高僧辈出，信众崇敬，并为士人与权贵共所向往。1923 年，康有为经吴佩孚引荐，受时任陕西省省长的刘镇华邀请在西安巡视。康有为对佛学素有研究，便赴兴教寺一拜，并吟诗题额，如雁过留影。1937 年，日本侵略中国加速，南京危机，国民政府打算以西安为陪都，遂派大员考察其城。当时有士人还想以佛法救正灵魂，便捐资修葺兴教寺，贡献善款的，不但有朱子桥、程潜、阎锡山、白崇禧、马鸿逵、李宗仁、卫立煌、戴季陶、傅作义、熊式辉，而且有委员长蒋介石。蒋介石焦头烂额之间，竟还抽暇往兴教寺去一瞻。1953 年，印度总理尼赫鲁有谒兴教寺之意，当地领导便把于斯读书的韦村小学的孩子动员起来，让其列队欢迎，又匆匆用油漆刷了大雄宝殿和藏经楼，由此也渐渐恢复了作为弘扬佛法的神圣之境。今之佛教徒，有普通男女，也有高官巨商。在大年初一，每每竞奔兴教寺，争上第一香，争叩第一首，以盼保佑自己的常是官场和商场之角色。站在兴教寺门口，俯察樊川，远望终南山，水光反照，阴岭色秀，白杨夹于道，庄稼茂于田，人无不感慨万千，赞而叹之。

转身北向，土地平旷，渐为倾斜，大约 40 里慢坡大势所趋，直抵曲江池。曲江池秦既有之，汉凿而扩张，不过在唐为盛，进士及第以后，要在这里娱乐撒欢。一旦皇帝高兴，也会游于斯，宴于斯。三月三日，上巳节，贵妇人长裙广袖散步曲江池周边，修禊事也，以祓除不祥。到唐玄宗执政，曲江池一带繁华至极，臻于至美，遗憾安禄山和史思明叛乱致其破败，一衰而千年湮没。1992 年，我看到的曲江池已经完全干涸，农民在此有耕有牧。不过西安人自有改天换地的能力，遂能恢复了它的姿容。现在的曲江池细浪成绉，润气弥空，更有白石跨波，绿树绕岸，一派汉风唐韵所化的粲然气象，为四海朋友所悦。曲江池之水，初是自出，为汉武泉，然而至唐自干，便从终南山引义谷之水，上少陵原，修黄渠，过鲍陂，蜿蜒注入曲江池。顿然水阔，便聚为芙蓉园，以成接天莲叶，映日荷花。今之芙蓉园和曲江池，泱泱为泽，都是黑河的水了。

少陵原立于浐水和潏河之间。其海拔470至630米，高出浐水和潏河80至150米，呈东南一西北向，长大约36里，宽大约12至20里。日月所照，雄浑高大，帝王将相和皇后妃嫔素以入此厚土为望。在它的腹地，满是坟冢。2005年考古发现东杨万坡村一带有周人429座墓，出土陶器、石器、玉器、铜器，并有灰坑和殉马坑。秦葬皇子在少陵原西畔，遂有皇子陂村。汉宣帝杜陵在三兆村一带，其许皇后陵在司马村附近。唐玄宗所爱的武惠妃敬陵在庞留村界面。城南韦杜，去天尺五。夏殿村一带有唐韦氏家族墓茔，司马村一带是晋唐之间杜氏家族的墓茔。鲍陂村一带有唐颜氏家族墓茔。在蕉村一带有唐吏部尚书萧灌之墓，史记碑为张说撰文，唐玄宗篆额，可惜我觅而不得，想已经遭盗了。虽然明代先后以南京和北京为国都，皇太子居之，然而朱元璋对西安颇为重视，遂分封次子朱樉为秦王，守卫此疆域。明代共有秦王14位，除了最后一代秦王为李自成所灭，不知道埋于何处，其他13位秦王皆葬少陵原。其冢拔地而起，神道两侧石刻对立。凡帝王多有亲臣宠妾，他们死了以后，也葬少陵原以陪其主。春天在少陵原踏青，夕阳之下，见残墓乱茔、断碣卧石，不禁会起沧桑虚无之感。

少陵原最开阔最壮丽的属于其南畔。仰天拂云，俯川呼峦，居之占尽风水。汉丞相朱博故里便在这里，唐杜牧在此起别业，以登皋舒啸，临下吟诗。杜甫自谓杜陵布衣、少陵野老，于是明代就有贤者在这里筑杜公祠，数世纪以来，于斯纪念杜甫的人不知道有多少。

少陵原有累累文化遗产，是极为特殊的地方。我曾经大声疾呼，可以把这里建设成中国农耕文明博物苑，这样不但永远保护了这里的文化遗产，而且也使这里的自然村处于活的状态，也就保护了一片民居和民俗。少陵原距西安城颇近，一旦城市化包围了这里，那么少陵原便是整个中国乃至世界所罕见的城市里的乡野，尤其是遗存了大量史迹的有活的自然村的乡野。可惜挖掘机来了，蕉村没有了，周围的自然村也没有了。

少陵原是唐人之称。起码在汉代，人呼这里为鸿固原。汉宣帝登基，在此造墓为杜陵，便把杜县改为杜陵县，鸿固原遂衍化为杜陵原了。公元前 58 年，有十一只凤凰翔集于斯，遂又呼其为凤栖原。汉宣帝许皇后陵小于杜陵，为少陵，遂有少陵原之名，并自唐以后流行起来。

周宣王杀杜伯十分无道，从而留下隐患。终于有一天，周宣王在野狩猎，有壮士穿红衣，戴红帽，乘白马所拉白车，狂风一般穿林而出，作杜伯状，箭射了王。

神禾原

神禾原之得名，或曰唐太宗李世民贞观元年，公元 627 年，李世民巡游此地，见一禾生双穗，呼其神禾而谓之，或曰后晋高祖石敬瑭天福六年，公元 941 年，此地有一禾生一穗重为六斤而谓之。给一事物命名，以天呈瑞符，便显得既谦虚，又智慧，胜似绞尽脑汁的推敲吧！

神禾原耸御宿川与樊川之间。滈河出终南山石砭峪，经御宿川，至香积寺一带汇入洨河。潏河出终南山大峪，经樊川，至水磨村向西遂为洨河，其至香积寺一带吸纳滈河，流量增大，涌进沣河，再入渭水。20 世纪 70 年代，我十余岁，常在韦曲镇及其以南的申店与西寨诸村走亲戚，十几里川道，稻香平畴，荷叶尽绿，闻蛙声此起彼伏，觉得十分风光。还有多次用绳系笼，逆渠而拉，捞取小鱼，装在罐头瓶子里端着回家，足以玩两周时间。洨河注昆明池，使汉人得以划船作乐，也使洨河沿岸有民居焉，聚族为村。神禾原起滈河与潏河之间，仿佛是诸村的屏障。

直到在出版社工作以后，我才有机会上神禾原。当时有朋友要了解王甲斌的境况，我陪他。当然我也想见一下这个在农业生产合作化运动中，成立了胜利社的积极分子。往皇甫乡胜利村去，要过神禾原。其昂然而亢，向南望，御宿川及其星辰般的村子一片宁静，再向南望，青峰幽壑，历历入目。我徘徊沉吟，窃以为此乃形胜之地。

神禾原呈东南一西北向，长大约 11 公里，宽大约 1.5 至 2 公里，海拔 490 米至 601 米，高出滈河和潏河 530 米至 570 米。其南起南江兆村，北抵贾里村和何家营村。在面樊川的半坡，唐有诸庙而立，曾经鼎盛的是洪福寺、云栖寺、禅定寺、观音寺，可惜一旦唐灭，诸庙也就萧条以至湮灭了，唯神禾原西端的香积寺仍存，并有信徒欣然拜佛。常宁宫建在面对御宿川的半坡，大约是唐太宗遵其母之意所营的神殿。有故事显示，其母在此拜佛，遇匪劫驾，急中生智，藏身于崖间的小洞，得以大安，于是她就吩咐李世民建了一座常宁宫。

胡宗南是蒋介石颇为信任的将领，1938 年移驻关中。御宿川的王曲镇有黄埔军校第七分校，胡宗南为主任。这里尝有 3 万余学生毕业，共 9 届。蒋介石为校长，一再于斯训诫。周恩来在 1936 年冬天也到这里向学生表达过建立抗日统一战线之意义。现在，此处是一所通信学院。当年胡宗南游神禾原，见常宁宫形势既隐蔽，又敞朗，遂改造为蒋介石的行宫。此工程的关键是挖掘了千余米的防空洞，其中设办公室、会议室、蓄水池、卧室、卫生间，一应俱全。观景亭筑于半坡，足以大观秦岭。大约1943年建成，之后蒋介石到西北来有三次居此。蒋纬国与石静宜的一次结婚庆祝活动也于斯举行。常宁宫西边有一幢二层洋楼，便是他们的新房。有时候我想，如果不是蒋介石在此留下行迹，也许常宁宫早就荡然无存了吧！今之常宁宫为国有的旅游休闲度假山庄，可以跑马，可以看孔雀开屏，可以带孩子溜滑梯。在如此有历史有境界的地方，做如此低俗的娱乐，难免让人感到滑稽，甚至悲哀。

天下处处都在开发，一条大道从韦曲镇延伸至神禾原，这里也就享受开发了。似乎已经有几所学校于斯开门，西安培华学院、西安财经学院、陕西学前教育学院，大约是捷足先登的。接踵过来的是什么呢？企业、地产或其他学校吧！一禾生双穗或一禾生一穗重为六斤之膏腴黄壤，将注定遍布建筑。开发显然是这个时代的堂皇之举，不过缺乏深谋远虑的开发，不管是什么地方都要开发，将注定受到子孙的问责。

白鹿原

周幽王毙，诸侯拥立其子姬宜臼为王，就是周平王。周幽王引起的一场大祸显然破坏了丰镐，国都不可居，遂东迁洛邑。护送周平王的诸侯有晋文侯、郑武公和卫武公。秦襄公也参加了护送，且拥兵最多，也最忠诚，从而有功，获周平王所赐岐西之域，并晋升为诸侯。

周平王的车队经过浐河和灞河所冲积的一片土地，见其南接巍峰，北控平川，立而耸，广且平，坦荡如裁，青木繁茂，芳草鲜美，有白鹿游于苑，顿感惊喜。当时这里还没有命名，诸侯便向周平王指指点点，并颂白鹿是祥瑞之兽，遂决定以白鹿原呼其土地。古人的命名总是又轻松又神奇，但今之人对事物的命名却乏味少魂，真是有愧贤智了。

白鹿原在西安东南，我常常登其高以舒啸，临其岸以虚怀。隆起遂敞，望西安之城，迷茫浩荡。曾经有诗咏叹此地曰："昨夜潇潇雨，今朝雨乍晴。坡高松韵远，云散雁飞轻。垄上禾添翠，篱边菊向荣。千村残照里，酹酒庆清平。"此为农耕文明的风情，可惜现在是城市化，这里出现了几家学校，建筑粗俗，颜色浮艳，显然难配故国旧都之黄壤，车旋人熙，春麦秋粟也渐荒疏。乡里向城市的过渡大约都是如此吧！

白鹿原居浐河与灞河之间，南北长，大约 50 里，东西宽，大约 12 至 18 里，海拔 600 至 780 米。它高出浐河 150 至 200 米，高出灞河 240 至 300 米。白鹿原在炮里的部分为炮里原，在狄寨的部分为狄寨原。这里有神鹿坊村和迷鹿村，应该是公元前 770 年周平王东迁之际出现白鹿的演义吧！多年以后，有士认为白鹿之游，当是秦时来运转的象征，因为秦人奋斗几百年，终于消灭六国，统一了天下。不过秦人在白鹿原上只留下一个天狗吠贼的记录，还有一个狗枷堡。

实际上汉人对白鹿原的感情应该更为沉厚。公元前 206 年，刘邦出楚攻秦，过武关，穿秦岭，便先驻军白鹿原，并接受了秦王子婴的投降。刘邦乘势进入咸阳，然而根底不深，竟留恋秦的重宝和美女。幸有樊哙和张良进言，他才明白了天命，退兵咸阳，再驻军白鹿原。在此他召集关中各县父老豪杰，许诺减税柔刑，休养生息，以得民心。他还约法三章：杀人者死，伤人及盗抵罪。项羽在鸿门设宴，刘邦不得不赴，并险遭杀害，卒以借口如厕，才逃回白鹿原上的营帐。刘邦为皇帝，葬渭水北岸，其龙子龙孙也多随他葬咸阳原上，但汉文帝却择白鹿原北崖凤凰嘴而葬，作霸陵。霸陵以峭壁为茔，不起坟，也不以金银铜锡为饰，有罕见的俭朴。汉文帝葬白鹿原，其母亲薄太后也便葬于斯，其妻子窦皇后也便葬于斯。汉武帝是窦皇后的孙子，是他给祖母治丧的，所以非常豪华。霸陵、薄太后陵及窦皇后陵基本上在一起，尤以霸陵呈顶妻背母之势而殊，成为白鹿原的重要标志。霸陵在白鹿原的半坡，偏下一点，于是世人也就呼白鹿原为霸上或霸头。

公元4世纪初到公元5世纪初，有136年史称其为五胡乱华时代，五胡是匈奴、鲜卑、羯、氐、羌。公元407年，匈奴人赫连勃勃从卑躬为臣到反身为首，轰然创建了大夏。陕西靖边的统万城便是其发动民夫蒸土所营。不过赫连勃勃并不甘仅仅在塞上迎送北风之吹，他想掌握关中，遂在公元417年率兵攻占了长安。这个人当时在白鹿原上筑坛祭天，自封为皇帝。然而他心存疑惑，便把长安交由儿子赫连璝镇守，自己仍居统万城。匈奴人为什么要选在白鹿原祭天呢？大约这里高入云霄，进可冲锋，退可断尾，比较安全吧！

唐人好长安东南的乐游原和少陵原，似乎因为白鹿原偏远，但皇家的酒却是由白鹿原西南一角的水酿造的。神谷有泉，其水甘洌，唐政府警卫部队严密禁守，并以骆驼送至大明宫，可惜其水现在已经近涸。

在白鹿原北崖低缓的斜面，久有住民。灞水涓涓，苇漫沙滩，形势清俊，气息朗润。陈忠实是中国著名的作家，其以白鹿原为生活背景的小说传播甚广。其家便在白鹿原下方的西蒋村，行政所辖为西安市灞桥区毛西街道。白鹿原是有养育之质的。

附记：

考古证实，汉文帝霸陵不在白鹿原北崖凤凰嘴。2021 年 12 月 14 日上午，国家文物局在北京郑重公布：白鹿原江村大墓确认为汉文帝霸陵。

水流成河，其河之形，谓之川。辋川，辋水所穿；樊川，潏水所穿；御宿川，滈水所穿。城南之川，皆颇旖旎。

——朱鸿

辋川尚静

辋川是一个长长的峡谷，王维曾经在这里居住。如果一个20世纪的人，为尘世所烦而效仿王维的行为，到辋川去生活，那一定荒唐，尽管辋川尚静。

辋川确实很静，一条河流，两岸青山，仅仅是这种结构就区别了乡村的小巷和城市的大街。那里的人烟总很稠密，但这里却稀疏得忽儿便融化在风云之中了。我是坐着三轮车到辋川来的，同行的农民陆续到了站，转身即消失在树林之中。点点房屋，筑在岩石之侧，并不容易发现。

我到这里来没有什么明确的目的，只是为了感受一下辋川的气息。倘若这是目的，那么我以为这目的潇洒而苦涩，这就是味道。司机将我拉入辋川的深处，收了使他满意的钱，兴奋地驾驶着他的三轮车走了。辋川一下子归于沉寂，孤独的我，望着在河床滚动的白水，竟觉得恐惧，这恐惧没有对象，只是这里的空，这里的无声无息。

王维栽种的银杏，挺立在雨后的河岸，树皮满是裂纹的粗壮的主干，被水淋成了黑色。从叶子上流下的水，继续洗濯着树皮。它实在是老了，呈现着一种挣扎的状态。它已经在辋川生长了千年之久。风云掠过它高高的枝头，小而圆的叶子将水刷刷地摇落着，我看到，那叶子翻动得忽白忽绿，晶莹如迸溅的水花。这样葱茏的叶子，生长在几乎腐朽的枝头。那奇崛的枝头很多都像烧焦的干柴，触之就会掉灰，然而我由此也知道了生命的顽强。年迈而伟岸的银杏，压得我十分渺小，仰望才可以看到它的全貌。山峰罗列在它的周围，尽管那些都是秦岭的余波，但在峡谷，我却仍感到它们的伟大，它们需要仰望。唯有溪水在我一侧，其源远而流长。

王维在辋川的别墅，在开始是宋之问的，这个喜欢歌功颂德的诗人，以媚附权贵而得宠朝廷，但最终的下场却是被唐朝赐死。王维迁往辋川的时候，宋之问已经做鬼，那么他是如何购得这里的别墅呢？我能猜测的只是，辋川的美一定迷惑了王维，不然，他怎么单单选择了宋之问的别墅？终南山中，可以供他居住的地方应该很多。时间将他的别墅早就摧毁了，幸运的是，支撑某个柱子的扁圆的石墩，竟穿过层层的岁月而保留下来，而且完整地放在银杏旁边。那些湿漉漉水汪汪的苔藓，绣住了它的每条皱纹和每个斑痕。

秋天的雨顺利极了，仿佛云微微扭动一下它就有了。辋川的雨是明净的，线似的，一根一根拉到峡谷，但雨却空得它无声无息。山坡上的红叶，渲染在碧翠的草丛，而颗颗青石，则架在杂树的根部，危险得随时都会滚落，不过蒙蒙的雨送给它们一层薄薄的梦，梦悬在辋川的山坡上。王维一定见过这样的梦，甚至入过这样的梦，不然，他的诗画怎么那样惟妙惟肖、有声有色！王维之后三百年，苏轼书摩诘蓝田烟雨图而赞叹：味摩诘之诗，诗中有画；观摩诘之画，画中有诗。摩诘就是王维，是王维的字。

王维购得辋川，那是他过得富贵的证明。贫穷的诗人，是不可能拥有一个辋川别墅的。其情况是：他在二十岁左右便及第进士，从此步入仕途。他担任过大乐丞，并以监察御史的身份出使塞上。王维在四十岁的时候做了左补阙。恰恰是这个年纪，他开始迷恋山水，来往于朝廷与辋川之间。他既做官员，又当隐士，游离于人类斗争与自然情调的两极。朝廷的险恶，伤害着他的心，而辋川的美妙，则给他的心以慰藉。他便是如此生活的。王维这样的生存状态，是他最智慧最实际的选择，也是他无可奈何的选择。除此之外，他的任何做法都可能是下策。人总是希望自己生活得比较幸福一些，以王维的气质，他不能完全陷入官场的名利之争，同时以王维的经历，他也不能彻底寄情于辋川的田园之乐，他必须两者兼顾，这样他就得到了入世的好处而摒弃了入世的坏处，同时避免了出世的苦处而感到了出世的乐处。在入世与出世之间，存在着一个广阔的地带，他奔走其间。人似乎只能这样生存，不然，完全媚俗与完全脱俗，都可能导致深刻的痛苦。我不赞成一位学者对王维的抱怨，这位学者认为，他缺少陶潜那种勇气，他没有彻底地决裂于官场。这是一种刻薄的认识！

雨中的辋川并不知道人的思想，它只是自然而然地呈现着它的状态。秀峰沉默，乱石相依，雨悄悄地缝合着万物。秋风过处，衰柳飘荡，黄叶旋飞。曲折的路径，流水扬落，浅草明灭。松、柏、杨、槐之类，高高低低，互相掺杂，组成了绿的森林，并覆盖着辋川的沟沟坎坎。偶尔一树柿子，落了肥叶，唯红果占据枝头。白水流过幽深的峡谷，遇石而绕，触茅而漫，柔韧地走过河床。

公元756年，安史之乱，已经五十五岁的王维被叛军逮捕，软禁于洛阳的一个寺庙。他吞药致病，装哑而活，但他却终于敌不过安禄山的骄横，无奈地接受了伪职。唐朝征服了叛军之后，皇帝对那些接受伪职的人统统定罪，然而，王维在软禁之中，曾经向探望他的朋友裴迪诵诗，此诗受到皇帝的嘉许，遂对他只做了降职处理。这是王维的幸运了。其诗是这样的：

万户伤心生野烟，
百官何日再朝天。

秋槐叶落空宫里，

凝碧池头奏管弦。

尽管如此，安史之乱毕竟摧残了这个老人，他逐渐变得消沉了，或者，他变得更加淡泊，更加寂寞。他常常拄着拐杖，站在门外，眺望辋川的落日夕烟。暮色之中，稀疏的钟声，归去的渔夫，飘走的花絮，柔弱的菱蔓，都使他感到惆怅。他看着看着，就转身回到他的屋子。他已经深深地陷入了空门。王维的母亲就信仰佛教，这影响了他的心灵，不过到晚年，他才彻底地皈依佛教。他食素而不茹荤，认真地打禅。他坐在枯寂的辋川，闭着眼睛，寻找着解脱烦恼的路径，企图超越生死之界。香烟袅袅，烛光闪闪，王维的心凄凉而宁静。

独坐悲双鬓，

空堂欲二更。

雨中山果落，

灯下草虫鸣。

白发终难变，

黄金不可成。

欲知除老病，

唯有学无生。

人生真的像王维觉悟的这样吗？我不知道，唯有达到王维的境界才能理解王维，不过我没有。我只感觉，自然如我面前的辋川，社会如我身后的市井，都有美的一面，都能给我以享受。然而，我的辋川之行，明显地含有烦于我那个圈子的成分。是的，我很烦，某些时候我简直不堪负荷。从我栖身的圈子走出，到辋川去换换空气，确实使我感到一种轻松。

雨中的银杏是那样独具风采，它的圆润的树叶像打了发蜡似的明滑，辋川强劲的风反复地翻动着它们，但银杏的树身却牢固地埋在土中，风怎么吹它也不动。这是辋川最古老最高贵的植物，水汩汩地流过它黑色的树皮。王维种植的银杏，成了他在这里生活过的主要标志，然而，它终究要倒下的，留下的，将只有辋川。

辋川很静，长长的峡谷已经完全沉浸在秋日的烟雨之中了，所有的树木和石头，都化作迷蒙的一团，一只鸟也没有，一只兔也没有，甚至除了我，一个人也没有，唯有风声雨声和河流的浪声。这样的一种空，一种自然给我产生的空，是恐惧的。一瞬之间，我真是惊骇起来，我害怕从山中钻出一个野兽或怪物。这样想着的时候，我似乎已经有了对付它们的准备，于是忽然吊起的心就慢慢放了下来。蓦地，我感觉身后有脚步的挪移，飒飒的，仿佛是谁用树枝在地上划动，我猛地回头一看，竟是一个穿着蓑衣的农民，他站在雨中，轻轻地问我：“你要三轮车吗?”

附记：

1992 年我往辋川去，交通颇为不便。现在路宽，车多了，然而也不静了。

樊川犹美

迴野翘霜鹤，

澄潭舞锦鸡。

这是唐代诗人杜牧所看到的潏河。他生活于公元 803 年至公元 852 年之间，一生之中的某些时候是在潏河之滨度过的。所谓的潏河之滨，就是樊川。

樊川是一片狭长低凹地带，伟岸的少陵原与起伏的神禾原，在它的两边崛然隆起，樊川的天空仿佛是一个淡蓝的盖子，显得十分高远。从它的东端引镇到西端下塔坡，尽是平畴沃土。严峻的秦岭，日夜从缭绕着云雾的山顶俯瞰着它，而少陵原和神禾原则像两匹黄色的骏马，始终追随它奔跑。

潏河之源在秦岭北麓的大义谷，它从这里涌出，然后汇合白道谷和太乙谷的溪流，水量大增。它潺潺地流过樊川，将这里滋润得青翠欲滴。站在少陵原或神禾原上，可以看到潏河的流水，阳光之下，像一条逶迤的断断续续的白练，樊川深厚的碧绿为它欢呼。

杜牧所见的潏河的样子，其气之朗然，其禽之怡然，其水之清，其流之响，我仍可以感觉。

樊川自古很美，所以它成了汉大将樊哙的封地。这个屠夫出身的人，随刘邦共同起兵，并跟着刘邦南征北战，英勇杀敌，斩首近二百人。鸿门宴上，樊哙为保刘邦性命，擅自闯进项羽的帐篷，此时此刻，项庄舞剑，意在沛公，他不但镇定地拦挡了寒光，而且巧妙地送走了刘邦。刘邦知道他的功劳，登基之后，将少陵原和神禾原之间的土地赐予樊哙。

不过，樊川真正成为一片胜地是在唐代，尤其那些达官富豪与高士骚客，经常在韦曲和杜曲游玩，成为樊川的欣赏者和建造者。韦氏家族以韦曲为中心而聚居，韦皇后的娘家和宰相韦安石的别墅皆在这里。杜氏家族以杜曲为中心而聚居，杜佑致仕之后，在这里度过了晚年。杜甫流寓长安期间，一个阶段就将家安在樊川。在这些闻人的悉心经营之下，樊川成了一个令天下艳羡的地方，所谓城南韦杜，去天尺五，便是指这种形势。

唐代是中国社会发展过程的一个高峰，这个社会所产生的贵族，无疑是其文明的重要标志，起码是重要的标志之一。如果从这样的角度考察问题，那么唐代的樊川，当然充满了唐代的精神与风尚。千年之后，我仍然可以从当时骚客的诗歌之中，领略那种华丽而显赫的生活。它的气息，显然残留其中。

韦曲花无赖，
家家恼杀人。
绿樽虽尽日，
白发好禁春。
石角钩衣破，
藤枝刺眼新。
何时占丛竹，
头戴小乌巾。

这是杜甫奉陪郑驸马的诗歌之一。郑驸马是唐玄宗的女婿，其宅第在樊川南岸的神禾原。

数亩园林好，
人知贤相家。
结茅书阁俭，
带水槿篱斜。
古树生春藓，
新荷卷落花。
圣恩加玉铉，

安得卧青霞。

这是钱起对杜佑别墅的印象。钱起为浙江湖州人，公元752年进士，时有隐逸之意流露。杜佑在樊川的别墅属于城南之最，其陇云秦树，风高霜早，周台汉园，斜阳衰草。杜佑的坟墓在樊川北岸的少陵原。

谁无泉石趣，
朝下少同过。
贪胜觉程近，
爱闲经宿多。
片沙留白鸟，
高木引青萝。
醉把渔竿去，
殷勤藉岸莎。

这是郑谷在樊川的感受，其闻几个朋友要游樊川，兴起，遂将自己的情思告诉了朋友。郑谷是江西宜春人，公元887年进士，其以咏叹鹧鸪而为长安文人所知。

邀侣以官解，

泛然成独游。

川光初媚日，

山色正矜秋。

野竹疏还密，

岩泉咽复流。

杜村连潏水，

晚步见垂钩。

这是杜牧在特定心情之中的樊川：他邀请舍人沈询游其故园，遗憾没有等到。杜牧是杜佑之孙，25 岁那年进士及第，以济世之才而自负，曾经多方为官，公元 852 年逝世。

实际上樊川不仅仅是风景秀丽的郊野，如果它单单是一个河水流淌而山原并立的地方，那么它就不会产生如此巨大并持久的魅力。这里建造了很多的山庄别墅，为达官富豪所有，其中著名的是何将军山林、郑驸马池台、牛僧孺郊居和杜牧别业。骚客也是希望从政的，他们喜欢樊川，难以排除希望亲近达官富豪的心理。樊川就有一些骚客的庄园，岑参、韩愈、元稹、郎士元、权德舆和韦庄，都曾经在这里居住。在中国，知识阶层一直存在着这样双重的性格，既热衷仕途，又喜欢逍遥，仕途使他们显赫，逍遥使他们自在。这是一种矛盾的心理，樊川为这种痛苦的消化提供了条件，这就是：他们既可以投入官场，又可以寄情山水，尤其是官场的失意能够在山水之中解脱。我认为，在樊川，集中地体现了唐代知识阶层的一种观念。现在，那些漂亮的山庄别墅已经没有了，但那种既想入世又想出世的心理，却一代一代地积淀着遗传着。

去年今日此门中，
人面桃花相映红。
人面不知何处去，
桃花依旧笑春风。

这是崔护的诗，题在樊川的一个农家的门扉上。他是河北定县人，公元796年进士，不过大约在此之前，他落第独游樊川。时在清明，他散步于鸟语花香之中，不知不觉来到一户农家。此处草木葱翠，寂静无声，遂敲门求饮。一位女子开扉递水，之后，独椅桃花之下，注目崔护，倾慕之情忽然流露。崔护询问，她不语，遂默然而去，这时候她很是惆怅。到了次年春日，崔护思念之情涌动，便再到樊川，寻找这个女子。然而，门墙如故，桃花盛开，人已经无影。

在唐代产生了众多的诗人，崔护，以他唯一的一首诗而名垂千古。人无不赞赏他形神皆备的人面桃花，可我感兴趣的却是崔护在落第之际到樊川独游的目的。感伤与落寞的心是需要同情和鼓励的，然而他所需要的，五陵少年不会给他，长安王孙不会给他，如果幸运，那么他会遇到为官的骚客，也许他们可以给他以帮助，这种帮助即使是一些简单的安慰，都可能让他温暖，于是，他就到了这骚客好聚的樊川。我想，这样的猜测是有一定道理的吧。

当然，樊川在历史上所显示的分量，别的一个重要的原因是：这里有八大佛寺。佛教传入中国是在汉代，不过它作为具有中国特色的佛教的完成，显然是在唐代。这个阶段，上流社会和下层人民都以信奉佛教为大事，他们从佛教之中，接受了因果报应和平等要求的观念，从而使佛教成了这个时代的主要信仰。唐人希望佛居住在青翠的樊川，这样，樊川就有了八大佛寺，其中屹立于少陵原南岸的兴教寺和坐落在神禾原北坡的香积寺最为著名，尽管历经沧桑，但我在樊川却仍可透过丛丛树木，看到兴教寺的红墙，并穿过蒙蒙烟岚，发现香积寺的砖墙。红日蓝天之下，佛地一片静虚。这样，樊川就不但表现为这里有世俗的快乐，而且有天国的气氛。

在这里，我久久沉浸于樊川的昔日，难以自拔。我从零落的诗歌之中，看到了樊川的华丽、尊贵、秀雅和宁静。这是一个民族精神处于高峰阶段的产物，想象一下那个时代，想象一下那个时代的情调，我感到自豪。

可惜，在历史的进程之中，一次接一次地出现兵乱、起义和战火，它们将赫赫唐都多次洗劫，多次毁坏，樊川当然也不能避免被蹂躏了。事实是，现在要在这里寻找一块别墅庄园的砖瓦都很困难，甚至当年那些贵族的后裔都下落不明。

然而，樊川犹美，这是我的感觉。在春天的樊川，我情不自禁。它属于我的故乡，我有幸自己的家就在少陵原。小时候，我曾经向这里眺望，在这里走动，但樊川的美却只有在这个春天我才能如此明确地认识和领会。

黄昏，夕阳柔和的光辉照耀着樊川，由于没有山也没有原的阻挡，那些金黄的颜色长驱直入，铺满大地，并久久在这里徘徊。光洁的古道悠然从这里通过。人已经稀少了，高耸的一棵连一棵的白杨，排列于古道两旁，微风吹拂着明亮的树叶，银灰的树皮反射着夕阳的光辉，那里偶尔会出现昆虫啄出的黑色的窟窿。走在这样的古道上，心情是难以平静的，你会想到从田野突然窜出的土匪，也会想到曾经有唐朝的文官武官将在这里通行，他们或坐轿子，或骑骏马，随从和美女跟随其后。

韦曲附近，到处都是菜园，农民将塑料薄膜搭成拱形的棚子，温暖的薄膜之中，鲜嫩的蔬菜正在成长。棚子一个一个联合起来，使大片的田野都处于塑料薄膜的覆盖之下，于是薄膜的白色就在夕阳的映照之下一片明亮，这使远方稠密的树林显得幽暗、阴沉、凝重。农民正在菜园浇水，施肥，锄草，一个壮实的姑娘，面色红润，汗水微渗，扶着锄头向古道上的行人张望。红色的倒扣的瓦罐下面的，是韦曲的名菜韭黄，其叶黄似金，茎白如银，整齐卫生，爆炒脆而不顽，做汤浮而有腴。

小麦正在拔节，乌黑的秸秆密密麻麻，在夕阳之中凝然不动，坚不可摧。一种夏天的庄稼成熟的气息，正从远方而来，从孕育着的穗子而来。桃花已经谢了，树下的落英，仿佛红霞铺在地面，豌豆大小的果实开始生长，也有一瓣两瓣干枯的桃花仍夹杂于它的绿冠之中。菜花长得发狂发疯，很多都开了杈枝，过一些日子，它就要成熟，那时候，农民会用锋利的镰刀收割它，碾打它，然后将红沙似的菜籽装进机器搅拌，从中榨取它的汁液作为食用油。

比较平缓的神禾原北坡，为淡淡的雾气所掩映，绿光在那里闪烁。少陵原南岸绵长的悬崖一带，开满了紫色的桐花，无穷无尽的桐树，将硕大的树冠支撑在蓝色的瓦房上空。从韦曲到杜曲，这些桐树组成的景色没完没了，你随时可以看到朴素的桐花，夕阳之中，它的芳香一阵一阵地在樊川流动。其他杂草和杂树，都尽力占据南岸的一方水土。这里阳光充足，空气清新，有风有雨。一个牧羊的农民，驱赶着棉团似的白羊在弯曲的小路上走动，可见鞭子挥，不闻鞭子响。在挖掘得非常平整的崖畔，常常会现出成排的窑洞，它们曾经为军队所居住，但我看到的却是废弃的黑洞，它们将自己寂灭的眼睛对着夕阳普照的樊川，显得神秘莫测，阴森可怕。黑洞远离村子，处于荒野的平坡，没有人知道其中窝藏过什么，也没有人知道其中即将发生什么。走在白杨萧萧的古道，眺望着在夕阳之中那么宁静那么沉默的黑洞，我不由自主地胡思乱想，我总感觉一些特殊的人会在那里做些什么事情。

绵延十五公里的少陵原南岸，并不是一样的平整，它不但上下起伏着，将天空挤压成一条游动的曲线，而且某些地方会忽然向前突出，像一头老牛伸长了脖子要吃樊川的禾苗，某些地方会突然向后缩回，像一只巨龟收藏了自己的脑袋。不过，沿着向阳的南岸一带，村子是众多的，它们一个连着一个，各种各样的杂树，欣欣地从房屋前后街巷左右窜出。在幽静的绿叶之中，显得十分嚣张的一种当然是桐树，它全然是紫色的大朵的桐花。村子是安静的，大人都劳作去了，唯有小孩、狗、鸡在村子玩耍。这里建了几个学校，夕阳之中，成群成群的学生坐在半坡上读书，有的站在树下吟诵，他们面对空蒙而翠绿的樊川沉醉着。

我曾经在坐落于少陵原南侧的长安一中学习了半年。那时候，我正为考取大学积极准备，在同学之中，我是最贫穷最忧郁的一个，我视大学为我命运的转折。我穿着补丁衣服，啃着干硬的馒头，寻找我所需要的教师以向其请教。我 18 岁，常常独自在樊川散步，在少陵原走上走下，我强烈地感觉一种纯正而顽强的气息在我身心涌动。那时候，我专注地复习我的功课，没有心情欣赏樊川的美。尽管如此，它的美仍然渗透于我的灵魂，陶冶着我的精神，甚至，它的美为我做着向上的启示。遗憾的是，对这样积淀着中国文化的自然环境，我久违了。复杂而喧闹的生活诱惑着我东进西攻。某些时候我感觉茫然，我怀疑我的追求。我不知道我攫取的是垃圾还是金子。我难以意识我在向什么方向发展。

夜晚，我感觉少陵原和神禾原为樊川制造了一种闭塞之感，这里显得十分黑暗，但狭长的苍穹却因为樊川而格外透明，无数稠密的星星像玉兰一样开满天空，我在城里永远难以看到这样清朗而爽快的天空。一些星星是朦胧的，它在遥远的银河之外；一些星星是灿烂的，闪烁着雪山或河冰似的光芒。南边的天空，逐渐地倾斜下去，飞越神禾原，投入终南山。北边的天空显然为少陵原生硬而陡峭的悬崖所切断，那种起伏的印痕清晰可见。在这里，我惊奇地发现天空不是沉寂的，它简直是一个由星星组成的热闹的世界。树木已经被夜晚的雾气融化，唯有高高在上的白杨的树冠悬挂天空，不过它们的树干也消失了，树枝也消失了。零落的灯光从村子闪出，我走过麦田之间的小路，感到林子的众多的灯光被蓊郁的树木遮挡了。平坦的古道已经没有什么行人了，唯有汽车偶尔疾驰而过，汽车的灯光迅速地从麦田扫过，铁青的凝成一片的麦苗遂有了嫩黄的色泽。灯光轻快地滑翔着，仿佛麦田起了波浪。汽车消失在遥远的地方之后，这里归于宁静。寒凉的风，含有一种春夏之交的混合气息，这种气息让我兴奋、振作，感到生活的魅力。在夜晚的樊川，这种感觉竟是那样的强烈，我几乎要呼喊而出。我面对着无边无际的麦田，面对着终南山、少陵原和神禾原，面对着星空，我就那么呼喊了。然而，我的声音消失在旷野之中，一点儿回响都没有。倒是农人在他们房子咳嗽的声音，母亲迷迷糊糊拍打孩子的声音，我听得清清楚楚。狗会忽然在一个遥远的地方叫唤起来，于是，四周的狗就都在狂吠。

早晨，空气是清冽的，仍带着寒凉之意。我骑着车子，手在风中感到冰冷。淡淡的白雾淹没了整个樊川，麦田、树木、流水，甚至行驶的三套马车，都仿佛在乳汁之中洗濯了一样。小麦的叶子微微有些蜷曲，而白杨的叶子则敷着薄薄的水汽，它们都将在阳光照耀之后舒展或蒸发。桐花膨胀在湿润的空中，似乎更娇嫩，更丰腴，它的气味在早晨仿佛浓缩和凝结了，那般使人感到刺激。太阳红了，樊川一片熹微，各种各样的鸟儿从树林飞了出来，它们鸣叫着，在槐树、椿树和白杨之间跳跃。新的一天在樊川开始了，我看到，成群结队的孩子在走向学校，农人走向田野，有的农人通过古道到城里去经营其他生意。妇女已经在溪流之中洗衣，那些溪流是从少陵原和神禾原的根部冒出的，沿着樊川一带，随时随地都有水从高原的根部冒出，那水是细小的、绵长的，经过深厚的黄土的过滤是洁净的。几乎在原下的所有村子，都有这样的溪流，溪流的两旁，耸立着粗壮的老树。

中午，我沿着潏河顺流而行，明亮的阳光照耀着樊川这片低凹地带，广袤的田野，散发出一种土壤与麦苗混合的气息，这气息是浓郁的，只有富饶的地方才有这样的气息。潏河穿流在这样的气息之下，它宽大的河床满是石子，这些石子可以作为建筑材料，农民挖掘石子所留下的坑洼到处可见，狼藉斑斑。茂盛的白杨，扎根在潏河两岸，常常有白杨倾斜于水面，它明亮的叶子，仿佛打了油一样光滑，微风翻动着它们。阳光穿过白杨的枝叶，让水变得闪闪烁烁。河水平缓地流淌着，它时而展开成为薄薄的一片，时而收紧成为细细的一束。圆的石头扁的石头，时而露出水面，时而深入水底。沿潏河而行，我在微微的闷热之中，感到一股清爽，这当然是水的气息。可惜，水在杜曲一带给污染了，我难以相信水成了这样的颜色和形状：河床之中，仿佛铺了一张肮脏的牛皮，一股潜在的力推着它迟缓地走动。聚集在一起的泡沫随之漂浮，所有的石头和草蔓都沉潜于这张牛皮之下。这一带潏河，西安美术学院的学生称之为啤酒河，而村子里的农民则称之为酱油河，足见其污染的程度。我在一片野草丰厚的田间躺了下来，我不由自主地躺在那里。天空并不是蔚蓝，仿佛更多更深的是灰白，云没有形成那种游动的团状或块状，云是薄薄地连接在一起的。四周是寂静的麦田，不过，在寂静之中仍有自然的声息。我可以感觉昆虫的活动，蝴蝶或蜜蜂会从我身上飞过。

迥野翘霜鹤，
澄潭舞锦鸡。

我默默地吟诵着杜牧的绝句，一种巨大的变迁之感敲击着我的心。不但人类在变化，而且其赖以生存的环境也在变化，悲哀的是，这种环境并没有向好的方向发展。我躺在那里，倾听着潏河流动的声音，竟产生了这样的忧患：人类贪婪地攫取自然，这种不顾后果的行为，可能就是自掘坟墓。我想如果杜牧先生现在看到潏河，一定是没有诗兴了。

然而，当我从田间站起来的时候，我仍可感到无穷无尽的苍翠向我靠拢，向我汇集，而且所有的树木、绿草、田野、小桥和流水，都沉浸在明媚的阳光之中，于是我就这样告诉自己：

“我们的祖先毕竟是智慧的，看看这里宁静的天空，看看山的白岩和原的黄土，看看风怎样吹动树木的叶子，看看鸟怎样展开光滑的翅膀，看看混在杂草之中的野花，看看照在石头上的阳光，看看古木掩映的佛寺，看看麦田相夹的小路，你就会知道他们多么亲近自然，多么注重享受，你就会发现他们灵魂之中消极与隐逸的意识多么深刻，如果你沿着这种思路继续行走，那么你大概就知道了自己所属的这个民族的性格，问题是，你不论是自豪还是悲哀，你都是属于它的。你别无选择！”

附记：

这是1992年的樊川，今天已经大变，尤其吵闹多了。樊川长大约15公里，宽大约3至4公里。樊川也就是后宽川。

御宿川

御宿川就是今之王曲川。有方志专家考察，其起于王曲镇，达于施张村，为滈河所冲积，东西向，长大约 15 公里，宽大约 2 至 4 公里。窃谓此观点是可取的。

2012 年 9 月 2 日 16 点以后，我由当地朋友引领，下神禾原南坡到此一览。雨尽而晴，白云在天，草木出土为绿，有难得的朗润。从王曲镇开始，滈河虽迂，执意向西。顺流几乎都植白杨，秋风萧萧，滩窄滩宽，夕照空明。田野广种玉米，一片葱郁。村子常在岸上，农民多坐门口。有一个少妇穿白底蓝花连衣裙，面街站在房檐下，双手按腹，以顺时针方向揉搓，自显风度。过胜利村，朋友指出，这就是王家斌在 1953 年建立胜利农业生产合作社的地方。作家柳青非常关注这个农业社，并给予具体的帮助。他还向苏联宣传胜利农业生产合作社的愿景。其一部小说反映中国农村社会主义革命，曾经大红，主角梁生宝就是以王家斌作原型的。盘桓感慨一番，便随朋友继续走柳家寨、新庄、温国寺、立元村、甫店村、递午村、曹村及上王村。

御宿川为终南山和神禾原所夹，樊川为神禾原和少陵原所夹，不过御宿川比樊川大，农民说：“王曲川一个弯，胜过樊川一个川。”诚然，御宿川平坦广袤，几无丘堆。西去一直有终南山相伴，黄昏霞飞，晰见南五台、石砭峪、天子峪、黄峪和沣峪。

我 17 岁尝在长安县（今长安区）杜陵公社蕉村大队第一生产队劳动，有雒队长派遣我和田永华到王曲公社来，调查一个入伍青年的社会关系，之后还有几次过王曲镇。其皆不如这一次御宿川之行印象清丽。

秦辟上林苑，汉取代秦，汉高祖刘邦拒绝丞相萧何的奉劝，仍维持了秦上林苑的规模。汉文帝和汉景帝皆于斯游猎。公元前 138 年以后，汉武帝一再微服赴上林苑打猎，夜出暮还，好击鹿豕狐兔，搏熊，狂踏庄稼，也遭民呼骂。有一天，汉武帝由侍中常侍武骑和待诏陇西北地的良家子陪同，在终南山下一带狩猎，民以受扰，也不知道他是当朝的皇帝，冲过去围攻。陪同的人乱中竟喊鄠杜令在此，不料真正的鄠杜令匆匆而至，就要捉拿他们。俄顷败露，陪同的人气急败坏，居然挥鞭欲打。鄠杜令大怒，随员也厉色呵斥，遂泄然收手。当是之际，陪同的人迅速出示汉武帝所用之物，以证明上在此，忙护汉武帝离此而去。在这样一个背景下，汉武帝指示太中大夫吾丘寿王做一个计划，扩张上林苑，使他不扰民，民也不碍他。东方朔谏汉武帝不扩张为好，因为民以终南山所产为生。汉武帝高兴，当天就拜朔为太中大夫和给事中，并赐黄金百斤。虽然这样奖励了东方朔，不过汉武帝没有采纳东方朔的建议，上林苑就按计划广开了。

扬雄有文章说："武帝广开上林，东南至宜春、鼎湖、御宿、昆吾，旁南山，西至长杨、五柞，北绕黄山，滨渭而东，周袤数百里。"这是诗人的表达，年代也久，不易明白。按何清谷先生的研究，上林苑之边界，东南至今之蓝田县焦岱镇一带的鼎湖宫，其南依秦岭西折，西南至今之周至县辖区的长杨宫和五柞宫，西北至今之兴平市田阜乡一带的黄山宫，其北沿渭水东折，延伸到泾水和渭水交汇之处，东北至浐河和灞河。需要指出的是，这里的方位是以汉长安城为中心的。

上林苑有离宫 70 所，车马万乘，以应天子之动；禽兽百种，以应天子之取；花木数千余种，以应天子之赏；茂陵有袁广汉，其极富，在今之兴平市一带建园，植奇花异木，巧禽灵兽。以罪而诛，这一切便都归了上林苑。

御宿川属于上林苑的一个部分。其中有御宿苑，闲人免进。皇帝游猎，往往也率皇后和妃嫔共行。以汉长安城之远，晚返不得，便居这里的离宫，此之谓御宿苑。

长安为八水所绕，其中六水在城南，尽自终南山而出，它们是灞、浐、潏、滈、沣、涝。河为水，池也为水，且各润草木及五谷，也各有其丽。

——朱鸿

秀浐骚灞论

浐者，浐水也；灞者，灞水也。近者知，远者思。浐入灞，灞入渭，渭进黄河，构成了一个生动的现代进行时的水系。西安幸运，西安居其中，西安人当感谢遥远岁月那些智慧的规划者和建都者。绕城数水，随演化已经或断或逝，可喜渭在流，灞在流，浐在流，西安有水便不悴。

我在大学读书时，有一年要到临潼去做社会调查，乘车过浐桥并灞桥，从而识其二水。悲哀啊，因为我所见的浐水和灞水，全然不是我所想象的。灰天团云之下，堤岸裸露，川道凌乱。李白诗曰："上有无花之古树，下有伤心之春草。"但我却觅而不见，甚至它们败坏了我的印象之美。

实际上在20世纪之前，浐水和灞水一直处于自然状态，雨多水涨，雨少水落，春木尽绿，冬草遍黄。尤其是浐水与灞水总能慷慨待人。母系氏族要安家，那就安家。秦穆公图谋霸业要架桥，那就架桥。汉唐以关中为京畿，要灌溉，那就灌溉，要航运，那就航运，要赏光，那就赏光。老子论曰："水善利万物而不争。”诚然，浐水，诚然，灞水，特别是对于人，它们既哺之以命，又养之以灵。

但人却没有给浐水和灞水相应的护理，尤其是进入20世纪，随着工业化的出现，它们遭到贪婪的攫取，甚至变成了纳垢之所。美国生物学家R. 卡逊以一篇寓言警示了环境的破坏：“这儿的清晨曾经荡漾着乌鸦、鸫鸟、鸽子、樫鸟、鹪鹩的合唱以及其他鸟鸣的音浪；而现在一切声音都没有了，只有一片寂静……”尽管浐水和灞水及它的周边没有这样的遭遇，不过也十分丑陋了。有一阶段，挖沙者把其变成狗啃状，排污者把其变成酱油色。日照百里，鱼不游底，鸟不鸣柳，沉闷至极。

在西安人有了生态理念之后，浐水和灞水的命运开始转折。沙不再滥采，污不再恶注。西安人还舍得投以巨大的人力和财力，种草植树，修堤制坝，整流固源。这很有向大地忏悔和谢罪的意思，它也是否定之否定的证明。总之变了！凡是这几年到浐水和灞水一带走一走的，无不叹而赞之！

浐水和灞水从来没有像今天这样打下了科学技术的烙印，它显然是西安人的一种创造。不过保持其个性，加强其地域与传统的特点也非常必要。我观其水，浐杰出于秀，灞闻达于骚。浐水流程短，落差小，河道弯曲度从上游到下游渐渐宽大，石白沙纯，浪细岸平，不亦秀乎！灞水之异，在它完全荡漾着一种由诗歌笼罩着的历史感和文化感。汉王粲曰：“南登霸陵岸，回首望长安。”唐李白曰：“送君灞陵亭，灞水流浩浩。”杨巨源曰：“杨柳含烟灞岸春，年年攀折为行人。”戴叔伦曰：“濯濯长亭柳，阴连灞水流。”清王士禛曰：“闺中若问金钱卜，秋雨秋风过灞桥。”风雅之士，世代所弄，不亦骚乎！

曲江萧瑟

如果我生长在唐代，并有幸及第为进士，那么，曲江流饮我一定是会参加的。那是一个发达的季节，也是一个风流的季节，真是让人向往。

可惜我所见的曲江，已经不美了。我曾经几次到过曲江，它位于我的故乡少陵原东北方向，处在西安东南，到这里来总是方便的。曲江并没有水，它仅仅是一带低洼的田野，一条蜿蜒的小路穿过这里，人与车辆来来往往，黄色的灰尘如烟如雾，向人扑去，人走了，它就沾染到白杨的枝叶上。一旦灰尘起来了，它似乎就不愿意回归地面。

秋天不要到曲江去，曲江的秋天多么寂寥，人在这里会伤感的。天空是宁静的，淡淡的云漂染了天空，天空的颜色很混合。黄昏，西边的天空才出现一抹蓝，那是晚霞断裂之后露出的，仿佛撩开窗帘现出的一双忧郁的眼睛。晚霞并不热烈，鱼鳞似的，一片压着一片整齐地排列着。大雁塔的顶尖，仿佛插进了晚霞之中，泡桐和白杨到处都是。潮湿的土地，满是绿色的阴影。玉米的秆子密密地聚在一起，鹅黄的颖花开放着，并默默地孕育着粗壮的穗子。闲地保持着乌黑的墒，那是准备播种小麦的，乘虚而入的野草，竟在闲地蔓延了，于是农民就把羊放牧在那里。路边的坝上的羊，将野草嚼得脆响，但在田野觅食的羊却没有声音，田野在遥远的地方。曲江的废墟并不小，它的两边都有村子，不过村子无声无息，唯有树木在那里笼罩。泥径两边，长着大豆和小豆，有叶子波浪似的翻卷着，我以为是一只硕大的老鼠，钻出叶子才知道是相互追逐的鸡。天空晴朗，然而刚刚下了雨，树叶草叶的露珠闪闪发光，一阵风吹，就滚滚而下。曲江是黄土的塌陷形成的，它的西南就是我的故乡少陵原。少陵原奔流着风，是秋天的风。风从它起伏的边沿穿过，有形而无声。

我所想象的曲江完全不是这样。它应该是一个天然的湖泊，汉武泉汩汩地冒着清水，泉水滋养着茂密的修竹和滑动的游鱼，鸟像云一样在树林起落。为了使曲江更广阔更繁华，唐代开通了黄渠，它一头在秦岭的大峪，一头在曲江。黄渠引来了秦岭的水。黄渠像一条明亮的飘带，逶迤在苍茫的原野。曲江的水涨满在高原的褶皱，起伏错落的江岸，合成曲江蜿蜒的框架。在曲江周围所有的高岗，都建筑了宫殿和亭台，紫云楼和彩霞亭尤其光耀。皇帝与嫔妃，王公与大臣，经常游乐于斯，春暖花开的三月三，秋高气爽的九月九，这里简直热闹非凡。“倾国妖姬云鬟重，薄徒公子雪衫轻”，这是诗人林宽的所见。杜甫对到曲江去玩的美人认真观察，并做准确的描绘，他说：“态浓意远淑且真，肌理细腻骨肉匀。绣罗衣裳照暮春，蹙金孔雀银麒麟。头上何所有？翠微盍叶垂鬓唇。背后何所见？珠压腰衱稳称身。”尽管杜甫是在讽刺贵妃姐妹的嚣张，但他所透露的，却是曲江的狂欢。在曲江，皇帝偶尔会从高处将钱币撒下，让群臣争抢而欢。皇帝设宴招待群臣的时候尤其热闹，他们举杯祝福，呼喊万岁。附近的农民也竞相豪华，绸缎悬挂，珠宝陈列，乐队演奏，舟楫荡漾。曲江上下，到处是人。那些及第进士，当然兴奋不已，成群结队到曲江去高兴。他们大摆其宴，频频畅饮，得意而忘形。及第不是一件容易的事情，很多人终生努力，都不能成为进士，一些人老态龙钟才及第，那种大喜是可以理解的。他们要释放自己长期积累起来的沉重，曲江显然是理想的轻松之地，这里有风景，有美人，美人走在风景之中。他们一边嬉着流水，一边饮着好酒，人人乐而忘忧。某些时候，皇帝高兴了，会赐其宴给进士，这是难得的荣耀，那些进士到了曲江往往会神魂颠倒，醉如烂泥。

关于进士在曲江出丑的故事是很多的。史记，曹松七十四岁那年考取了进士，曲江流饮，只有他白发苍苍，步履蹒跚，然而，他对其宴流连忘返，几乎死矣。卢象及第之后，急着回到洛阳，已经请假了，不过看到其他进士在那里豪饮，便激动得身穿便服，津津欣赏。他雇的车上，还坐着一位歌妓，结果为巡查的所抓。他当然要被抓的，到曲江去的人，必须斯文而儒雅，连一些态度傲慢和举止轻浮的人都不准进入，何况卢象。维持秩序的人对他提出警告，并追究他，其判词是："紫陌寻春，便隔同年之面；青云得路，可知异日之心。"

曲江之美，历史悠久，大约在秦代，它便是一片可以游乐的风景。到了汉朝，它已经是绝妙的园林。隋朝的皇帝很是迷信，认为曲江之地高于皇宫之地，是犯忌，就派大批劳力挖掘曲江，使之低于皇宫的基石，这样便不会威胁王者之气了，随之在曲江两岸种植了接天连日的芙蓉供人养目。曲江之美的顶峰，当然是在唐代。唐代的曲江是自然和人工的结合，而且构建了一种立体的美。曲江周围有杏园，有大雁塔，它们既独立于曲江，又延伸了曲江。安史之乱使修建在曲江周围的宫殿和台亭几乎全遭毁灭，曲江一片衰败。多愁善感的杜甫，曾经在这里徘徊，看到草木翠绿而人影杳然，他不禁失声而哭。杜甫享受过曲江的热闹，体验过曲江的寂寞，世事的变迁使其感慨系之。安史之乱平息不久，唐文宗要恢复曲江之盛，对紫云楼和彩云亭做了维护，并告示富商之人，可以在曲江修建馆舍，并动员三千劳力疏通曲江，使水流畅。然而，失去的永远难以恢复。随着唐代的消亡，野草覆盖了曲江。明代之后，这里便逐渐变成陆地和农田，直到现在。

……

路在我脚下延伸，脚下的路筑在昔日的曲江之上。我慢慢地走着，浓重的潮气升腾而起，那些杨树、桐树和玉米，都湿湿的，仿佛刚刚淋了雨。潮气在这里是有重量的，我的头发就摩擦着潮气。它们从曲江渗出，并使天空都滋润了。悠长的历史之梦破灭了。奔驰的汽车和颠簸的马车，一辆一辆从我身旁越过，噪音干扰着皇都林苑的宁静。皇都已经废弃，它的宁静显得凄惨和荒凉。唯有生气的，还是那些潮气，它是被埋没的曲江的灵魂。消亡的曲江，到了一个阴暗的地方，在那里，它的压抑和沉闷显然难以忍受，就从土壤的缝隙钻出来，希望看一看阳光照耀的人物。滚滚尘埃依然撒在黄昏的树枝上，唐朝的尘埃就曾经这样飞扬，不过那是欣赏曲江的人践踏的，但现在的尘埃却不是。

在村边的白杨树下，有两位老人，老婆坐在藤椅上，白发飘拂，病身软弱，老头蹲在她的旁边，给她做伴。他们茫然地望着曲江，望着雾霭之中的庄稼。鸡和狗在附近游走着，他们背后的房院，似乎有孩子在热闹。炊烟绵绵地在天空流逝，我感觉它是那么悠然。

我走近两位老人，蹲在地上，像老头那样蹲着，我问：

“你们在这里休息呢?”

老头说:“休息么!”

“你面前就是过去的曲江吧?”

“就是。我蹲着的地方,也是过去的曲江。”

老头黝黑的脸上,纵横交错的全是皱纹,嘴角的皱纹尤其深刻,下巴的胡子粗硬而黑白相杂,眼睛细小如缝,微弱的光明闪烁其中。不过,他是一个头脑清晰的老头,对此,我当然很是高兴,我问:“你的家是迁移到这里的吧?”

老头说:“是迁移到这里的。在明末清初迁移到这里的。家原在曲江的北面,那里地势高,是一个原。”

“那时候曲江的水已经干涸了吧?”

“水少了,不过没有干涸。那里长满了芦苇,冬天都不会结冰。水不多,水缓缓地流着。”

“这是什么时候的情况?”

“我小时候的情况啊!”

“现在没有水了?”

“没有了。”

“它什么时候干涸的?”

“1939 年关中大旱,这里的水就没有了。”

“这里的水是河水还是泉水?”

“泉水。”

"1939 年关中大旱，泉水没有了？"

"没有了。"

"它不冒了？"

"不冒了。太阳晒得土地都起了皮。"

老头抚摩着他的下巴，那胡子嚓嚓地响着。老婆默默地望着他。晚霞燃烧得剩下了灰烬，天空青色如铁，曲江一片萧瑟。

我问："庄稼就是从那时候开始播种的？"

老头说："曲江一直都荒着，满是野草，人开始只是在这里放羊放马。"

"什么时候有了庄稼？"

"曲江地势很低，它是凹陷下去的一处沟壕。水干涸了几十年之后，地下的水有一天忽然就渗出来了。"

"哪年啊？"

"1964 年吧。"

"水汪汪地向北流着，冬天都不结冰。"

"是这样啊！"

"村子的人给这里种了稻子，种了四年，还养了鱼……我的儿子就是抓鱼淹死的。从那时候起，老婆就成了一个病身。"

"水深得能淹死人？"

"他是我最小的儿子。大约十年以后，大约是 1974 年吧，它的水彻底干涸了。”

“什么原因?”

“周围到处打井，水泵抽走了地下的水，曲江就干涸了。接着是造田，用土把曲江垫成了现在的样子。”

老头慢慢告诉了我关于曲江的变化，似乎为他能知道这么多的情况而得意。他盼某年某月，曲江的水能够再现，或者是从秦岭引水，或者地下涌水，以使曲江名副其实。如果这样，那么他重新迁移都很愿意。

告别了两位老人，我独自走着，凄凉的曲江像长卷的画一样在我身边滑过。我心里一片失落。我想，自然是有秩序的，人可以改造它，然而不要打乱它的秩序，否则它就要报复人，使你得不偿失。

我便这样想着，离开了曲江。

华灯照亮了我的眼睛，我发现自己已经来到了端履门，五光十色的风景在这里喧哗。

背后是曲江，我能感到，有无数的秋虫在那里鸣叫着。

附记：

1992年，我至曲江做田野调查，情景如此。今天，它换了模样，不过此形胜也就改变了。

曲江记

夏日得到曲江注水并再现的消息，难免又惊异，又兴奋，不过也存一点疑虑，因为古之曲江已经通过诗把其美印染我心，并先入为主，遂问今之曲江究竟如何，是什么风度，很想见识一下。恰恰几天以后，有朋友相约作曲江之行，便欣然而往。

我是长安人，生长于少陵原上，从小在乡间窜游就到过曲江。可惜那时候不知道曲江是皇家林苑，所见也是村子傍山，杂木萧疏，田圃有蔬菜麦苗之属，并有牛羊觅草，鸡犬捡食，颇为荒凉。之后曾经走遍关中，寻找祖先所余，在曲江考察之际，我怅望废墟，感叹月有圆缺，世有兴衰，一代风流消逝，吾辈无福享受了。忽闻曲江聚水泱泱，不但空明潋滟，还可以荡舟，当然很是惊喜！

这一天，日出东方，风自西来，身有其轻，神有其澄。我随朋友乘车而驰，绕过大雁塔，穿过林带和草坪，一个转弯，曲江便直入我目。一瞬之间，顿觉迷乱、陌生，仿佛是梦幻。

水横一片，岸环四野，烟波缥缈，细柳荡漾，并有楼榭殿亭各得其所，披云灿然，迎风昂然，真难以想象身在西安，而且是到了曲江。朋友介绍说："旧貌尽除，新貌全布，是在一年之内完成的！"

人是好水的动物，甚至孔子曰智者乐水，所以朋友邀我上船而观，岂不快哉！时在早晨，8 点 30 分的天空一经夜雨清洗，千里透晴，万里湛蓝，有阳光盈照，芳香柔飘，700 亩曲江白石过滩，拱桥跨流，群鸭任游，孤雀自鸣，男潇洒以争雄，女娇娆以竞艳，唯老者安然，幼者怡然。

我的兴致在其建筑，总认为在胜迹上造屋修舍，不考虑文化元素无以成功，遂一边蜿蜒而漂，一边瞻而欣赏。曲江亭和祈雨亭是曲江固有之物，现在照样恢复，具标志性质，非常好。其重压西岸，彼此呼应，足以发思古之幽情。坐落东岸的建筑，多有典故或取唐诗之意。白居易诗曰："秋波红蓼水，夕照青芜岸。"遂建红蓼亭。韩偓诗曰："斜烟缕缕鹭鸶栖，藕叶枯香折野泥。"遂筑藕香榭。造荷廊以念当年荷花连天，修凉殿以记昔日漫流降温。云韶居耸于斜坡高崖，形势陡峭，是鸟瞰之点，名出罗邺之诗。千树亭立于码头之侧，玲珑俊秀，望之喜悦，名源韩愈之诗。卢纶诗曰："泉声遍野入芳洲，拥沫吹花草上流。"由此便有芳洲临流。在水边沐浴，除凶招祥，尝蔚为风气，从而作祓禊亭以显唐长安之习俗。其他种种，也无不融于碧水绿岸之中，背景辽阔，大小错落，各展精彩，皆具来历。见我连连慨叹，朋友便问：“怎么样?”我说：“超出了我的想象！述旧不虚，编新有意，刻古不薄雕今，尤以能传达诸朝雅好见奇，难得了一片匠心！”

曲江誉满历史，声传天下。当然，它只在大时代才出现，一旦社会动荡，国家离析，便泉孔阻塞，水源干涸，由此知其是盛世的作品。秦版曲江谓之隑洲，汉版曲江为曲江，隋版曲江谓之芙蓉池，唐版曲江谓之曲江池。我以为今之曲江为新版，当是西安版曲江。秦人发现了曲江，遗憾未见秦人于斯活动，只有一个胡亥墓留在了南岸。汉人也只有刘彻狩猎的背影，不过他倒是对曲江极为钟情，曾经微服巡游，并疏浚扩边。隋人似乎还没有在曲江远观绿叶红花的趣味，因为其皇帝一幸再幸的是江都。唐人最懂生活的艺术，也最为潇洒，具以李隆基执政岁月为峰。三月三日是上巳节，李隆基会带贵妃及其姐妹到曲江去探春踏青，陪同者贵，奉迎者荣。流光明媚，惠风和畅，所随佳丽态浓意远，裙长袖广，曲江一带便人潮涌动，情海高涨。当此之际，商贩摆奇货宝物于道，富豪撒鲜花香草于途，其天喧哗，其地热闹。皇帝情绪好了，便赐宴臣僚，京兆府也大陈筵席，甚至长安与万年两县竟大较其劲，以作雄胜。或是考场及第以后，进士华服骏马，曲江流饮，以显得意人生。想起来那真是一段浪漫的时光。

唐版曲江常常使我向往，不过我也知道，即使它再美，终归皇家所有，人民是不能自由出入的。毕竟星旋斗转，山河必变，今之曲江，属于人民了，这是具有伟大意义的进步。西安其城一向有老可以卖，有文化遗产可以傲，只是缺水。干涩不润，便为一短。曲江再现，改变了生态，也给其城赋予了一种灵动和豪华。西安显然由此大大升华了。有同志从远方来，我一定要带其享受一下西安版曲江，持玉不示君子难以为仁啊！不过我还是先陪妻儿一游吧，否则不就是高台把栏而得月在后了吗？

2008 年 7 月 14 日于窄门堡

附记：

2008 年夏日，有朋友邀至曲江池作游，所见让人惊诧。农民全部迁走，房屋尽拆，水满树绿，鸟语花香。十几年前我在曲江喟叹：也许曲江池永远消逝了！不料曲江竟注水而再现，人真是伟大！

2008 年 11 月 16 日

再记：

曲江属于文化遗产，注水复活，应该是对历史致意，推崇有唐一代在故国旧都的风雅，很好。它显然也有自己独立的价值。可惜现在的曲江，沿岸高楼大厦如林，它们包围其水，凸显曲江之小。曲江必须有露，起码南显少陵原半坡才现灵性。曲江只有在比较空旷的背景之下，使人悠然见远山，才具自然与艺术的兼容之美。

2010 年 12 月 31 日

昆明池

请了一位朋友带我考察昆明池，因为此地曾经是他的辖区。下了汽车，躲开轮胎卷起的白尘，趋步走进夕阳尽红的田野。朋友指着有雾轻笼的一个一个的村子说："汉武帝的昆明池就在这里！"

我的直接感受是，一切都在变化。然而究竟是什么力量或是谁推动着世间的变化呢?

昆明池是汉人经营的。那时候有一个身毒国，汉帝国欲派使者联络一下，以建立外交关系。也许还能打通一条贸易道路，发展经济。然而在中国与身毒国之间，有昆明国，其中滇池方圆300里，土著凭水封阻汉帝国的使者，遂不得前往。汉武帝奋发其气，调遣陇西和北地之谪吏，凿昆明池，以象滇池，训练水兵。不久昆明池便蓄水，汪洋一片。

晋人测量昆明池的周回为40里，不知道确切否?中国社会科学院考古研究所在2005年钻探发现，当年的昆明池，大体位于现在的斗门镇、石闸口村、万村和南沣村之间。其岸长大约 17.6 公里，相当于晋人所记。晋人显然还是严谨的。

穿昆明池是在公元前 120 年。当此之际，汉武帝 36 岁。变化真快！西安市刚刚成立了西咸新区，长安区固有的斗门镇及其汉武帝的昆明池，一纸文件便为西咸新区所有了。朋友就是当局的领导，他说：“可能会恢复昆明池，只不过面积要小一些。谨祝好运！”

尽管有水兵在昆明池一再训练，不过汉帝国并未进攻昆明国，也未见使者到身毒国去。不过公元前 112 年，汉帝国与南越发生了一次水战，汉军的楼船击败了南越，训练显然是有效的。千年以后，唐军也尝在昆明池训练水兵，唐高祖极为重视，还兴致勃勃地临阵观察。

宋人程大昌曾经考察昆明池对汉长安城及唐长安城的水利作用，认为城里也用其水，城外也用其水。资料显示，昆明池一带甚高，从终南山过来的洨河一旦注满，就会自动涌向沣河，沣河便泻昆明池。它也有两渠，一渠在城外送水到灞河，一渠到城里入沧池和太液池，以润泽皇宫。

昆明池当年有鱼，捕之或用于先君的祭祀，或在集市销售，价格低廉，决不冒涨。宫女也会到这里泛舟，她们乘龙首船，唱着歌，有鼓有吹的，想是十分浪漫了。龙首船张开风盖，风吹华旗，悠然漂移着。昆明池之美，也吸引了诗人的目光，有机会便到此娱乐。北朝的庾信，隋朝的江总，都有咏叹。当然唐的咏叹最多，宋之问、王维、杜甫、白居易、贾岛、温庭筠，皆有大作，尤其以杜甫的诗最富深意。当是时也，已经是安史之乱以后，渐老的杜甫正在长江之滨的夔州，不知道什么景物触动了他的感情，故国旧都之思，荡漾在昆明池上。他吟诵道：

昆明池水汉时功，
武帝旌旗在眼中。
织女机丝虚夜月，
石鲸鳞甲动秋风。
波漂菰米沉云黑，
露冷莲房坠粉红。
关塞极天唯鸟道，
江湖满地一渔翁。

关于昆明池，一直点染着一种神秘色彩。挖掘那年，竟出了谜一般的黑物，像炭又不像是炭，无人能明其故，一位大臣便问东方朔，东方朔说：“臣愚不足知之，可试问西域胡人。”到汉明帝执政，一个胡人认为黑物是“劫烧之余灰也”。史记，从昆明池到白鹿原还有一条水道曰神池，上古就有了，而且尧治水的时候曾经停船于斯，更是难解。

杜甫的文章已经透露了牵牛和织女的信息，可惜他不知道这两尊石雕在20世纪的命运。汉武帝的昆明池，曾经立有牵牛和织女之像，从而把长安的昆明池与天上的银河相对应，诚如班固所言：“临乎昆明之池，左牵牛而右织女，似云汉之无涯。”杜甫显然见过石雕，然而他不了解千年以后，斗门镇及其周边的中国人把牵牛置换为石爷，把织女置换为石婆，并置于庙宇，顶礼膜拜。尤其认为石婆灵验，遂一旦患病，或求子，或求学，都要向石婆烧香祷告。“文化大革命”批判这是愚昧，勒令取缔，并把石爷像和石婆像运到了西安碑林博物馆。不料斗门镇的男女会追过去烧香祷告，遂呈混乱，便又把两尊石雕运到终南山下的草堂寺。然而农民仍要膜拜，又撵到草堂寺烧香祷告。无可奈何，从而允许置石爷像和石婆像于昆明池遗址的一个村子里。现在石婆像藏斗门镇的一家棉花脱绒厂库房，石爷像在斗门镇南沣村的庙宇里。农民当然无法辨别，遂把石爷当石婆敬了，这让识者啼笑皆非。我所见石爷像头大，脸稍左倾，宽额，短发，上衣交襟，一带束腰，右手半举，左手拂于胸前，石婆像跽坐，面丰发垂，上衣右衽交襟，双手垂于腹前。

昆明池还有石鲸，史记，其长三丈，随雷而鸣，鬣尾皆动，汉祭祀以祈雨，往往灵验。我多少感到困惑，朋友便带我到马营寨村一个宅院去，只见黄壤出石，隐现鳞甲。朋友说：“这就是石鲸，只不过大部埋在土里面而已。石鲸成神了，农民怕，没有人敢挖它出来!”

走向神，不能不深思，修行之士遂多幽居。草堂寺在圭峰山下，净业寺在沣峪的林壑中，华严寺在少陵原南畔，香积寺在神禾原西北一带，潏滈相汇于斯，仙游寺初建黑水峪，河过其门，今在谷口，而楼观则在仙游寺东二十余里的终南山北麓台地之上。

——朱鸿

楼观

终南山林深峰秀，久有声誉。楼观台在此营造，遂为道教胜境。尽管我不敢成仙，然而道教文化蕴含着处世的智慧，便常常登临，以治吾愚。有时候北京或上海的朋友到西安来，也携他们往楼观去。76 公里的路程，远乎哉？汽车奔驰，真是十分近了。

楼观之所立，在乎老子曾经于斯活动。老子就是李耳，字聃，应该是一个耳朵颇长的人，出生楚国苦县厉乡曲仁里，今之河南鹿邑。任周朝藏书室的史官，洞察了天下兴衰，发现周朝将亡，便寂然西游。

崤山以西有周朝的大夫尹喜，居终南山，结草为楼，以观天象。他见紫气东来，窃谓将出圣者，便切切盼望。老子翩然而至，其超尘拔俗之象，使尹喜惊叹并敬仰，遂迎老子入庐，并筑授经台，曰："子将隐矣，强为我著书。"老子便著书上下篇，论道德之意，足有五千言，之后不知究竟。有人认为，老子著书既毕，选邃密之高岗乘云升天了。司马迁对李耳有论，他说：“老子深远矣！”

楼观的精华在授经台一带。2012 年 7 月 24 日，我再登临授经台，以追渺渺之贤。可惜红门紧闭，不得入内。四顾遍问，在此拉客骑马上山的一个妇女说：“有画家给宝殿绘图呢！”我想大约是在修缮吧，观之难了，遂在授经台以外盘桓。

在我的印象之中，授经台为庭院，筑有钟楼、鼓楼、老子祠、藏经阁和救苦殿。老子祠飞檐斗拱，砖墙有雕，庄重而典雅。不过世事变化极快，近乎两年，我未至授经台了，不知它是否旧貌换了新颜？

这里旷然敞亮，客多于斯小憩。也有道士等待其客抽签，以答吉凶福祸之问的，也有道士身披灰袍，悠然往来的。授经台前作有水池，池深水浅，硬币散乱。水池旁建一亭，亭里树一碑，刻曰上善池。辨析款识，是赵孟頫的字。想看一看碑阴，便绕过去。蓦然目击一位妇女坐在亭的台基上，对面是一位道士，其半躺软椅，腿伸过来，恰恰搭在亭的台基上。见有秘事，遂没有完全转至碑阴。我朗声对道士说：“兵者非君子之器也，不祥之器也，不得已而用之。”道士拧过来半个脸，睨视着我，笑曰：“无为而无不为。”这一带还有别的碑，以欧阳询的隶书为珍。

当然，我一向喜欢古木，遂走了一圈，浏览巨大的青檀，巨大的银杏、七叶树、栾树，并将其形象一一存储脑中。徘徊之处，皆是青石、混凝土，觉得很干燥。地气不足，便乏温润。

道教之主为老子，然而老子并没有创立道教。根据司马迁的记录，老子当是春秋末期的人。道教产生于东汉末期，它距老子在世之时晚了数百年。但老子的种种认识却是道教的理论之源。只有老子是不够的，还需要黄帝的支持，以加强道教的力量，于是黄帝就被尊为道教之祖。把黄帝和老子进行联结的是庄子，足证其人之聪明。实际上道教的理论之源，还有鬼神崇拜。儒家的伦理思想，墨家的尊天思想，对道教也有助益。道家也吸收了邹衍关于阴阳五行的观点。道家尤其欣赏神仙思想，并把长生不死以至当一个神仙视为追求的目标。它信仰的是道，自有一套修行的方法。它为中国文化所孕育，也是中国文化的融合和精炼。中国的宗教多是西方传来的，唯道教是本土所产生。

炼丹炉在炼丹峰，我一直没有上过，现在要上。坐在荫凉中的妇女猜测了我的所思，立即动员我骑马。骑马也是可以的，不过有人牵缰绳会打扰我想问题，遂拒绝了。海拔千米，不易上，因为盘道皆砌石为蹬，累累成梯，得强迫躯体做固定且连续的运动。然而上 46 分钟，终于到了。汗水发背，浸透了衣服，不过心有喜悦。

炼丹峰耸然而出，其顶为坪，几十平方米的样子。中央有小庙，坐北朝南，奉老子像，其砖座，砖墙，但屋脊却为混凝土，灰色泛白，顿失和谐，也欠肃穆。周围尽摆小摊，卖香，卖蜡，卖饮食，杂乱如闹市。我问：“老子的庙怎么是这种版式？”身穿蓝袍的道士说：“1966 年红卫兵扒了屋脊。”我拍了一张照片，便赴小庙以南的炼丹炉，也想为它拍一张。刚举照相机，一个经营小摊的农民就说：“炼丹炉是新的。红卫兵当年也砸了炼丹炉。”我既然来了，也便选了角度拍了一张。炼丹峰属于前东明村，从事经营的人，皆是当地的。

踌躇炼丹峰，凭高据深，足以四望。向南，重峦叠嶂，一片葱郁。固然养目，不过看久了也显单调，遂回头向北。关中平原八百里，遗憾雾霾如盖，我只看到靠着终南山的一绺。黄壤之上，栋宇竞起。楼观对面，恰恰是浩瀚的宗圣宫，过环山公路，便又是澎湃的赵公明财神庙。其他地方，一块一块的，也都在造什么楼，营什么厦。有一道山梁，显然也铲而为坪了，遥见或圆或方的混凝土工程，大约很快就是一个堂，一个馆，或一个店吧！把视线缓缓摇向终南山北麓，隐隐看到田峪河、闻仙沟、塔峪沟，其道仍在，可惜几乎都不流水了。

夜归读老子，感到他的一些观点仍不失为启示。论治国，他说：“江海所以能为百谷王者，以其善下之，故能为百谷王。”又说：“受国之垢，是谓社稷主；受国不祥，是为天下王。”论处世，他说：“揣而锐之，不可常保；金玉满堂，莫之能守；富贵而骄，自遗其咎。”又说：“知足不辱，知止不殆，可以长久。”他观察万物的角度是辩证的，说：“有无相生，难易相成，长短相形，高下相倾，音声相和，前后相随。”又说：“祸兮福之所倚，福兮祸之所伏。”老子相信宇宙是靠道而生成的，他指出：“道生一，一生二，二生三，三生万物。”道是什么，他只有神秘的比喻，未做详细解释，遂使异口异论。他像一个2500余岁的久坐诊室的老中医，脸冷，眼睛毒，神情偶尔闪烁着一丝傲岸和鄙夷，沉默，戒备，不过断病极准，并会开出自己的药方。当然，听不听由你。

草堂寺

这是2012年的一天，微风细雨，澄然起巡草堂寺之心，遂往之。做伴的，朋友周博学，学生郝彦丰。走西安至太平峪公路，30公里，不紧不慢的言语之间也就到了。

有一年的隆冬，我独探草堂寺。坐长途汽车到户县（今鄠邑区），再坐农民的三轮车到草堂镇，于斯以积雪封路，三轮车不驰，我便步行。地平野旷，乡村荒径，尽是白色。我不顾一切地向前，血液里充满奋发之力。当时留下的记录，显然透露了一种清明的信息。

> 1992年一场大雪之后，我瞻仰了草堂寺。尽管天气晴朗，阳光明亮，但秦岭的圭峰之下却冰滑霜脆，茫茫一片。
>
> 草堂寺的红墙燃烧在阴冷的田野之中，挺拔的古木伸向宁静的天空，远远的圭峰凝然而寒冷，所有的雪都落在了岗峦和峡谷，草木一律染成了白色。草堂

寺的红门紧紧关着，连一个缝隙也没有。我敲门呐喊，并反复呐喊敲门，才有僧拉开了红门。一个中年和尚，身披灰袍，拿着佛书，缩着脖子，似乎不悦，但他却终于敌不过我的诚意，便放我进去。和尚随手推关了红门，那红门发出的悠悠的响声，划破了这里的静谧。一方小小的佛院，晶莹而剔透，松、柏、槐、杨，颜色黯淡，悄然立于甬道两旁的空地，根部都壅着雪。甬路狭窄，仅能移步，不过笔直而四通八达，路面的雪已经扫得干干净净，只是我不见行人。

我看到的草堂寺仍是红墙，不过隔公路而筑的，是一排经商的平房，镶嵌着白色的瓷片，既张灯笼，又扬旌旗，如在御内常有的范式。可惜它恰恰阻断了视线，不见秦岭，何有圭峰？红门面山，也还紧紧关着，然而旁开小扉，可以进庙。投身跨槛，便闻老声要求买票。循讯而盼，见有数平方米的小屋，媪坐窗里，手伸窗外。一张票20元人民币，付讫便速去。

我想以过去的印象套合今之景物，然而不行，它总是出现差异。

对着红门的是天王殿，两边各有偏房。右边的格子门、格子窗，尽涂朱色，檐下铺麻石，左边的正在修葺，门窗皆木，呈为白色，檐下的台阶由混凝土所铸。此处显然是一个单元，庭院所覆都是机器切成的青石，咸备这个时代的特点：没有灵魂，呆头呆脑。

向北，过天王殿，左钟楼，右鼓楼，俱为三层，廊回角翘。在钟楼和鼓楼一带，刻石嶙嶙，其中有一尊记录清世宗雍正皇帝敕封大智园正圣僧禅师之碑，反映了草堂寺在清帝国的演化。遗憾的是，此碑在 1979 年搬运之际，倒地震裂，分为数块。现在所见之碑，是经修复的，残痕仍在。

向北，上七个台阶，为大雄宝殿。目击一瞬，我便感觉它是新的建筑。任何时候都会有新的建筑，不过此宝殿的十楹尽由混凝土所制，圆形，多显斑驳，有的漆皮剥落。这里供奉三佛，中是释迦牟尼佛，左是东方琉璃世界的药师佛，右是西方极乐世界的阿弥陀佛，两侧是十八罗汉。中堂正大，蜡烛静照，遂闻远方鸟鸣嘤嘤。蓦地有僧入中堂，其穿灰袍，穿灰鞋，悄然擦拭条案上的香灰，旋即而去。我自问他是不是那个隆冬给我开门的和尚，不等自答，我便摇头否定了：怎么可能呢？

向北，过大雄宝殿，又是一个单元，仍为庭院，大且朗然。这里有大悲殿，供奉观音。其东是客堂，西是服务中心，都锁着门。

向北，过大悲殿，又是一个单元，仍为庭院，顿感宽敞。其东为地藏殿，西为三圣殿，中间立了一尊佛陀诞辰图刻石。

刻石下端流水如瀑，刻石背后是法堂。这里供奉清净法身毗卢遮那佛，金碧辉煌，颇为森严。

向北，是一个正营造的建筑。我问席地而坐的三个工人，他们说："这是马上竣工的藏经楼。"藏经楼背后，天空虚无，云雾蒙蒙。

我的感觉是草堂寺扩充了，阔气了，是这个时代的庙了。它也冲淡了当年的草堂寺：像一个四合庭院，大雄宝殿的东西各有几间配室，外为绿树拱围之红墙。现在它真是巨变了，如果有人指出这是别的什么庙，那么我认为是的，因为它与别的什么庙在格局上确实相像。

不过我觉得草堂寺的大树仍很亲切，也多能辨识。踏进红门，便见皮上青苔成堆的国槐、椿、泡桐、柏，它们粗且高，有的根歪干斜，透露着自己艰难的成长过程。附近的一排棕榈，叶硕而怠，又积尘埃，不清不明的。在钟楼与鼓楼之间，柏老而坚，集聚成列，呈一种让人振作的气象。只可惜以青石覆地，总感到大树仿佛是从青石上冒出来的。环法堂之数柏，显然更老，都挂着牌子，以示受到保护。苍劲刚健，质如巉岩。

那么鸠摩罗什舍利塔在何处呢？一个年轻的和尚指着此庙西边的幽林说："法师舍利塔在古木之间。"草堂寺显然经过了一番新的规划和调整，当年比较疏散，大树杂列于大雄宝殿与舍利塔之间，今之建筑尽沿红门一线幢幢而起，把西边归为沉思与遐想之境，这也好！我便遵示向舍利塔而去。

曲径砖砌，悠然伸入一派修竹。雨润青苔，必须脚做扒状，以防滑倒。环境改变人，在这里是不能趾高气扬的。此地固然竹多，密布成片，不过也有大树拔萃于修竹之上，它们是国槐、梧桐、泡桐、柿、柳，统统本土化、家常化，亲切至极，也森然蓊郁，遂使凉意染肌。俄有一个六角亭耸然拦路，审视之，目贴玻璃窗定睛辨识，到了，是鸠摩罗什舍利塔藏于斯。

此塔高 2.33 米，共 8 面，12 层，以大理石所雕。大理石之色呈青，呈白，呈黄，有镶之为美的意思。其塔之下，是基座和云台，饰以花草。龛之上有盖，若屋脊，为珠顶。其盖之下是阴刻佛像，工艺甚精。仔细读之，所题字是：姚秦三藏法师鸠摩罗什之舍利塔。

鸠摩炎是一个印度人，颇具慧根。有一天顿悟，便弃相位，毅然出家，翻越葱岭，往龟兹国去，于今之新疆库车一带传播佛教，并升为国师，娶了龟兹国公主为妻。他们所生的一个儿子就是鸠摩罗什。其 7 岁随母亲出家，学习小乘佛教，领会超群。12 岁转而学习大乘佛教，入庙求师，遂知识奥博，腾声西域，驰名长安。大约 20 岁受戒，发愿向东方布法，以普度众生。

前秦王苻坚，氐人，在长安获悉鸠摩罗什之法大，推崇之至，派大将吕光破龟兹国，得到了法师。可惜公元385年苻坚被杀，吕光无所归附，便经营凉州，立后凉国，享皇帝之尊凡17年。吕光粗卑，不知道鸠摩罗什的价值，任其自流。法师并未蹉跎，不定之间掌握了汉语。

后秦王姚兴，羌人，在公元401年遣兵消灭后凉国。十分惊喜的是，在姑臧，今之甘肃武威，发现了鸠摩罗什，姚兴便迎之到长安来。姚兴信仰佛教，遂以国师之礼相待。得到姚兴的支持，鸠摩罗什便按计划工作。大约公元401年到公元405年，鸠摩罗什多在逍遥园进行佛经汉译，大约公元406年至公元413年，鸠摩罗什多在长安大寺进行佛经汉译。法师共译佛经74部，384卷。

姚兴似乎是一位狂热的佛教徒，其组织了3000余人的团队以辅佐鸠摩罗什，这些人当然也是法师的弟子。姚兴还收集了过去的佛经版本，让法师参考。尤其奇怪的是，根据美国作家比尔·波特提供的考证，姚兴认为鸠摩罗什智慧甚高，要保护此智慧，便选了10个宫女，送其入室，要她们与法师生儿育女。比尔·波特分析，鸠摩罗什默受了。大约70岁，法师逝世，其火化而舌不坏。

我曾经认为草堂寺出于逍遥园，实际上草堂寺是出于长安大寺的。长安大寺似乎在公元4世纪中叶就有了，鸠摩罗什迁于斯，以蒿苫顶作棚，谓之草堂。在此，他佛经汉译，并教授其弟子，之后发展为草堂寺。大约公元 557 年至公元 560 年，北周明帝宇文毓时，草堂寺便出现在笔记之中。当此之际，印度高僧阇那崛多在长安，遂居草堂寺。

草堂寺在历史上屡有演变。唐改为栖禅寺，五代改为逍遥寺，宋改为清凉建福禅院，清改为圣恩寺。它们皆为别名，此庙之大名永为草堂寺。

所谓三论宗，指以印度佛教大乘学者龙树和提婆的三部经论为立宗根据的佛教流派。三论宗认为，思维和语言分别具有无及是非的特点，但它却并不能反映独立于意识之外的本体。它有三种法义：其一，破邪显正。破邪就是破有所得之念，显正就是显无所得之念。其二，真谛和俗谛。真谛和俗谛皆是假名，是一种教化上的方便，并不能达到对绝对真理的认识，从而不必执着，不必过分在乎得失。不过佛之言教，圣贤之高论，众生之见解，也都有一定的真理的元素。其三，八不即是中道。一切事物皆因缘聚散，遂不生也不灭，不常也不断，不一也不异，不来也不去，总之，本体不可知也。如是追究，让人纯粹而高尚，脱离低级趣味。

三论宗的发端在鸠摩罗什。龙树和提婆的著作都是梵文，是鸠摩罗什做了汉译，并向弟子孜孜授业，点铁成金。其弟子甚众，对三论宗弘扬有功的弟子是僧肇、僧睿、昙影、僧导，尤以僧肇为杰出。还有一个僧朗，先在关中学习三论宗，后往江南去推广，尝受南朝梁武帝赏识。僧朗有弟子僧诠，僧诠有弟子法朗，都是三论宗的专家。他们誉满江南，并使三论宗成为南朝陈的官方哲学。法朗有弟子二十五哲，尤以吉藏为峰。吉藏，安息人，尝在会稽嘉祥寺研究法义 10 年，深受隋炀帝器重，遂在大兴城为吉藏建日严寺让其居，并组织论坛，使其宣法。吉藏也是唐的大德，尝住实际寺、定水寺和延兴寺，公元 623 年逝世。吉藏集三论宗法义之大成，遂在长安创立了三论宗。若要指出三论宗在中国的传承，那么它当是：鸠摩罗什一僧肇一僧朗一僧诠一法朗一吉藏。

草堂寺之所以是三论宗的祖庭，是因为鸠摩罗什及其弟子汉译龙树及提婆之三论，始于斯，终于斯，他也圆寂于斯。鸠摩罗什及其弟子的努力，显然为三论立宗奠定了基础。吉藏对三论宗法义之大成，就是以鸠摩罗什及其弟子之观点为发轫的，继之并升之，终于完成了对三论宗的创立。

唐之诗人，其多好佛，遂有体验草堂寺之作。白居易、贾岛、温庭筠，都曾经赴此庙拜佛。我喜欢温庭筠的诗，其曰："山近觉寒早，草堂霜气晴。树凋窗有日，池满水无声。果落见猿过，叶干闻鹿行。素琴机虑静，空伴夜泉清。"难得这样一种生态啊！

一千余年，在草堂寺归西之僧究竟有多少？不可知。资料显示，圆寂以后，他们一般都会葬于兴福塔院。其广 40 亩，在草堂寺以南。这里尝有茔塔近 50 座，圭峰禅师的茔塔也在此。遗憾 20 世纪有一度农业向大寨学习，整田种粮，便毁其茔塔，夷平了兴福塔院。

离开草堂寺，雨随我行，越下越大了。

华严寺

华严寺在少陵原南坡的四府村，俯察樊川，远望秦岭，难得有如此宏阔且透彻的视野。

华严宗之根，深扎印度佛教。大约公元 2 世纪，东汉之际，进入中国。到公元 3 世纪，在三国，便有人佛经汉译了。西晋继续，到东晋，佛经汉译之人更多。到南北朝，公元 420 年至 589 年，印度佛经的华严思想便吸收了中国观念。以其结合中国人的心理和情感，华严宗渐渐中国化。

华严宗初祖杜顺，雍州万年县人，今之西安人，公元 557 年生，18 岁出家，广劝天下之人念阿弥陀佛。他有著作，其在观行方面的无尽缘起说，即法界缘起说，在判教方面的五阶次第说，为华严宗奠定了理论基础。弟子颇多，智俨最为出色。

华严宗二祖智俨，天水人，12 岁受杜顺欣赏，收为弟子，14 岁出家。曾经发愿专治华严理义，勤于著作，腾声空门。公元 668 年，在清净寺圆寂。弟子颇多，以法藏最为出色。

三祖法藏本是康居国人，其祖父流寓长安，他也就出生于长安了。智俨讲经，其心领神会，为智俨所喜欢，收为弟子，觉悟甚快。28 岁便讲经于太原寺、云华寺，大名鼎鼎。公元 696 年，武则天令京师十大德给他受具足戒，并赐以贤首之号，呼为贤首国师。参加佛经汉译，他任证义。他还遵武则天之示，在洛阳讲经，不久又返长安。公元 712 年，在大荐福寺圆寂。其以懂梵文，著作极繁，尤以发展了智俨的华严思想，完善了智俨的理论，成为华严宗的实际创立人。弟子颇多，澄观最为出色。

四祖澄观，越州山阴人，今之浙江绍兴人，11 岁出家，广习佛经，尤重华严。尝在五台山大华严寺讲经，誉达京师。公元 796 年，受唐德宗之命入长安，展开佛经汉译的工作，得教授和尚之号，并获紫袍。奉旨在草堂寺疏义，旋即受召，进宫室为皇帝讲经。唐德宗朗然觉悟，赐其清凉国师之号。唐顺宗也以国师之礼相待。公元 810 年，有答唐宪宗之问，述华严妙旨。唐宪宗惬意，赐其僧统清凉国师之号，任国师统，敕有司铸金印。公元 839 年，唐文宗李昂时，澄观圆寂。著作宏丰，不只对佛教，对中国思想文化，皆有价值。弟子颇多，以宗密最为杰出。

华严宗五祖宗密，果州人，今之四川西充人。公元 807 年，赴京师参加贡举考试，幸逢道圆大师，竟放弃加官晋爵之途，出家修行。偶读澄观篇籍，深感精邃。公元812年，其诣长安，见澄观，昼夜随侍有两年。以后入终南山智炬寺，穷经而作，久不出岩穴。曾经居兴禅寺、草堂寺、丰德寺，迁圭峰山小庙。唐文宗知其高深，诏其进宫室，问其真谛，所答如意，上遂赐紫袍，赐大德之号。自唐宪宗至唐武宗，历五朝。公元846年，坐化于兴福塔院。其弟子数千百人，可惜俄顷发生法难，佛教受到沉重打击，华严宗也惨遭摧残。

唐亡，佛教在长安的灿烂岁月便过去了。不过中国佛教之华严宗，自有其对中国哲学的重要贡献。理事、体用、总别，是它自觉和广泛运用之范畴，这相当精彩地解释了个别与一般的关系。

华严宗又称贤首宗，因为法藏大师是华严宗实际创立人，他有贤首之号。又称法界宗，因为华严宗的根本教义是法界缘起说，指出一切事物或现象都是佛智慧本体的表现和作用，其相互依存，相互关摄，相互平等，圆融无碍，和谐统一。又称圆明具德宗，因为华严宗把自己的理论判为释迦牟尼教法的最高境界，谓之圆明具德。

华严宗初祖杜顺在公元640年圆寂，葬少陵原，筑华严寺，起灵骨塔。宋学者张礼尝游长安城南，见华严寺有碑，读之，说："华严寺贞观中造。"据此推断，唐太宗贞观二十三年，公元649年，是华严寺最晚之筑时，唐太宗贞观十四年，公元 640 年，是华严寺最早之筑时。张礼所读之碑，现在置西安碑林博物馆，其记录了杜顺的行业。智藏是豫章上高人，今之江西南昌人，13 岁出家，大约在公元 780 年至 783 年之间入长安，一度为华严寺住持，可惜他在此没有一物留下。宋人和明人的笔记可征，当年华严寺有法堂、会圣院、澄襟院、东阁。除有杜顺灵骨塔以外，还有二祖智俨塔、三祖法藏塔、四祖澄观灵骨塔、五祖宗密塔。华严宗的祖庭当在这里，可惜天地大化，岁月剪裁，此庙现在仅存杜顺灵骨塔，在东，澄观灵骨塔，在西。

我小时候一再过华严寺到樊川去，塔高塔低，塔大塔小，风铃在响。1992 年，华严寺及我的感情是这样的：

> 华严寺伶仃的两座砖塔背负红日默默相对，它们一大一小，一高一低，以衰弱的姿态，抗拒着风雨的浸泡和反复滑坡所带来的威胁。这种情景令我感动，站在那里仰望着，忽然茅塞顿开，一下明朗起来。我踩着乌黑而潮湿的土块，艰难地爬到砖塔下面，用手抚摸着唐代的遗产。锈迹斑斑的风铃微弱而鸣，仿佛是宇宙的私语，一种苍凉之感让我辛酸。

恰恰 20 年之后的一个清晨，我至华严寺，看到杜顺灵骨塔和澄观灵骨塔仍在。此庙似乎还增加了宝殿及其堂阁寮室，然而拘于其墟，皆比较简易。尽管少陵原南坡狭陡，不过久有僧于斯修行，尤以光慧僧可贵，这里增加的设施似乎多是他发愿所为。可惜难禁的掏崖取土，使华严寺的基础一直在缩小。渗水也导致塌方，它迫在眉睫地威胁着两座砖塔的安全。显然意识到了危险，有人正在砌其南坡，以加固此庙的基础。大约是为了防晒，巨大的黑布覆盖着由混凝土弥缝的斜面。不过也有人以垃圾填坑，或偷倒垃圾，遂使华严寺下方一带肮脏不堪。一辆汽车沿华严寺周边的弯道蜿蜒而行，白尘如烟，弥漫半空。一旦风吹，浮灰俱净，遂可见少陵原南坡裸露斑斑，只有某些阴处长着野蒿或野花。我独吟着：国在山河破，形胜草木疲。

附记：至相寺

至相寺也是华严宗的祖庭。其在天子峪，或曰田子峪，或曰楩梓谷，或曰便子谷。所谓终南正脉，结在其中。峰众路曲，不过可以通车。在此庙所见山门、观音殿、地藏殿、钟楼、鼓楼、大雄宝殿、侍寮、云水堂、法堂，或诸僧生活之区，皆是新的建筑，混凝土用得十分娴熟。法堂前一国槐，法堂后一银杏，皆是隋唐之木，经千年风雨，皮老苍苍，枝叶青葱，让人敬仰。

有僧在洗衣，其搓毕，提灰袍出水池，持架子撑开，悬挂铁丝上。有三僧从麻袋取白菜，置竹席上晾之。有一个年轻的和尚，两指捏着一只尚未长毛的其喙发黄的死了的麻雀，连连念着：“阿弥陀佛，阿弥陀佛。”疾步入林，选一白杨根部，挖土埋葬。

当年北周武帝禁断佛教，有静蔼僧隐居于斯，之后有普安僧投奔过来，遂引三十余僧相携修行。到隋恢复佛教，僧便纷纷出山，不过有静渊僧不去，随之借势筑至相寺。不久智正僧至此，拜静渊僧为师。华严宗初祖杜顺是否在至相寺住过，难考，但杜顺弟子智俨却是住过至相寺的，并随智正僧修行。智俨在此还有两个弟子：一是法藏，华严宗的实际创立人；一是义湘，新罗人。公元662年，义湘到至相寺来，十年以后，返新罗筑浮石寺，成为海东华严宗的初祖。凡此大德，博探佛法，多以华严宗为重。

白云过目，忽闻鸟鸣，循声而望，见有两只喜鹊彼此照应着觅食。发现受人注意，喜鹊遂展翅而飞。至相寺西坡林深如海，多是橡树，蔚然而邃密。

净业寺

水以谷出，路以水行，这样便到了沣峪的净业寺。山门为石壁瓦脊，翼然向天，显得典雅而无俗，庄重而含威，是由张锦秋女士设计的。

我从西安出发，乘汽车用了 55 分钟，遂想当年的道宣法师坐牛车或慢或快大约也会走一天吧！

律宗是由高僧道宣创立的。公元 624 年，就是唐高祖武德七年，道宣法师到终南山来觅一处岩穴研究戒律，徙倚之间，有神指点净业寺呈宝势，并告其在此道当成。我沿着台阶蜿蜒而上，进柳林坪，登凤凰山，遂看到了净业寺的屋脊。

早春二月，终南山的余雪还像盐一样撒在各个角落，风也生硬，好钻裤筒，专冷两腿。不过岩缝崖隙偶尔会有一枝梅红，几根竹绿，尤其黄壤之中的野草在欣然萌动，遂荡漾了一抹生气。城里温度高，玉兰有的都白了，但这里的玉兰却还羞涩含苞，蒙着一些灰绒。净业寺墙外，有一棵国槐足有三搂，枝干皆黑，鹊巢空悬，便疑惑着自问这是什么时候的树，一个僧人喜悦地说：“唐代的。”

那天恰逢菩萨的生日，有信徒从西安来，甚至不远千里万里从北京和福建来，敬拜其佛。我还有幸观察了一个皈依仪式。本如法师邀21个信徒进入天王殿，分两排站立，合手鞠躬向天王、弥勒和菩萨致礼。忽然磬响钹鸣，梵乐悠扬，住持天空法师飘然而至，先行跪礼，绕场一周，又行跪礼，后倚柱静立。其三十岁的样子，身材颀长，神情恬淡，脸一色瓷白，眉二道漆黑，唇似红丹，睛柔似水，确实太俊了，太帅了，是十足的玉树临风，天降美姿。本如法师便让归皈的信徒向佛作跪礼，洒圣水，接着领他们立誓。本如法师说：“不杀生。”信徒说：“不杀生。”本如法师说：“不偷盗。”信徒说：“不偷盗。”本如法师说：“不邪淫。”信徒说：“不邪淫。”本如法师说：“不妄语。”信徒说：“不妄语。”本如法师说：“不饮酒。”信徒说：“不饮酒。”我久闻本如之大名，一晤之下，觉得他比我所想象的更是活灵活现。其戴一副大眼镜，岁在中年，潇洒而不越矩，是完全可以请教的高僧，尽管我不是释迦牟尼的信徒，然而凡智慧，我都渴望。

遵本如法师之示，我随净业寺僧人共进午餐。天空法师独坐主席，其余分两排用饭，有米有馍，菜皆素。用饭之间，无一僧人言语。餐具自己洗，我也随僧人洗了自己的碗筷，感到新鲜。

净业寺攀缘而高，左右延伸，还有别的建筑，包括祖师殿、药师阁、云水寮、门头寮、伽蓝殿、禅堂、客堂、鹤歇处和五观堂，我都没有入内，是想要留下空间，也许以后还可以近之。知珍堂为两层楼房，在它的一根椽上挂了一个鸟笼，有一只鹩哥其声清脆，乌羽褐喙，是僧人所养，逗之弄之，聪明得竟能交流。在一片萧条的林子里，有白居易衣冠冢，没有人知道其究竟，也没有任何文字记录白居易与净业寺的关系。

那时候道宣法师在终南山研究律宗，并非止于净业寺，相反，他在沣峪的丰德寺和灵感寺都有活动，或立坛传戒，或秉烛撰律，所以它们都是律宗的祖庭。不过他在净业寺住持得久，又有他的舍利塔矗于斯，僧人遂共识此庙为祖庭。

广为流布的一个故事非常有趣，也透露了佛教数派相争的消息。道宣法师曾经邀牛头禅寺的遍照法师至净业寺赴宴，遍照明白道宣意在比较高下，便背了一个牛头前往。道宣以礼迎接，赶紧下厨，遗憾的是柴湿火弱，菜难以做成。遍照催促了道宣以后，就提议吃他所带的一道菜。只见遍照把牛头放到案上，动手且动口，欣然大嚼，饱腹便告辞。道宣在惊诧之间，悄然送行。出了沣峪，有河在流，其潺潺清浅，澄净如练。遍照竟过去执刀破肚，撩水洗肠，神情安之若素。这一切，似乎都显示了遍照的道行。

有朋友召唤我注意终南山的气象。远远而望，纵的峰，横的峰，扭曲纠结，仿佛到处都是漩涡。余雪斑斑，突出了连绵的峦嶂的苍黄，然而有阳光的地方毕竟染上了暖色。

香积寺

香积寺距西安南门18公里，踞神禾原，临子午谷，峰在视野，潏河与滈河交汇以后汤汤绕其院墙。邃密之境，让我喜欢。

2012年5月20日，农历壬辰年四月三十日，小满，我登磊磊台阶，站山门檐下，回头一看，见黄色拉土车轰鸣往来，白尘弥天，欲盖屋脊。台阶之间嵌有刻石，想是为庙增威，可惜刀法粗了，莲失韵，龙无鳞。窃以为此乃机器所雕，毫无人的虔诚。即使手雕，缺乏对佛的感情也难以使刻石充盈生气。我相信心灵便手巧，手巧便具艺术。

进山门向北，是天王殿，东一柏树，一石狮，西一柏树，一石狮。有客烧香，其直身须臾，便屈膝为跪，并连连磕头：一下，两下，三下，四下，五下。向北，庭院空阔，东西两侧各筑长廊，碑碣多参差，尽为佛颂。向北，东一钟楼，西一鼓楼，周围植柏、松、棕榈，还有柽柳、女贞。微微泛黄的草坪上有经幢、碑、碣和舍利塔，皆矗然陈列，遂生旷远。向北，东客堂，西祖师殿，阳光照射，有三僧在盘桓。向北，是大雄宝殿，凡台阶并檐下，悉铺红毯，门、窗、栋、楹，咸披红绸，顿觉这里一定将有喜庆之事，然而大雄宝殿里无一客，也无一僧。悄然而望，金碧闪烁之中，供奉着阿弥陀佛接引站像、善导大师坐像，神秘，神圣，肃然一片。

入圆形西门，有客进出，诸僧或穿黄袍，或穿灰袍，有的独思，有的私语，其颜色无不自得。问僧：“香积寺有什么喜庆的事吧！”僧说：“这里的住持本昌要任方丈了，正准备举行一个仪式。”难怪要铺红毯、披红绸，并给这里的银杏和杜仲之类嘉木都缠以黄缎。走甬道，便是一尊巍然而立的久经风雨剥蚀的善导大师供养塔。我数了数，11 层，显然有断顶。问僧：“供养塔究竟多少层呢?”僧说：“你数多少层就是多少层。”颇感迷惑，遂存其疑，继续游我的魂。这时候有三僧齐头并肩走过去，向供养塔上香叩首，之后席地坐松下。

我不拜佛，然而尊重佛文化。我曾经数至香积寺，其印象尤以 1992 年冬日为深刻：

> 我到香积寺的时候，刚刚开始下雪，庙里的路由灰变白。暮色之中，数僧独来独往，或扫地，或打水，都低着头，默默看着脚下的雪。所有的草木一律枯萎，雪落在干硬而垂落的叶子上一片沙沙之声。在一

间禅房的檐下，晾着黄色的法衣，一层晶莹的冰屑将它绷直了，似乎一点也没有布帛的柔和与飘逸。斑鸠在房顶上悄悄地蹦蹦跳跳，不发一声。整个庙里唯有木鱼在响，它是从一间关门闭窗的禅房传出来的清音。木鱼急骤如雨，轻快如舞，在零星飘浮的雪中，我能朦胧感到它所带出的一种兴奋。侧耳而闻，难解其味。

在印度宗教史上，关于净土的观念渊源颇深。不过到公元前12世纪，随佛教之大乘的酝酿，净土思想才形成了体系。何为净土宗呢？佛教著作指出，众生所居，又烦恼又肮脏，谓之秽土或秽国。不过有佛教认为，还存在着一个西方极乐世界，由阿弥陀佛所主导，谓之净土或净国。在这里，法音微妙，饮食丰富，精舍相连，玉树参差，并尽饰七宝。阿弥陀佛一直于斯进行教化，所以在此之人无不品洁智足，貌端容光，没有什么痛苦。净土净国，广袤无涯。人通过一定的修行，是可以往西方极乐世界去的。如是佛教之派，便是净土宗。

至迟在公元3世纪之前，印度佛教的净土观念便在中国传播了。到公元5世纪以后，净土思想已经比较完整地流布中国。慧远大师曾经在庐山设坛作庙，感召诸僧，结成白莲社，钻研净土法门，以期共赴西方极乐世界。基于这种精神活动，净土宗也谓之莲宗，慧远大师所修行的东林寺，也就是中国佛教净土宗的发源。可惜慧远大师圆寂之后，净土信仰渐渐沉寂了。

经过南北朝的昙鸾大师的净土信仰实践、隋的道绰大师的净土信仰实践，终于发展到唐，有善导其人，虽然年轻，胸存远志，并久攻佛教经典。一旦接触净业著作，遂怦然而动，欣然贯顶。于是他就遍觅高僧，以请教净业思想的精髓。善导卒在并州，今之山西太原一带石壁山，拜道绰大师，孜孜以求，从而得净业之奥义。公元645年，善导自玄中寺到长安来，先居终南山悟真寺潜默修行，以体验阿弥陀佛的盛意，之后居光明寺、大慈恩寺，致力于净土信仰的弘扬。长安之僧纷纷参加他的道场，读他的书。知其修行之深，唐太宗对他也颇敬重，唐高宗也很推崇他。善导30年远避名利，固守素朴，受化之人甚众。晚年居实际寺，公元681年，圆寂于斯。

善导的弟子怀恽，哀伤绵绵，思念悠悠，遂携诸僧在神禾原起灵塔，依灵塔筑香积寺。当年此庙之殿崇，之堂广，极尽峥嵘。资料显示，善导供养塔初为13层，夜观星云，以明天象，此为绝胜之地。断顶之后，存11层，高33米。以善导大师净土思想之大成及其净土信仰实践，净土宗当然属于他所创立，香积寺当然就是净土宗的祖庭。

公元12世纪，日本有僧法然，在其所居岛上创立日本净土宗，不过他的理论取之于善导大师，遂奉善导为高祖，认香积寺为祖庭。香积寺之影响，以此足证。

我当回家了。日暮霞涣，鸟倦花敛，我怡然出香积寺山门，循大道而返。

附记：悟真寺与实际寺

蓝田县境，终南山有悟真寺。隋唐之际，诸僧包括善导大师，曾经在此修行净业法门，悟真寺也应该属于净土宗的祖庭。唐诗人好游此庙，读唐诗，可知来者非一，李白、钱起、卢纶、白居易，似乎都尝登临。今之悟真寺分上寺和下寺，其相距大约 2 公里。下悟真寺的水陆殿，就是现在的水陆庵。实际寺在今之西北大学太白校区，善导大师于斯逝世，那么实际寺也应该是净土宗的祖庭。

仙游寺

某年早春，长安区及周至县的文艺官员邀作家诸位进行文化考察，我在其中。驱车奔走，行迹斑斑，卒有仙游寺令我回味。

其庙曾经藏终南山黑水峪，史书方志皆云，翠峦相拥，清溪独翩，为隋唐宝地，明清胜景。可惜 20 世纪 80 年代以后，西安缺水，决定修金盆水库，以引流入城，不得已而迁其出峡谷，建之于一面朗然的高坡之上。未能仰观昔日之仙游寺，多少是有遗憾的。

仙游寺声誉之重，我看在文化元素的一再增加。它原本属于隋文帝的仙游宫，是满足一个皇帝玄想修道需要的，也不算什么瑰玮绝特之作。不过唐筑仙游寺，有僧人居焉，这便增加了一道佛光。又有秦穆公女儿弄玉吹箫引凤之论，又增加了一层神话色彩。又是白居易为玄宗贵妃作歌之地，辞曰："汉皇重色思倾国，御宇多年求不得。杨家有女初长成，养在深闺人未识。天生丽质难自弃，一朝选在君王侧。"激情荡气，缠绵悱恻，又增加了一段骚客韵味。又有苏轼取泉煮茶之闻，又增加了一件才子风雅之好。此庙文化元素的累积，显然具马太效应，从而为天下所知，并传之广远。

倾慕而来，不过由于仙游寺是移植于高坡之上的，径荒殿粗，信徒寥寥，香火薄弱，遂情怯心忧，深恐出乎我的审美想象，竟不敢也不愿意靠近。我只是遥望着一根孤独的法王塔。微雨初敛，蓝天染白，柔丽的阳光投射在它的七层砖壁，苍黄炫目，哀怨浸怀。缓缓登临一个土堆，见秦岭尽绿，关中泱茫，思之久久难明。

城南史迹甚多，凡古人生活、祭祀和葬埋之处皆为史迹。身临养气，而田野调查则增知明理。实际上生者在死者之间，死者也在生者之中。

——朱鸿

灵　台

灵台并不唯一，汉也有灵台，我要看的是周灵台。

周人姬昌不过是商纣王的诸侯，在岐下发展，有实力，有威望，遂为西伯。其以耕植为重，菽麻甚丰，存仁行义，士多归之，别的诸侯也常常向往之，甚至孤竹国的伯夷和叔齐也远远奔之。

西伯昌也是有雄心的，取代商纣王是他固有的战略。一旦获得征讨的权力，他便连灭数国，终于也灭了崇国。崇国在沣河西岸，土地平旷，沃野一片。可惜崇国的诸侯不善，以其所进谗言，商纣王还尝把西伯昌关了一段。平崇国以后，西伯昌便在沣河西岸营造丰邑为国都，并把周人从岐下迁徙而来。据其功德，周人谥西伯昌为周文王。

我要看的灵台就在沣河西岸。

当地的朋友在西安钟楼附近接了我，驾车向西南行四十里，城隐村峙，白杨夹道。刚刚入夏，小麦苍苍。过了沣河，路寂尘稀，深感和畅。悄然转弯，车进一个院子，朋友说：

"灵台到了!"

院子是平等寺的院子。佛乐出殿，悠扬玄妙，当是僧做法事，不过我没有趋之投目以观。什么时候建平等寺的，无案，也难考。可以推测的是，此乃佛教徒借灵台立的庙。很好，这保护了灵台。庙陋且残，不过无此庙，也许灵台早就成了平地，种了小麦。

有当地的乡吏和乡贤筹资盖了一个文王阁，并树碑纪念西伯昌筑此灵台。文王阁的基础比平等寺的高，有台阶递升，可以移趾。红门灰瓦，新且突兀。站在文王阁前，抚其石栏，见院子散栽以桐、洋槐、椿、松、柏、国槐、紫薇，觉得这里空明、疏朗、朴素，如在农家。

史记，灵台高二丈，周回一百二十步。筑灵台是要晋身近天，听天之命。周人相信天是万能的，天就是神，是上帝。天令风令雨，驱使雷电，也降灾降福，有自己的意志。为了周人的前途，必须观祲象，察氛祥。所谓祲象，是一种阴阳相侵之气，所谓氛指凶气，所谓祥指吉气。凡此种种，都是天的信息。是否合适作屋，狩猎，婚嫁，出殡，都要问天。周王，包括周文王，都是天子，唯天子才能登灵台听天之命。当然，还当祭天，负责祭天的也非周王莫属。对天的崇拜，不以周始，不以周止。周人继承了如此信仰，更发扬了如此信仰。崇拜天，是中国的传统文化。

《诗》曰："经始灵台，经之营之。庶民攻之，不日成之。经始勿亟，庶民子来。王在灵囿，麀鹿攸伏。麀鹿濯濯，白鸟翯翯。王在灵沼，于牣鱼跃。"通过庶民踊跃参加灵台的修建及其鸟兽之悦，周人歌颂周文王的大德。当年是何等兴旺！遗憾岁月摧物，周早就化为灰烟，其灵台也沦为农家的样子了。

实际上在 20 世纪 50 年代以前，这里的建筑还颇多。除文王阁和平等寺以外，还有关帝庙，有钟楼和鼓楼。此皆在土夯的城墙之中。山门面东，砌以青砖，气象很是壮丽。1952 年土地改革，丰台所有的财产都分给了北张村、贺家村、邱家庄、吴家村，由其共管。农民渐渐演化为互助组，合作社。一旦组织起来，感情就容易激烈，力量就强。以种种理由，山门前的一棵千年皂荚树被伐，城墙里的百年千年的柏树被伐。大约 1955 年，关帝庙被拆。大约 1957 年，邱家庄和吴家村拉走了钟楼上的铁钟，悬挂于木，敲之以召人开会，到 1958 年，便砸它以炼钢了。钟楼没有了，鼓楼何用，于是鼓楼上的皮鼓就不知去向。现在的树又嫩又鲜，看起来都是新种的。

出院子，穿小麦之间的土径，走到沣河岸上，以远望灵台。夕日欲颓，碎云布空，有村一堆一堆的，静默着，撤向天边。以武伯纶的调查，沣河西岸南至秦渡镇，北至客省庄、张家坡、马王村，十里田畴，繁见绳纹陶片，有的陶片显然像鬲、豆、罐、盆，多存周器的特点。

在沣河岸上，有一个妇人放羊，其六十一岁，曾经是民办教师，她说：“灵台所在的地势是凤凰展翅。灵台恰恰在凤凰头上!”她的风水之论，把我和朋友吓了一跳。茫然之中，我发现灵台一带确实是隆起四方的。

妇人蓦地说：“风水现在被破坏了。挖沙子把这一带搞得像狗啃了一样烂！看，垃圾也倒进沣河了。我初结婚的时候，经常在沣河里洗衣服，清亮的水从脚面流过，腿腕两边一片一片的鱼。岸上的野花无穷无尽，树很茂盛，风吹着芦苇，白鹭飞来飞去的。现在什么都没有了。”

天不言，灵台也不言。

寒　窑

我对寒窑颇为熟悉。家在少陵原，得其地利，小时候便放浪曲江，进出寒窑。可惜过去并不知道曲江是皇家林苑，唐文化曾经于斯展其风流，更不知道王宝钏是某种观念孵化出来的女性。

一些流传的资料显示，王宝钏是唐政府大臣的女儿，排名老三，艳丽为冠，当然也有个性，遂以抛其绣球的方式选薛平贵为夫。然而薛贫贱，几近是乞丐，其父便硬性反对，甚至断绝了他和王宝钏的关系。不过王宝钏坚持中鸡嫁鸡，中狗嫁狗，遂私奔而去，住进了曲江一带五典坡的寒窑。寒窑者，聊以栖身之破洞也。王宝钏似乎闪烁了一线精神的灵光，让一向麻木马虎的中国人的眼睛为之一亮。然而为求功名，薛平贵竟参军戍边，把浪漫的美人竟置之一隅。薛不但没有战死，马革裹尸，尽显悲壮，反而交了桃花运，做了西域一个酋长的驸马。返回长安已经是很久很久以后了，似乎取得了功名，从而受到皇帝的接见。王宝钏春嚼荠菜，秋咽黍糠，望夫十八年，终于“团圆”了。遗憾旬日之间，竟凄惨病逝。

我一直比较反动，幼年就不相信这个故事，现在更是不相信。但其故事却一直在流传，显然不以我的怀疑而终止。不过我还是不相信，尽管它仍在流传，甚至还有新的媒介对它进行新的包装。这个故事尤其不怎么美。艺术的虚构并非罪过，关键是要美。我认为王宝钏之举违背世情，薛平贵之行悖逆人性，此乃故事不美之要害。

按我的想象，王宝钏和薛平贵的故事应该如此才好：赢得王宝钏的爱，使薛平贵无比幸福，然而幸福的日子从来都是短暂的。半年以后，唐政府遣吏抓丁，要求薛平贵出征平乱。他珍惜王宝钏更甚于王宝钏珍惜他，所以坚决不去，不忍其妻独守空炕，遂持棍以抗，也防止他们扰妻。其吏暴戾，企图放火生烟，熏出其妻，挟美人以强迫薛平贵入伍。怎么办？如何选择？分离是不行的。薛平贵携美人进入寒窑深处，毅然以土绝路，相拥而死。如果是这样，那么窑固然寒，不过人的精神豪华，从而大显其美。如果这样，那么即使我皱纹贯脸，白发蓬头，也愿意在这里补办一次婚礼，因为寒窑昭示了爱的意义。

我小时候看到的寒窑是在一个沟壑的凹陷之中，黄壤如削，野草点染，杂木有大有小，随便生长，夕阳斜照，难免让人起思古之幽情。然而几个泥塑粗糙得很，怕其败兴，便赶紧跑开了。2006 年 4 月，我为寒窑照了一张相，不过没有什么幽情，遂未在此留恋徘徊。实际上凡属于少陵原的村子及历史遗产，在那年的四月，我无一漏掉地都照了相，以作永久的纪念，因为我知道村子即将消失，寒窑也会原貌变时颜。几度春秋，完全见证了我的预料，亦喜亦忧，喜轻忧重。对于少陵原、曲江、寒窑，我相信文化是产业之母，文化的价值大于经济的价值，人是文化之标。

霸陵在哪里

凤凰嘴：一错就是数百年

骆天骧的日子多在变乱之中流逝，虽然他是长安的故家旧族，可惜金逐宋，元代金，这里终于久陷支离。

不过骆氏对长安难绝依依之情，天下形胜，史迹联属，遂无不登临。他成书一部，自有价值。

在忽必烈统治之季，骆氏曾经任京兆路儒学教授。随之赋闲，大约于公元1300年以后卒。

关于汉文帝霸陵，他说：

文帝霸陵在京兆通化门东四十里白鹿原北凤凰嘴下。

为了证明霸陵确乎在此，他还用事实披露，其称：

至元辛卯秋，霸水冲开霸陵外羡门，吹出石板五百余片。

羡门者，墓门也。至元辛卯，指 1291 年，骆氏仍在世。河决墓门，应该是他亲见过的，起码有所耳闻吧！

霸陵在白鹿原凤凰嘴的观点，影响 700 余年。凡方志游记，只要涉及霸陵，一般都会沿用骆氏之言。

毕沅是清乾隆时的陕西巡抚，学问博洽，著作甚蕃。其履职之余，孜孜于文化建设。他主持修缮了西安碑林、华岳庙和司马迁祠，还为关中的帝陵立碑。在白鹿原半坡，凤凰嘴下，就有他为汉文帝霸陵所树之碑。

我也以骆氏之书为文献，循之，做过田野调查，并于 2013 年作文曰：

汉文帝霸陵

霸陵葬汉文帝，在白鹿原北崖一隅，发现极难。我三十二岁那年，走关中诸朝皇帝陵，曾经一一登临汉陵之巅，唯霸陵未见，是因为寻找不到它。

心有不甘，遂在 2010 年再觅。注意到专家的意见，霸陵在白鹿原北崖的凤凰嘴，向南距其母薄太后陵大约 4500 米，向东南距其妻窦皇后陵大约 1900 米。薄太后陵与窦皇后陵皆堆土为丘，拔地而起，十分易得，白鹿原北崖的凤凰嘴也非常明确，然而还是看不出汉文帝霸陵。也知道它在今之西安市灞桥区席王街道毛窑院村南侧，可惜随路标而至，白鹿原北崖扑面而来，草木以一样的颜色蔓延覆盖，仍看不出何为汉文帝霸陵。霸陵难觅，是由于它凿白鹿原之峭壁为寝宫，沟壑纵横，岭起岭伏，没有冢之异形。

忽然看到在一个豁口的坪坝上，立有汉文帝霸陵之碑。我遂局限了范围，接着用目光一梁一梁地仔细搜索，终于锁定了霸陵。比较周边之岭，霸陵崭然厚重且壮阔。汉文帝逝世之前下诏曰："霸陵山川因其故，毋有所改。"意思是，白鹿原北崖本是什么样子，就保持什么样子，不要动。其非人类所筑，遂很是隐蔽，不过切切甄别，霸陵仍显出它的异形。虽然极难，不过还是寻找到了。

环顾四野，方圆数里，除我之外，这里没有任何宾主。只闻一家企业的守门狗昏庸地叫一声，歇一声，真是一种应该诅咒的陋习。汉文帝霸陵在秋日的黄昏里，弱光残照，荒凉寂寞。晚风渐起，白鹿原有水落石出一般的宁静。

汉文帝刘恒好道，学习黄帝和老子的思想，以此大智慧治国遂具烹小鲜似的愉快。不追求社稷之丰伟，朝野便充满轻松的呼吸。体谅农民之苦，一再卸其负担：公元前178年，汉文帝下诏赐当年田租税的一半，公元前168年，汉文帝又下诏尽免田租税，从而把过去的十五税一减少到三十税一，并成为汉的定制。他还指示逐渐减少农民的其他赋役。公元前158年，发生旱灾和蝗灾，汉文帝便命令解山泽之禁，允许农民自主开发，以补贴生活。当然还放粮救济百姓，也不让诸侯进贡。

汉文帝颇为宽容，废除了相坐法，罪犯不再连累亲属一并受罚，又废除了诽谤妖言法，以鼓励直谏，接受批评，又废除了肉刑法，防止了惩处的残酷和惨烈。

汉文帝深谙世故，即皇帝位，接受有司建议，立刘启为皇太子，接受薄太后建议，立皇太子母窦氏为皇后。悉对天下之人有表示，其或大赦，或赐爵，或赐鳏寡者、孤独者、穷困者，或八十以上之老者与九岁以下之幼者，每人一定数量的布帛米肉，甚至天下之人可以连酺数日，几近狂欢！感激一批朝臣和列侯所拥戴，按其功勋的大小，奖励了太尉周勃、丞相陈平、将军灌婴、朱虚侯刘章、襄平侯纪通、东牟侯刘兴居，封刘揭为阳信侯。不忘代国的旧臣，有的封了侯，有的擢官至九卿，各得其禄。也不忘汉高祖的老臣，当加封的加封，当拔擢的拔擢。如此世故，也是有文化的表现。

汉文帝谦逊，经常反省自己。初，先是有司建议立太子，他说："朕既不德，上帝神明未歆享，天下人民未有嗛志。今纵不能博求天下贤圣有德之人而禅天下焉，而曰豫建太子，是重吾不德也。"两年以后发生日食，便联系自己之不逮，说："人主不德，布政不均，则天示之以灾，以诫不治。"当皇帝十四年，蓦地觉得祠官总是为他祷告，遂惭愧，说："夫以朕不德，而躬享独美其福，百姓不与焉，是重吾不德。其令祠官致敬，毋有所祈。"匈奴和亲，国有安宁，不过他仍感到自己德薄，甚至崩前还认为自己不德，无以给百姓帮助，不要百姓为他久哀。

对汉文帝的德行，司马迁赞曰："汉兴，至孝文四十有余载，德至盛也。"班固也赞曰："专务以德化民，是以海内殷富，兴于礼义，断狱数百，几致刑措。"

汉政府以有文帝这样的政策，又以景帝继续执行这样的政策，仅仅三十九年，进入了武帝时代，汉帝国稳定而强大，成为盛世。小时候受到的一种教育，误以为皇帝都是坏的，反动的，都应该打倒。实际上

> 皇帝也有优秀的，进步的，遂想在皇帝的统治之下，也有奇妙！汉文帝就是一个对人民颇为慷慨的领袖，他的人民，应该会感觉到他的亲和、温暖。
>
> 当年秦穆公改滋水为灞水，在乎彰其霸功，并筑其宫，谓之霸城，这大约便是霸陵得名的由来。或曰：灞水绕白鹿原北而过，汉文帝葬于它的半坡，谓之霸陵。

凤凰嘴这个地方，只能在白鹿原上看到。它伸出一角，又凸又尖，若鸟之喙，是有一点神奇的。不过至白鹿原下，即使立足于毕沅树碑之处，也看不到它的异形，因为东十里西十里，尽是苍茫的谷坎陇峁。

对霸陵的位置，骆氏语焉而凿凿，不过凤凰嘴是否有霸陵，实际上需要考古予以证实。2011 年，陕西省考古研究院在此进行了缜密勘探。半年之久，无所发现。

这里没有任何墓茔的痕迹，当然也没有汉家的痕迹，甚至白鹿原的半坡悉为自然状态，其黄壤，其草木，皆是自然生成，自然演化，略无人类的干预。这里只有明人立的碑，清人立的碑。毕沅所树之碑，尤为壮大。

结论是：谬矣！骆天骧之言。汉文帝霸陵根本不在凤凰嘴。

神秘的江村大墓

显然，我的文章有纰漏，毕沅所树霸陵之碑也有选址的错误。幸运的是，我尚有机会获得真相，以修正吾失。当然，凤凰嘴下的那些标石，几百年了，已经属于文化，似乎也可以作为一种纪念，使其保留下去。唯想到官方尝在此焚香叩首，举行祭祀活动，为之尴尬。

霸陵到底在哪里？这只能通过科学的调查和发掘，从而掌握系统性和完整性的物质资料，以做出判断。

盗墓总是偷偷摸摸的，然而破坏性和震撼性俱大。尽管皆在暗中交易，不过破案也是经常的，这也必将引起考古专家的警惕。

卷宗显示，有章氏居于浐河东岸，一再盗墓。2001 年，他家装修房子，觉得三个师傅可以一用。在清扫了垃圾以后，章氏立即付账，接着，拿出一把洛阳铲说：“用洛阳铲干活，赚得更多。”重利所诱，他们便在深夜上了白鹿原。荒野沉寂，星光微弱。章氏扬头张望，低头打量，遂用白灰画了一个圈，说：“挖！”孔成，便放炸药。爆炸以后，入洞，见一排木桩，就用电锯切之为口。强忍腐臭，敛身而近，掠得黑色陶俑一批。章氏渐渐脱售，自以为得意。

2002 年，有六件黑色陶俑竟出现在纽约索斯比拍卖行的名录上。中国外交官迅速介入，美国人才撤回了拍卖。至 2003 年 6 月 17 日，这些黑色陶俑回归中国。章氏犯罪，锒铛入狱。

新的卷宗显示，章氏在 2009 年获释。一向无业，又想发财，不禁蠢蠢欲动。2015 年冬日，应西安沈氏之约，来了三位甘肃客，目的是在白鹿原上干活。沈氏认识章氏，稍加怂恿，章氏便也加入进来。仍是深夜，章氏携三位甘肃客上了白鹿原。他在萧疏的麦田里转了转，便拖着右脚画了一条线，说："货在这里!"隔了一晚再来挖，又隔了一晚用了炸药，又隔了一晚才入洞，遂得各类陶俑二百余件，并有陶鸭和陶鸡若干。

2017 年，这一伙悉数被抓，不仅追缴了白鹿原上的文物，还追缴了别处的文物。

国家文物局及省市考古研究部门始终重视对霸陵的保护，这不仅因为霸陵是一座重要的西汉帝陵，还因为汉文帝在历史上是一位安民惠民之君。大约从 1966 年起，几代考古专家有序地对霸陵做了调查和发掘，从而为确定霸陵的位置，接力工作，各具贡献。他们是：王学理、吴镇烽、刘庆柱、李毓芳、岳起、刘卫鹏、程林泉、张翔宇、焦南峰、马永嬴。

当2002年中国大使馆秘书注意到拍卖名录上有黑色陶俑的时候，焦南峰正在调查和发掘咸阳原上的西汉帝陵。突然传来一个任务，打断了他的工作：立即甄别拍卖名录上的六件黑色陶俑。

虽然美国人是通过非法途径买得黑色陶俑的，不过毕竟付了钱。让他们撤回拍卖，继而还给中国，是需要论证的。美国人若相信，事成；若不相信，事不成。

焦南峰久攻西汉帝陵，经验颇为丰富。他从黑色陶俑的制作工艺、年代、等级各个角度，论证这是西汉帝陵陪葬品。美国人看了鉴定报告，不得不服，黑色陶俑遂返中国。

出于职业的敏感，焦南峰登临白鹿原，观察了不轨之徒留下的盗洞。其大约在汉文帝窦皇后陵西南大约800米一带，他想，黑色陶俑，这样高水平的陪葬品，谁能享用呢？是否是汉文帝的呢？

从2006年开始，程林泉和张翔宇主持了大约四年的调查，并在盗洞周边做了抢救性发掘。这次考古的成果是发现了一座大墓，其平面呈亞型，且有四条墓道。谁葬于斯呢？难道汉文帝霸陵在这里？

以黑色陶俑为陪葬品的大墓，在江村的地界，谓之江村大墓。

可以认为，程林泉和张翔宇所做的工作，为确定霸陵的位置提供了关键性和决定性的线索。

霸陵：不垒封土，然而未必只用瓦器

2011 年，焦南峰结束了咸阳原上的考古，遂由他主持，启动了对霸陵的全域调查和发掘。此范围包含北至凤凰嘴，南到薄太后陵，当然也囊括了江村大墓及其基本上平行于它的窦皇后陵。

当此之际，他们用排除的方法，彻底解决了霸陵的凤凰嘴问题。其对凤凰嘴一再勘探，甚至动用了雷达以精测。一旦断定凤凰嘴没有霸陵，他们便能聚精会神地工作，以证实江村大墓为霸陵。

到 2013 年，江村大墓的范围、布局和形制已经趋于清楚，薄太后陵的体相也在把握之中。

马永嬴是陕西省考古研究院研究员，2014 年任汉陵考古队队长，继焦南峰以后，主持江村大墓的考古。

汉高祖长陵在咸阳北坂，汉惠帝安陵也在咸阳北坂。父兄之陵皆在咸阳北坂，汉文帝之陵也当在这一带，如此，才合乎情理。不过汉文帝规避了咸阳北坂，他要葬渭河南岸，白鹿原上，为什么？

马永嬴研究过这个问题，他认为，汉文帝入土白鹿原，有为其母薄氏考虑之意。汉文帝若葬咸阳北坂，其母当随汉高祖，身份就是薄姬。若葬白鹿原，其母随子，身份就是薄太后。马永嬴还认为，霸陵在白鹿原，从而设陵邑，移民，也有助扼守函谷关和武关的交通，长安城东南便形成了军事屏障。马永嬴还认为，刘邦独爱刘如意，刘恒受到冷落，遂也愿离刘邦的墓茔远一点。

马永嬴主持的考古，其进展表现在发现了江村大墓的石围界、外陵园之垣、陶窑及一些墓茔建筑的遗址。这一度的考古，还发掘了江村大墓的八座外藏坑，薄太后陵的外藏坑及栗家村汉墓，出土文物甚多，包括金、银、铜、铁、陶，共计三千余件。陶俑当然也有出土，共计一千余件。

数辈考古专家的努力，终于在马永嬴主持考古的阶段得出了结论。他有光荣，也很幸运。2021 年 12 月 14 日上午，国家文物局在北京郑重公布：白鹿原江村大墓确认为汉文帝霸陵。

西汉帝陵的基本结构是同茔异穴或异穴合葬。汉文帝之父汉高祖长陵与吕皇后陵相距大约 280 米，如此结构。汉文帝之子汉景帝阳陵与王皇后陵相距大约 450 米，如此结构。汉文帝霸陵与窦皇后陵相距大约 800 米，亦如此结构。

汉文帝霸陵有墙环绕，窦皇后陵也有墙环绕，为各自独立的内陵园。汉文帝霸陵之墙外与窦皇后陵之墙外，又有垣环绕，为彼此共在的外陵园。这种结构，是典型的同茔异穴或异穴合葬。外陵园东西长大约 1200 米，南北宽大约 863 米，其垣为夯土。

霸陵有外藏坑 115 座，以有限发掘，出土了一些官印。这显示此乃署府，它们是对未央宫及其军政设施的模仿。官印有中司空印、仓印、中司空丞、府印、车府、器府，皆属明器。

2019 年 11 月 20 日早晨，我邀请四位作家至白鹿原，一观霸陵的外藏坑。目光俯视几十米，见陶俑磊磊，无不伏卧、仰卧或侧卧。陶俑断颈，断臂，也断足。其色斑驳，有灰，有黑，也有红。

马永嬴介绍说：“这是着衣式裸体陶俑，一种高等级陪葬品。陶俑本有木胳膊、木手，也穿丝绸衣或麻布衣。长期的水土腐蚀，就变成裸体陶俑了。”

两年以后，我获悉霸陵外藏坑还有刑徒俑出土，便向他请教何为刑徒俑。

马永嬴说：“象征囚犯服役的，就是刑徒俑。刑徒俑有的以铁为钳，束项；有的以铁为钛，束踝；还有髡，女性剃发。”

他补充说：“西汉帝陵的考古，出土刑徒俑，这是首次。”

朋友孙周勇是陕西省考古研究院院长，他为我引荐了马永嬴。

在公布江村大墓为霸陵的三天以后，我独上白鹿原，想看一看科学刚刚证实的霸陵。雾笼秦岭，寒风拂地，霸陵空空荡荡。

我望着绿意蒙蒙的无边无际的麦田忽然想：霸陵不起坟，尽管如此，不过未必不饰以金，不饰以玉，因为刘恒毕竟是皇帝啊！

胆大了，我之所想。

杜陵生态林

汉宣帝刘询小时候在民间生活，常常来往于杜县乡里，遂在登基以后修筑杜陵作其冥府，是因为这里渐起而隆，广袤深厚，势盛且畅，当然也有他的情感所系吧！

2009 年春节，我女儿及其两个朋友刘泽西和陈阳从燕宁二城相聚西安，有思古之心，不知道选什么点，我便带他们往杜陵去。驱车向西安的东南而行，一路向上，向上，如走天阶，真是轮滚滚而地旋转，风飘飘而云轻飏。路穷车止，有冢迎面，其具横空出世之巨大，泰山压顶之重量。

我说："这就是汉宣帝的墓茔杜陵。他 44 岁病逝，葬于斯，现在已经两千余年了。"

他们惊叹着随我向上登临。脚踩旧迹，手揪枯荆，弓腰而弯腿，沿斜线曲径，唯有前进。比较陡，移动颇难，不过也一气攀到了坟顶。站在杜陵之巅，无不顿生凌虚爽朗之感。平畴浩荡，尽在视野。

我说："西北有高楼，上与浮云齐。然而立足于斯，便会觉得所有的高楼也矮了半截，因为杜陵建在西安最高之地。杜陵高 29 米，是最高之地的平台，当然视野开阔了。”

三个学生一言一语地议论着，并四处盘桓。我也感慨生情，向隅低回。我的故乡就在这里，遂屡屡到此来，不过杜陵有变，它的周围竟种满了树。叶落枝黑，森然一片。不知道都是什么树，然而无边无际，足有万亩之广。我想，在杜陵之巅看青枝翠叶随风摇曳将胜看美人移步换姿，当是难得的享受！不过这只是我的悄然所思，何况正月之期，残雪犹在，寒气尚烈，也不好得以潇洒。

逾数月，夏日得暇，便骏奔杜陵。我辨其木，有杨、柳、槐、银杏，还有桃、李、葡萄，密密麻麻，竟成绿林。荫庇为幽，足以避暑，遂有人在其中聚会。同学、同乡和同道，往往各占一席，绝不相扰。鸟啼婉转，蝉鸣悠长，中国的城市谁有如此之趣！向上登临，赴杜陵之巅，所见莽莽绿林，风过之处，枝荡叶翻，明烁暗沉，确乎令人悦目赏心，遂慨叹如此绿林已经是西安新的标志了。

一个偶然的机会，我还获悉了关于杜陵种树的故事。大约是 1996 年秋，时为官西安市雁塔区的王军先生，至巴黎进行工作考察。一天中午，他在塞纳河南岸的埃菲尔铁塔上游目，蓦地发现其城有一片绿林，郁郁葱葱，生机盎然，俨然镶嵌在建筑之间的一块碧玉，绝妙至极！巴黎圣母院、卢浮宫、凯旋门和香榭丽舍大道，其固然是巴黎的标志，然而绿林何尝不是呢！他忽生灵感，想到在杜陵周围种树万亩，以成西安之绿林。当时杜陵一带满是垃圾，苍蝇成阵，臭气为熏，不仅不敬汉宣帝，而且影响了西安的呼吸。在杜陵一带倾倒垃圾，是20世纪80年代的自发行为。一再治理，可惜积习为疾，治理无效。王军先生从巴黎返西安以后，便提议种树，以绿林取代垃圾，并希望在西安的东南产生清新的空气。2000年开始种树，四岁之后，垃圾绝影，绿林卒成，西安人不仅轻松了，而且经过天阶，便会有一个美人似的观瞻。

西安所在的关中，在汉以前，植被丰茂，遂有张良所论的天府之国。实际上周人建其丰镐，秦人建其阿房宫，汉人建其未央宫，甚至数百年以后唐人建其大明宫与兴庆宫，都因为渭水南岸黄壤膏腴，草木荣华。然而恰恰由于十三朝国都立于斯，起码此乃重要元素，遂使西安一带的生态消耗过度。改善生态，便成为西安人的使命。发展经济，固然也是功业，然而在西安周围种树，使之成为一片一片的绿林，也将是不朽之功业。

天热，我又不爱风扇，又不爱空调，那么就让我进入绿林享受阴凉吧！

明秦王陵

少陵原上有礼，过年和过会兴走亲戚。小时候我随祖父祖母出我家蕉村，往舅爷爷家夏殿村或姑奶奶家裴家埪村去，旷野数里，必见浑圆的土丘隆起，南有两排石刻，我也只认得石人和石马。大地寂静，人也敬而远之，悄然行自己的门户。灵魂流浪多年以后，反顾故乡，我才知道少陵原上坟冢累累，我之所见属于明秦王陵。

明太祖朱元璋洪武元年，1368年，在南京当皇帝，坐了江山。为巩固统治，既加强中央集权制，又实行分封制，把其二十四子和一从孙派至宇内各藩国为王。藩国可以组建武装，规定甲兵少者三千，多者一万九千，以护卫诸王，也夹辅朝廷。

朱标为皇太子，当然居京师，不过若有必要，也会巡视藩国。

朱樉是第二子，1370年，封了秦王，以镇守西北，节度将领。陕西、甘肃、宁夏尽在其统治之下。封朱樉为秦王，反映了西北在明帝国安全方面的重要性及其对第二子的信任。少陵原上的明秦王陵便是朱樉与他的子孙之坟冢，共十三座，构成了一个完整的谱系。

秦王朱樉在南京久住，到 1378 年才进西安府，不知道此为何故。1369 年，置西安府，治长安和咸宁二县，辖境东至潼关，西至永寿，南至镇安，北至韩城，大于今之西安市。

西安城始筑于 1370 年，至 1378 年而成。随西安城动工，秦王府也就动工了，至 1377 年而成。秦王府是在元帝国陕西诸道行御史台署的旧址上营造的，它现在也成了旧址，位于今之西安城东北一角，东至尚德路，西至尚朴路，南至西一路，北至后宰门。秦王府有外墙，就是萧墙，周长九里三分，还有内墙，周长五里。萧墙悉为黄土夯筑，内墙的外壁包有青砖，并掘壕沟以为阻。萧墙与内墙各有四门，东外门对体仁门，西外门对遵义门，灵星门，也就是外南门，对端礼门，外北门对广智门。中国传统建筑追求的便是这样一种形式和内容，很好！

秦王府内城是秦王处理政务并生活的区域。1378 年，朱樉在大批扈从陪同下驾到秦王府。尽管早就看了图纸，不过他还是视察了这里的宫室。房舍 836 间，颇为宏伟，主建筑承运殿、圜殿、存心殿、东殿、西殿、承庆宫、书堂，他都审阅了，还转了一下长春园。朱樉及其子孙将居此，他比较满意。

计有 267 年，九代，14 位秦王曾经于斯行令。

明末，1644 年，李自成率农民起义军攻下西安城，改之为长安城，建立大顺政权，入秦王府，改之为大顺王府。接着满族人来了，把这里变成满城，内墙之中遂为八旗教场。接着是民国时期，陕西省政府据此行令，其在 1927 年谓之新城。1930 年至 1933 年，杨虎城任陕西省政府省长，于斯用事，之后任西安绥靖公署主任，仍在此用事。在骊山抓了蒋介石，便先置这里的一座房子，后移置高桂滋公馆。接着是中华人民共和国，陕西省人民政府据此为人民服务。不过这里一直保留着秦王府的残垣，土很硬，磨碎为粉，便是黄尘，会随风而飘。

一旦秦王朱樉到西安来，明太祖朱元璋对他的指示也就到了：“关内之民，自元氏失败，不胜其敝。今吾定天下，又有转输之劳，民未休息。尔之国，若宫室已完，其不急之务悉已之。”朱樉当是遵行了。

1382 年，他的母亲孝慈高皇后薨，遂赴南京奔丧。祭奠活动结束，他返西安。1384 年，又以皇后大祥，再赴南京，旋返西安。1391 年，以其多有过失，往南京去接受问责。此间，皇太子到关中一带来巡视，归京师为秦王有所开脱，遂得以在 1392 年返西安。皇太子朱标不愧为兄长，几乎是救了其弟。

1395 年，洮州动乱，秦王率军讨伐，番惧而降，这使明太祖大悦，给了秦王以重奖。可惜这一年朱樉殁，明太祖白发送黑发，深为之恸，并赐书曰：“哀痛者，父子之情；追谥者，天下之公。朕封建诸子，以尔年长，首封于秦，期永绥禄位，以藩屏帝室。夫何不良于德，竟殒厥身，其谥曰愍。”朱樉葬少陵原，有二王妃也殉身随之而葬。

数世纪之后，吾生蕉村，得以在少陵原常见秦王十三陵。不料世事剧变，少陵原处于开发之中，十三陵不测，遂依文献和考察，录其现在之状况，算是给未来的一个交代。

秦王朱樉陵，在大府井村附近，石刻存。

隐王朱尚炳陵，在东伍村附近，石刻存，碑为农民当牛槽所用。不过其为衣冠墓，隐王的真身葬北京。隐王是朱樉之子，有一年朝廷的使者赴西安，他竟称病不迎，见使者又摆架子，显傲慢。明成祖朱棣动怒，赐书曰：“王勉之。”隐王很是慌恐，俄奔北京谢罪，第二年便死了。

僖王朱志堩陵，在大府井村附近，陪秦王朱樉而葬。僖王是隐王朱尚炳之子。

怀王朱志均陵，在大府井村附近，陪秦王朱樉而葬。怀王是僖王朱志堩庶兄。

康王朱志𡐤陵，在西康王井村附近，坟冢残缺不全，石刻存，明穆宗遣臣所立祭文碑仍在。康王是怀王朱志均之弟，好古嗜学，崇尚文化。

惠王朱公锡陵，在庞留村附近，石刻存，碑仍在。惠王是康王朱志壈之子。

简王朱诚泳陵，在简王井村附近，石刻存。简王是惠王朱公锡之子，自谓宾竹道人，其孝友恭谨，尝建正学书院，又在其旁建小学，择军校子弟比较优秀的得以入小学读书，还作课试。他显然也崇尚文化，并有著作。1989年11月18日，有贼盗简王朱诚泳陵，立案侦缉，追回彩绘陶俑和陶马300余件，遂在陕西历史博物馆陈列。

昭王朱秉欆陵，在大府井村附近，陪秦王朱樉而葬。昭王是简王朱诚泳从弟。

定王朱惟焯陵，在简王井村附近，石刻存。定王是昭王朱秉欆之子，自谓鉴抑道人，好刻书，有贤行。

宣王朱怀埢陵，在三府井村附近，石刻存。宣王是定王朱惟焯再从子。

靖王朱敬镕陵，在三府井村附近，其坟冢不存，石刻也不存。靖王是宣王朱怀埢之子。

敬王朱谊漶陵，在三府井村附近，其坟冢和石刻皆不存。敬王是靖王朱敬镕之子。

紫阳王朱谊漶陵，在三府井村附近，其坟冢和石刻也皆不存。紫阳王是敬王朱谊漶之弟。

朱存枢也是秦王，可惜生在明帝国的末代，李自成克西安，他不得不降之。李自成还授其权将军，然而难考其结局。

除此明秦王十三陵之外，少陵原上还有秦王妃墓、郡王墓、郡王妃墓、世子墓，起码50座余。它们高耸少陵原，累累成群，占坡为雄，在冬天的夜里，总会给我以神奇的想象。它们穿越了几百年未毁，遗憾终于遭遇了一批信仰唯物主义和拜金的人，显然在劫难逃了。

在西安，凡秦王的子孙，生二岁，便开始作陵。陵成，要留下一个天井，等其主入土以后才封之。称陵为井，或以井指陵，是一种避讳，大约是从护卫明秦王陵的甲兵传下来的雅号。按规定，一井有两个营的甲兵护卫。一营为一寨，两营两寨，九井便是十八寨。谚曰："九井十八寨，个个有由来。"这显然是有道理的。

我所知道的少陵原上的九井是：大府井、二府井、三府井、四府井、五府井、康王井、庞留井、简王井和世子井。由九井而出的十八寨渐渐衍化为自然村，村有分裂和组合的变迁，且有消亡，要一一指出也难。

2012年的一场秋风把我吹到少陵原上，道纵路横，若陷迷阵，不过也终于再见秦王朱樉陵。2006年春天，我所看到的朱樉陵还静卧麦田之中，毕竟有一点墓地的肃穆，尽管它也很是败落了。匆匆几度岁月，朱樉陵竟完全荒凉、焦敝，如为世所弃，甚至如遭暴徒所辱。

神道上杂草丛生，去年朽烂的麦秸与今年堆放的玉米秆各占其位，准备得霜雪之后，腐蚀于斯，不过明帝国工匠所雕的石刻，也还能从乱茅之间挣扎露面，以示它风化的惨白。为朱樉所立之碑已经无影无踪了，然而驮碑的赑屃状石刻仍存，不知道是谁竟把它挖了出来，转下其背，翻上其胸，蛮抛在黄土之中，遂难免车碾的痕迹。有一间红砖简易房舍，也闲置着，不过它偏偏要撑在朱樉陵之前，似乎是表现自己的尊贵。贪婪的农民挖陵取土，以扩张其亩，种麦，种玉米，种树，这使朱樉陵渐渐损毁，收缩且矮小，并裸其干硬的断面。

陵的顶部有酸枣树枝斜柯曲，杂草乘虚狂长，细辨可见东南角丰茂，西北角以风劲而稀疏。有两足兽居然登上朱樉陵如厕，并留下斑斑污秽。举目而望，陵的北面竟是巨大的商业混凝土供应站，机器轰鸣，车来车往，灰尘四涌。难怪农民在向朱樉陵周边广植其木，也许他们估计这一带会开发，土地将为富豪所用，遂等拆迁赔偿捞一把吧？也许会以文化遗产把朱樉陵保护起来吧？然而秦王之陵，共十三座，已经有几个被夷平了。

我回头数了数神道上的石刻。右侧七件：华表一，马三，人一，狮二。左侧九件：华表一，马三，羊一，人二，狮二。石刻尽在石墩上，有的石墩在而石刻失，有的石墩坏，遂用混凝土填补，这透露了文物保护的意思，遗憾粗陋至极。

少陵原上的明秦王陵及其前朝后代的成千上万的文化遗产，无不处在危机之中。一个民族是否有未来，并非在其有钱，关键在其能尊重自己的文化遗产，熟悉自己的历史，并善于从中提炼有益的智慧。秋风把我从少陵原上吹到明德门的窄门堡，我做如是想。

城南的路通向秦岭，秦岭有道逾越而去，至楚，至巴，至蜀，当然也至汉中。走城南，会产生历史的纵深感和艰难感。

——朱鸿

蓝武道

蓝武道就是蓝关至武关之道，其穿秦岭，每每崖悬谷深，缘溪而行，十分险峻。

中国人是何时打开此道的，颇为难考，不过在战国时代，秦楚之交通就已经赖此。

从汉长安往大陆东南去，从唐长安往湖广去，赴今之湖北、湖南、广西、广东、贵州，以至海南，都要走此道。大陆东南和岭南一带之人到唐长安来求官、赶考或经商，也都要走此道。

宋以降，此道仍在行。明世宗嘉靖年间，郗元洪任陕西巡抚，曾经主持过西安府至商州道的整修。1745 年，由清陕西巡抚陈宏谋领导，凿壁堙沟，拓宽了蓝田七盘坡至商州胭脂关道。民国时期的长坪公路，今之 312 国道，西沪高速公路，难免截弯取直，然而其基本脉络还是蓝武道。

蓝关多有移动，实际上它就是蓝田关、峣关，在今之陕西蓝田东南。武关是秦国的南门，其在春秋时代为少习关，处今之陕西丹凤武关河的北岸，东望河南之南阳。1992 年，我独旅武关，初作考察，2002 年，我带中央电视台的一个摄制组赴武关取景，再作考察。武关自雄，不过独旅的印象比群跋的印象味厚，吾好独旅。

蓝武道也就是武关道。所谓秦楚三关道、商山道，也都是蓝武道。清人毛凤枝尝对蓝武道有研究，其指出："由蓝田县东南行 15 里七盘坡，又 20 里北渠铺，又 20 里蓝桥铺，又 20 里新居铺，又 20 里牧护关，又 20 里郭家店，又 30 里太商原，又 10 里泥谷店，又 30 里麻涧铺，又 20 里梁家原，又 20 里商州城，又东 180 里至武关。"由鄂豫出商州至长安，穿秦岭，走的就是武关道。

秦楚相争，多由蓝武道发生。秦惠王拜张仪为相国，出使楚，提出楚齐绝交，秦楚结盟，秦将割商於 600 里上地给楚。楚怀王信以为真，便断齐，派逢侯丑往咸阳去接收秦的土地。但张仪却说："臣有奉邑 6 里，愿以献大王左右。"秦明目张胆地要弄了楚。公元前 299 年，秦昭襄王致楚怀王信曰："寡人与楚接境壤界，故为婚姻，所从相亲久矣，而今秦楚不欢，则无以令诸侯。寡人愿与君王会武关，面相约，结盟而去，寡人之愿也。敢以闻下执事。"楚怀王犹豫再三，还是决定赴武关会晤秦昭襄王。武关早就埋伏了秦兵，一旦楚怀王现身，便抓他送之咸阳。秦要割楚的土地，楚怀王不给，不给遂拘留。几年之后，楚怀王积怨逝世。秦诡取不成，就发兵夺取楚的土地。终于由王翦灭了楚，时在公元前223年。

刘邦反秦，率起义部队破武关，再破蓝关，至灞上，抵达咸阳，再返灞上。唐末，唐军不敌朱温，便据守蓝桥一带。1369年，明将徐达率兵占领奉元城，元的游勇便弃城逃至七盘坡负隅顽抗。清初，李自成见清军过潼关，遂辞西安，向蓝关，出武关，失利武昌，奔九宫山，到底匿踪，悲壮而死。蓝武关显然素为用兵之地。

唐为盛世，不仅仅长安成了富贵之乡，而且也在乎江南和岭南的开发，尤其是四海之士，不管其擢升为官，也不管其龙门落榜，也不管其获罪贬谪，纷纷以蓝武道进长安或出长安。他们匆匆之神情，诗足以反映“商山名利路，夜亦有行人”。

自早唐至晚唐，有数十骚客曾经走蓝武道，多损容颜。李白30岁左右过武关，入长安，以求职位，未遂，便乘桴浮黄河而东。其42岁那年，以道士吴筠举荐做翰林供奉，由于受谗，一年之后出长安，过蓝关，回到安陆。孟郊出生湖州，今之浙江德清人，屡屡沿蓝武道奔长安考进士，46岁才登科，遂由羞愧顿转放荡。白居易左迁江州走此道，左迁杭州还走此道。柳宗元以改革获咎外放永州，当司马10年返长安，估计形势偏好，不料又旋遣永州。公元815年，极度悲愤的柳宗元便经蓝武道赴其刺史的任所，几年以后在柳州故去，仅仅46

岁。元稹七行武关，四次左迁，一次返京师。温庭筠外放随县当县尉，走此道，其留诗曰：“晨起动征铎，客行悲故乡。鸡声茅店月，人迹板桥霜。槲叶落山路，枳花明驿墙。因思杜陵梦，凫雁满回塘。”李商隐久陷窘境，在长安出头之日渺茫，遂到处依傍地方官员。有一年，他由桂州郑亚幕府返京师，脚踏商於，期盼在心，吟诗曰：“六百商於路，崎岖古共闻。蜂房春欲暮，虎阱日初曛。路向泉间辨，人从树杪分。更谁开捷径，速拟上青云。”

韩愈文起八代之衰，不过他的蓝武道实属惨绝。尝以关中大旱，上书请求缓征百姓赋税，惹恼了唐德宗，遂贬至连州阳山，走的就是此道，这也罢了，因为当时他才 36 岁，还年轻，扛得住。公元 819 年，他上书谏迎佛骨，又得罪了唐宪宗，遂再贬至潮州，走的仍是此道，可惜他已经 52 岁，难免纠结。至蓝关，雪厚路障不得向前，便作诗以示侄孙韩湘曰：“一封朝奏九重天，夕贬潮州路八千。欲为圣明除弊事，肯将衰朽惜残年！云横秦岭家何在？雪拥蓝关马不前。知汝远来应有意，好收吾骨瘴江边。”真是慷慨之歌了！他刚刚离开长安，便有卒吏登门逼其妻及儿女也得随他离开。其女 12 岁，恰恰卧病在床，惊恐之下，病遂加重，然而不可拖延。迎雪走蓝武道，至层峰驿，其女便咽气了，就草草葬于岩下。韩愈不日从潮州调袁州，一旦唐宪宗崩，唐穆宗立，他便任国子祭酒。其返长安，依然走此道。过层峰驿，觅岩下墓，悲泣至极，也只能向女茔供一饭，以示父祭。可以想象韩愈的伤痛，当然他还留下了一首诗："数条藤束木皮棺，草殡荒山白骨寒。惊恐入心身已病，扶舁沿路众知难。绕坟不暇号三匝，设祭惟闻饭一盘。致汝无辜由我罪，百年惭痛泪阑干！"唐固然是盛世，然而它非民主制度，权力决定命运，从而士皆动辄得谤。

在有意考察武关之前，我曾经以私多次走商山道。一般乘长途汽车，不过也拦卡车，有一次竟坐了邮车。

邮车大妙，我永远感谢那位司机。人居水边，商山道沿河修建，所以邮车缓缓而行，有邮件司机就停下投寄，从而我可以充分欣赏林壑云峰。

那是20世纪80年代，商山道当然还比较原始。小径随水引伸，秦岭北侧，其水北流，秦岭南侧，其水南流，北侧干硬，南侧温润。一段平旷，一段崎岖，万丈峭壁之下，常有摔毁之车。直角拐弯，司机无不眉皱而焦心。相向之车擦身而过，谁都会把一只苦胆骤吊起来。不过风在树枝窜，鸟在花丛鸣，蝴蝶自娱，蜜蜂自乐，鸡游滩上，狗卧门前，打柴者背柴，采药者背药，也尽显秦岭深处的风俗。

至为可敬的当然是司机，凡家书、包裹，他都一一送到。似乎每家都认识他，也许商山道的男女本就很热情，我没有问他。总之，当他停下，拣了邮件，把东西交给其主的时候，男的让他烟，女的请他饭，亲切，真诚，若朋友，若邻居。那是一位年近五十的司机，戴着眼镜，方脸，红腮，胡子茬硬发黑，身体和精神都很健康。声音洪亮，略带沙哑，颇为正派和善良。

我是在灞桥坐上他的车的。见有邮车过来，我便挺身展臂，招手呼他停下。大约看我恳切，而且是下午两点以后，也确定再无长途汽车了，可敬的司机便同意带我。我就坐邮车进了蓝田，走商山道，往丹江去。这样的机遇，注定是我当世自始至终的唯一。向您致礼了！

子午道

子指北方，午指南方。子午道指秦岭一条子谷通午谷之道。

起码在秦以前，子午道谓之蚀中，是用天文表达地理的正南正北之意。中国人有严正的方位观念，不管是蚀中还是子午道，由于它贯穿南北，当然重要。

子谷面北，距西安城大约 40 里。我所看到的子谷，水流不息，夏秋还可以起坝截流，形成水库，并映照遍野的草木。可惜量不大，冬日是小溪，春天也是小溪，不绝如缕罢了。干缩之季，河床裸露，河滩上乱石发白，沙子发黄，蓬蒿倒伏一片，水流蜿蜒，其细如绳，行如蛇。两岸为峡，不宽，也不窄，比较合适，因为太宽泄气，太窄局促，乏回旋空间。两侧峰峦，互相参差，彼此照应，其顶也不危，也不险，完全是一副终南山在黄土高原边安卧或静坐的样子，然而足具俊秀之美。在子谷顾盼，东坡松柏森森，西坡杂树成林，鸟也自有选择，遂群栖松柏之间，不见其翔，只闻其鸣。偶尔众鸟乘风齐飞，子谷便涨满了灵性。一年之中，始终有少壮男女沿此道进出秦岭。他们背着包，拄着拐杖，往者精神抖擞，归者躯体疲软，这是西安人所好的一项有娱乐元素的运动。

午谷面南，在汉中市所辖西乡县东北 70 里一带。秦岭于斯渐渐收尾，岗小涧缓，丘陵疏布，草木皆绿，充满了朗润之质。午谷之水，昼呈清澈，夜以潺湲，从容而前。

子午道久为关中通汉中和安康的捷径，长安通巴通蜀的主要之道。杨贵妃喜食荔枝，长安不产，遂需从涪州或岭南传送而来。涪州所产新鲜荔枝，以置骑而递，取子午道，数百里，三天便至。即使从岭南而来，取子午道，数千里，到了京师，荔枝之味也未变。唐玄宗是皇帝，也只有他这种权力无限的人，才能对所宠之女昂贵付出，吾辈不行！唤子午道为荔枝道，根据就在这里。

1958 年建西万路，要采点定线，经反复勘探，仍循子午道而筑。从西万路当然也可以往汉中去。

王莽执政，以子午道之用，设子午关。然而有汉一代的子午关究竟在何处，难以确定。喂子坪地势开阔，宋置子午关于斯。清有石羊关，在喂子坪以南近乎 20 里的幽涧之中。石羊关分一岩为二，中空为峡，恰恰能泻沣河，真是又诡又刁。两岩相对，其状若门，不过它只放一水而过，遂颇为激湍。两岩都很大，是巍然屹立，势冲青天。两岩看起来像两顶钢盔，又像两根剥了皮的干干净净的竹笋。沣河西侧的岩上没有什么特别的，但沣河东侧的岩上却有石若羊扬头，白毛栩栩，据此谓之石羊关。石羊关峻峭是峻峭，布一兵能抵百兵，遗憾这里不留余地，也存在有兵难布的问题。

子午道是猎道、柴道、药道、商道，也是军事之道，曾经屡屡作战。

公元前 206 年，项羽分派刘邦为汉王，宫室在南郑。刘邦审时度势，匆匆从杜南入蚀中。杜南就是秦杜县之南，今之西安市雁塔区杜城村之南也。当时蚀中有栈道，张良建议："王何不烧绝所过栈道，示天下无还心，以固项王意。"便毁了栈道。

公元 228 年，蜀汉将魏延请兵五千，想走子午道至长安，偷袭魏安西将夏侯楙。诸葛亮认为此计悬危，拒而不用。

公元263年，魏将钟会率兵十万余，分别过子午道、傥骆道、褒斜道，以征蜀汉。抵抗则杀，投降则生，终于灭之。

公元354年，晋将桓温北伐前秦，遣梁州刺史司马勋沿子午道赴长安，并占领终南山以北之地。可惜遭前秦猛攻，遂退守女娲堡，御而不敌，还是被破。

公元947年，后蜀将李廷珪率兵出子午道，以应对后汉高祖刘知远即皇帝位对长安造成的影响。

1635年，明将贺人龙受洪承畴指示，率兵奔子午道，以阻挡可能侵犯西安城的农民起义军马光玉的部队。

从子午进终南山，经七里坪，越土地梁，斜而向西，过碌碡坪，出石硖沟，或过摘儿岭出红草河，忽见沣峪顿开，由此便逆沣河而南，翻秦岭而去。自开子午道以来，人多依此线而行，是因为沣峪口到高砭子和二道桥一段，悬崖狰狞，峭壁嶙峋，水湍而激，难以攀缘，甚至连落脚之处也没有，不得不绕而行之。当年修路自西安至四川万源，在这一段炸崖凿壁，垒基立坝，硬是筑了一条路。一旦西万路通，从子谷至石硖沟或过摘儿岭出红草河此线便荒废了。

午谷一带有汉中市所辖西乡县的子午镇，在此耐着性子钻沟逾梁，艰苦跋涉，终于翻秦岭而北，30 里曰石羊关，又 20 里曰喂子坪，又 30 里便出子谷。坡慢地广，黄壤展现，骤然见天之朗。这里有一个豆角村，古为乡肴野蔌集散之地，现在老柏尚苍，石像仍威。由此而北，又 10 里为西安市长安区子午镇。平原空旷，阡陌纵横，故都渺渺在望。

傥骆道

秦岭北麓有峪曰骆谷，南麓有峪曰傥谷，遥遥相对，屈曲而达，为傥骆道。

骆谷在西安市所辖周至县西南30里，傥谷在汉中市所辖洋县北30里。由骆谷进秦岭，越十八盘，过骆谷关，经厚畛子、华阳镇，沿傥谷便脱然而出秦岭。

傥骆道是过去雍州通梁州的主路。从长安到汉中或到成都，走此道都很快。其以军事推动，兴于三国，之后久有人用。公元624年，唐高祖在老君岭置骆谷关。公元630年，唐太宗又把设在老君岭的骆谷关南移10里，大约位于今之关城子村一带。有唐一代，此道5里一堠，10里一站，配备专门机构管理，客舍、邮亭、铺子也是应有尽有。至宋，陕西与四川之往来，仍走此道。一旦女真族人所建立的政权向南宋进逼，秦岭遂为对峙之线。南宋军在傥骆道营造了雄伟的石佛堡，以扼制女真族人逾越秦岭。大约这时候，出现了新骆谷，其在原骆谷以东，为东骆谷，原骆谷便为西骆谷。西骆谷峻峭，东骆谷略缓，人性趋吉避凶，遂会优选。元以降，此道的军事意义偏低，然而它仍为贸易所大需。明在十八盘设置巡检司，反映了一种谨慎的态度。清以秦岭的资源为开发，此道遂繁运木料、药材和矿石。至民国时期，此道常有四川人担乡肴野蔌到西安来，再担盐而还。1958 年在原骆谷口，也就是西骆谷口修了一个水库，此道尽息。不过现在的 108 国道，实际上是循傥骆道而行的，足证祖先目光之准。

今之华阳镇，是傥骆道的枢纽。公元 730 年，唐玄宗以其要冲之形势，开始设置华阳县。不过根据时局的变化，华阳县也是忽立忽撤，但其为傥骆道之枢纽却是坚固的。清在这里置华阳分县，民国时期随其建制，也曾经设华阳分县。之后由区演化为镇，虽然为镇，也是具潜在军事价值的一个镇。

华阳镇水环林茂，有珍稀动物、文化遗产，可以一游。其南行 150 里是洋县，北行 520 里为周至县。它的东北接周至县太古坪，西北接周至县二郎坝，北接佛叶坪或佛爷坪，这里的厚畛子有一个县城已经废了，曾经是清佛坪厅治所，民国的佛坪县治所，残垣断壁，荒院破庭，皆能启发幽情。

公元 244 年，魏将曹爽率兵数万至长安，入骆谷以伐蜀汉。可惜民不给力，车不能输，牛马骡驴饥疲多死。未出傥谷，便遭遇蜀汉部队。他们居高据险阻击，使魏兵难进，遂不得不退。

公元257年，蜀汉将姜维率兵数万伐魏，走傥骆道昂昂而来，并长驱沈岭。然而受到魏将司马望抗击，并有魏将邓艾增援，姜维久久无果，遂还成都。今之骆谷口有方形土梁谓之姜维岭，便是对姜维的纪念，实际上它就是沈岭。

公元263年，魏将钟会率兵并驾褒斜道、傥骆道和子午道，以攻成都，优势颇大，蜀汉遂亡。

晋穆帝永和五年，公元349年，梁州刺史司马勋欲打羯人的后赵，从傥骆道调兵，威震后赵皇帝石遵。

盛唐一旦变为弱唐，它的皇帝就不好当了。公元784年，天下动乱，失京师之所，唐德宗遂入骆谷，出傥谷，到了兴元，今之汉中，躲过一劫。96年以后，唐僖宗又往成都去避难。末代的皇帝甚至连盛世的轻卒贱吏也不如啊！

2010年冬的一天，我考察了骆谷。先至东骆谷，就是新骆谷，恰有长途汽车进秦岭，遂久望其尾灯消失。赴城固的汽车，将沿周城路而行。至汉中、成都，也可以走此道，为108国道。沥青厚实，护栏强硬，状态颇威。后至西骆谷，就是原骆谷，大约从10世纪起这里转颓。数里以外，便见大坝高筑，知道骆谷已经变成了水库。稍一斟酌，绕大坝向骆谷西岸走，逢集，乡民拥挤，喧嚣四溢。过来福寺、玉皇庙，皆萧条冷清。以建水库，教场皆迁至西岸宽敞之地。库大水少，寒风浩荡，然而有鸭子结伴觅食，不知道它们是野生的还是家养的。

沿西岸向里走，其峪渐渐收缩，树越来越多，凡松、柏、国槐、楝、白杨，一个粗壮过一个。河滩甚阔，但水流却小。应该是为了节水，修了渠，聚流于一混凝土圆管，清溪遂顺其渠注水库。有一对夫妻在挖沙，河滩坑陷，显得糟乱。曾经有人于斯淘金，他们发财而去，留下的石盘和石磙还弃在河滩。踏着乡民的足迹过河滩，登上了骆谷的东岸，见房舍散于杂树之中，门前有的停摩托车，有的停挖掘机。问一个老者，说："这是龙窝村，建水库迁到东岸的。"再问，老者说："还有骆村，迁到下游了。过去这里是骆国的地界，还有骆谷驿呢!"老者有病，腿跛嘴黏，也许是脑出血或脑血栓所致，但他却兴致很浓，有很多事想倾诉。感谢了老者，沿东岸向外走，骆谷顿开。过了大坝，遂为缓坡，仰望尽是平原上的村子。

长安路

出西安城的永宁门，南门，便是长安路。天高地阔，青葱数行，尤其双向八车道，让人顿生浩然浪荡之畅，脱然放纵之酣。

高楼如峰，东西竦峙，一时东峰压倒西峰，一时西峰压倒东峰。世纪金花时代广场的建筑冉冉向上，不知道它将展示什么内容。城堡酒店显得幽深，窗灯更是神秘。长安国际横空出世，森然一片。其玻璃幕墙，玻璃转门，湛蓝似海。它的电梯带客登堂，流水送客远行，大呈时代之风尚。农业银行形如麦穗，耸天撩云，虽然其起已经有十年之余了，不过仍很强势。陕西省人民代表大会常务委员会的办公楼巍然而重，庞然而雄。它的前庭立有八柱，既给此建筑注入了灵性，又增加了美感。体育馆南路向东，围墙巷向西，过之，过之，长安路继续向前。

长安路在南关一带有十分漂亮的中心绿地。树植雪松、石榴、小叶女贞和大叶黄杨。花种紫薇、月季和绿篱。物竞天择，冬麦茂盛。冬麦是一种草，它足以承受干冷的气候。法国梧桐壮硕夸张，国槐严谨蕴蓄，各居其位，各展其姿，一向为我所喜欢。在西安商贸旅游学院和南关葫芦头附近，有一排白杨，其粗双臂难搂，皮光疤深，枝摇叶响，当是几十年的老木了。长安路一再拓宽，能留下的老木都留下了。不能留下的，往往伐倒为灰，它们大约皆是长错了地方的树。生而为树，显然也有自己的命运。

长安路掠南郭路的西安市红十字会医院而过，继续向前，便进入南稍门。所谓南稍门，南关四关之南门也，明末筑，处永宁门与今之南稍门一带。这一带银行扎堆，中国银行长安路支行、西安银行、交通银行和华夏银行，都在此营业。铁门铜窗，无不坚固。逢押送钞票之际，每每有警察荷枪实弹站在两边，其眼睛左右扫视，骤起紧张气氛。其泛美大厦一度驻西安电视台，遂娥眉往来，轿车竞拥，惹乡野之徒频频注目，且走且看的竟不慎把脸碰到树上。树以法国梧桐和国槐为主，偶见白杨，仍为老木。

长安路在唐为安上门街或安上街，是十分的繁荣。这里的斗鸡场热闹非常，宋之问任宰相，其下班以后，还尝在此看斗鸡比赛。城南韦杜，离天尺五，指唐之韦曲和杜曲多居高官贵族，就在皇帝左右。确实如此，唐的宰相，自韦杜两家而出的竟三十余位，著名的有韦巨源、韦安石、杜如晦、杜佑。也出诗人韦庄和杜牧，当然韦庄既是宰相，又是诗人。他们朝拜皇帝，或骑马，或乘车，从韦曲或杜曲昂然发踪，几乎都走长安路。宋人张礼在 1086 年游唐长安城南，所选也是长安路，以畅观沿途之胜迹。

在南稍门有友谊东路并友谊西路，过之，长安路便进入草场坡。唐有官马，其草市在横冈上，遂为草场坡。过之，小寨在望。这一段长安路甚显疏广。其东侧有西安中国旅行社、唐乐宫酒店、陕西省环境科学研究设计院、开成集团及由薄一波题名的中陕国际大厦。其西侧有以小雁塔作背景的西安宾馆、太平洋酒店、陕西中工电子市场、财大气粗的高速经纬大厦、陕西省体育馆及由张锦秋设计的既表现中国风格又杂糅西方元素的陕西省图书馆。这一带之草木仍保持了长安路一贯的模式，不过在环境科学研究设计院门口所生的几棵白杨，抱需三臂，显然是几十年的老木了。

穿南二环的长安立交桥而过，就是小寨。这里初为西安城南之集市，现在已经发展为火爆的商业圈，青年多，学生多。这一段长安路以东有长安大学、西安国际旅行社，其楼高近乎 30 层，以西有西安音乐学院、西安儿童艺术剧院、文化大厦、西安歌舞剧院、一个日夜萎缩的新华书店和中国电信小寨营业厅。

小寨有大兴善寺东街和大兴善寺西街，这一带的长安路总是摩肩接踵，熙熙攘攘。窃贼在此容易得手，青年和学生抗议日本也喜欢在此示威。大兴善寺成于隋，隆于唐，振作于明清，是汉传佛教密宗的祖庭，誉满天下。1936 年，蒋介石走长安路朝拜大兴善寺，可惜缘分不到，竟由于所乘轿车深陷泥坑而未入其山门。如果他于斯烧香，并会晤此庙的大德，那么也许能避免骊山之梦吧。蒋离开西安以后，当局才以石子铺了这一段的长安路，不过它对蒋无用了。

长安路在小寨的中心绿地突兀而出，平旷而立，有丝绵木、白杨、松、柏和银杏，尽显气派。夏成浓荫，冬聚萧气，是比较特殊的。

长安路穿小寨东路和小寨西路而过，略显清爽，不过这一带似乎大有形成人海人潮之势。其东有西安国际贸易中心、嘉汇汉唐书城和阳明国际，西有陕西省军区及其周边生意红火的服务社。

长安路过小寨而越纬二街，东见大雁塔，西见西安美术学院，悠远之感旋涌。向前，是八里村的地界。在民国时期，这一段的长安路两边有国槐相夹，郁郁非凡。20 世纪 80 年代，我在此等 3 路汽车，还曾经一再欣赏生于斯的国槐，觉得森然，具沧桑相和沉厚感。不知道什么日子这里的国槐消失了！一旦老木无存，便显其荒。现在的长安路两边也有国槐，只是都甚细弱，不给故都增色。这一带也才在发展，楼陋楼低，八里村也正处于拆迁之中，唯东侧的西安邮电学院与西侧的陕西广播电视中心，尚为雅观。向前，东有西安外国语大学、陕西师范大学，西有西北政法大学，属于文化与潮流之域。

长安路向前，便是长延堡村了。经过改造，平房尽毁，高楼横空，几乎城市化了，不过看起来它仍是一副土头土脑的样子。在唐，这一片是安上门街或安上街的南端，今之瓦胡同村，藏有天坛遗址。在明，此为南十里铺或吴家杏园铺，也就是吴家坟，不过吴家坟听起来真的让人愀然。清以后，长延堡渐渐取代吴家坟，然而难免兼用。到 1981 年，政府确定这里为长延堡，并赋予法律承认的力量，吴家坟遂彻底退出。

向前，长安路逾天坛东路并天坛西路，一箭之遥，是一个环岛，电视塔耸于霄汉，之下为陕西自然博物馆。馆里的展品值得一看，馆外的草木也值得一看，有竹、云杉、刺柏、龙柏、千头柏、红叶李、白皮松、水杉、枇杷、玉兰、雪松、垂柳、鸡爪槭、碧桃、紫荆和菊，无不可以审美。白皮松疏，雪松俊，碧桃让人想到风流之鬼。也有棕榈，不过我一向讨厌这种海滨植物，其吸收尘埃，很容易脏。尤其它为了繁衍，大露黄色的生殖器，不知道羞耻。这一带东有西安市交通职业培训中心、西安曲江国际会展中心，其广场颇大，西安市结核病医院，还有一个新都酒店；西有西安市第八医院、社会主义学院，更有迅速崛起的一片稠密得让人胸闷气喘的楼盘。

继续向前，便是南三环的长安立交桥，接着穿三爻村而过，长安路蜿蜒爬坡，登临了少陵原。境界高亢，八风携云，出雁塔区，进长安区，于是长安路就变为长安街。下了少陵原，便是韦曲。唐之富贵温柔之乡，立即袭来一种热腾腾而乱哄哄的镇的风俗。

长安路北段隶西安市碑林区，中段隶西安市雁塔区，南段隶西安市长安区。

朱按：此文作于 2012 年，长安路多有变化。

出境入境之门，谓之关。关多置于沟壑巉崖之险处，以使万夫莫开。至迟在春秋战国，便有了散关和武关吧！散关和武关之位似乎是固定的，而峣关之位则有移动。

——朱鸿

散　关

散关在宝鸡南部的杨家湾，杨家湾是一个村子，只有七户人家。

我到散关的时候，天在下雨，散关就冒雨耸立在那里。秋风抚弄着天空，横七竖八的雨以秦岭为背景纷纷落下，明如冰屑，冷似霜气。由巴蜀而来的云雾，仿佛有谁在后面推动着，滚滚翻越山峰，但进了散关却无影无踪了。广阔的平原，展开在散关之内，它什么都能容纳，那些云雾当然也能容纳。散关是一个峪口，其宽不足三十米，两岸巉岩悬挂，危崖挺拔，连绵的秦岭威严地镇压着地面。秦岭站在雨中，散关站在雨中。尽管铁路和公路都从这里穿过，然而火车与汽车并不是频频往来，所以散关常常是安静的。我立在我的伞下，望着古木苍苍而苔藓斑斑的散关，甚至觉得它是岑寂的，岑寂之中，透出一种古代战场的阴森。唯有清姜河发出声音，它从峪口奔泻而下，猛地冲进关中，单刀直入，寒光闪闪，杀气腾腾。它的白浪拍打着河床的白石，于是整个散关就都是它的呐喊了。

雨中的散关是那么安静，它安静得很是落寞。平坦的沥青公路，悠悠地穿过散关，然后蜿蜒于秦岭和平原。它一头通向成都，一头通向宝鸡。秋天的雨淋湿了公路，明净的水洼映照着散关的峭壁和草木。雨溅在水洼，反复地创作着精细的涟漪，那些涟漪自生而自灭，没有人欣赏。偶尔才有一辆汽车驶过，不管是卡车还是客车，都是风驰电掣般的速度。汽车一晃而过，轮子嗞嗞地响着，将水滴到处抛洒。沿着散关，树立了几排电杆，角状的和圆形的电杆，全然立于雨中，一些电线闪闪发亮，一些电线缺少光泽，一些电线发出声音，一些电线沉默不语。神奇的电线过了散关，跋涉在秦岭的脊梁，它不但带着光明，而且带着我难以知道的秘密。电线传导着秘密，人类众多的消息都由它传导，这是一个常识，但站在散关，这个问题却变得沉重而严峻，我甚至机警，我在这里到处张望，是否会引起怀疑。我没有发现向散关盯梢的眼睛，只看到在河岸草地上，有几个放蜂人。蒙蒙的雨中，帐篷呈一片灰白，不过周围的蜂箱都是灰黑，雨打在那里，溅起针芒似的水星。一条狗站在雨中向我做着冲击的姿势，如果不是铁索拴着它，那么它可能会向我扑来，我想，它是一条恶狗。它竟然不喊不叫，只露着牙齿，一副敢作敢为的做派。

我奇怪散关怎么会有乌鸦，这飞禽仿佛已经从关中消失了，我很难看到它，但在散关却有几只乌鸦。它们从一个山头飞到别的一个山头。它们无声无息地飞着，有时候是几只结伴飞，有时候是一只单独飞。它们反复这样，使我觉得它们无奈而无聊，但转念而想，却觉得这可能是它们快乐的游戏或调情。乌鸦落在岩石上或者飞在天空中，都是很突出的，特别是离开岩石冲进天空的瞬间，仿佛变成了黑色的窟窿。乌鸦就那样从一个山头飞到别的一个山头，它们冒着雨，那雨密密麻麻而且冰凉，把散关浇得一片淋漓，但乌鸦却没有躲在散关的窑洞。现在想想，它们是否在监视我呢？如果这样，那么它们是接受了谁的派遣呢？我一个人在雨中走来走去，我静静地感受着散关的灵魂，几乎是没有人这么做的，遂显出了我的独特，难道这就引起了乌鸦的注意吗？

火车奔驰在散关的上端，东边一条隧道，西边一条隧道，露出山岩的砖上仿佛流着黑水，仿佛是山的一片又湿又滑的补丁。隧道隐藏着，若不是火车的轮子摩擦了铁轨，那么我可能不会举目而望，或者不会在散关的上端搜寻。火车过去了，散关安静下来，甚至火车从散关经过之际，它仍保持着一种岑寂。火车是散关的异物，散关具有一种排斥所有异物的怨气，包括要排斥人。实际上露出山岩的砖上并没有流淌黑水，黑的是砖而不是水，但我站在路边，举目而望，却感觉那是黑水。

让放蜂人拉住了狗，慢慢地走进他们的帐篷，一半为了避雨，一半为了好奇。那狗并不高大，也不美观，嶙峋瘦骨，一块一块的似乎要从它黑白相混的杂毛中迸出，尽管它显得饥饿，然而不失自己的狰狞。放蜂人将它的头使劲压着，压了好长时间，它竟仍固执地向我瞪眼咧嘴，并露着一截血红的舌苔。放蜂人教训着，将它推进钢丝床下，它才变得乖了一点。这是几个成都人，我坐在一个竹椅上之后，其他两个青年离开了，到别的一顶帐篷去了，剩下一个四十岁左右的汉子陪我坐在那里。大概是长期辗转的缘故，在他瘦而黑的脸上，始终没有消除凄凉与寥落之色。凄凉渗进了薄薄的肌肉，而寥落则锈在稀疏的皱纹，尤其在他眼角的皱纹里真是堆满了寥落。他是四月上旬出来的。他从成都到汉中，然后到关中，接着从关中到宁夏和甘肃，然后到榆林，从榆林复返关中。他在散关才待了五天，这五天阴雨绵绵，蜜蜂都窝在箱子里不能出来。他准备待到十月下旬回到成都。他没有流露出思乡之情，不过，看着卷在钢丝床上的油腻的被子，摆在地下的没有涮洗的铝锅，撒了一桌的辣子，就知道他们的日子过得多么懒散和消沉。唯一可以振作他的精神的就是家，他的女人和孩子，能给他增添新的生机。然而，他现在还得在这里放蜂。散关处于秦岭的北麓和平原的南沿，气温是适中的，到了秋天，周围到处都是野花。放蜂人就是向花奔波的人，哪里有花就在哪里安营。但放蜂人的收入却并不能保证，这个成都人告诉我：如果顺利，那么他一年可以收入两千元左右，如果运气不好，那么还会亏本，糖的价格在涨，可蜜的价钱却涨不上去。我忽然发现狗在流泪，它卧在钢丝床下，伸着前蹄趴在潮湿的草地上，镂刻般的圆圆的眼睛眨了一下，便有水盈在灰色的眼眶，接着那水淌了出来。雨打在帐篷上和蜂箱上，一种是膨胀的声音，一种是凝缩的声音，它们交织而响，不过这声音并没有增加人生的光彩，反而放大了人生的无奈。我感谢了放蜂人，很快地走出他的帐篷，我感觉散关的风雨立即笼罩了我。我想返回宝鸡并返回西安，然而，散关没有客车，我得等待，如果幸运，那么我是能等到过路的客车的。

人类的进步总是伴随着战争，散关是关中的西门，在这里，曾经发生过数十次兵灾。从秦汉到隋唐，封建王朝一直建都关中，散关为秦蜀之咽喉，它当然是一个军事要地。史记，公元25年，汉中王嘉与延岑交火，延岑引兵进入散关，到陈仓，王嘉攻而破之。公元216年，曹操讨伐张鲁，就是从陈仓出散关，至河地而收复汉中。公元228年，诸葛亮闻知魏军被吴军打败之后，立即出兵，从散关进攻魏军，包围陈仓二十天，终因粮尽而退却。这是他二次出兵，他共六次出兵而征魏军。公元617年，李渊率军二十万攻下长安，遂派将士出散关而抚拢人。公元675年，党项人抢掠宝鸡，并焚烧散关进入凤州，节度使李鼎迎战而败之。公元756年，唐玄宗为避安史之乱出散关而入成都。公元880年，黄巢率义军攻占长安，唐僖宗从散关逃亡四川。公元902年，宦官韩全诲劫持唐昭宗出散关到凤翔，然而朱全忠紧追不舍，并从凤翔携唐昭宗而去。公元1137年，金军在其将兀术率领之下，以十万人进攻散关。在南宋，散关是一个屯兵之地，严防金军侵而入巴蜀，同时，金军驻留宝鸡，时刻准备克散关。金军垒石筑城，步步逼近散关，但宋将吴玠、吴璘兄弟却足智多谋，以山石为掩护，放着雨似的利箭射杀金军，金败而撤退。兀术蓄着漂亮的胡子，特征鲜明，宋军总是盯着他打，从而逼他割去了心爱的胡子。散关一仗，是金军侵南宋之后的最大一次失利。公元1634年，李自成受挫于安康，他佯装招安，率兵经散关而入宝鸡。在这里，他得到转机，随之继续造反，英雄本色是不会改变的。在到散关之前，我查阅了散关之战的书，我风雅的空堂因此充满了硝烟，坐在椅子上，闭了眼睛，似乎到处都是金戈铁马，刀光剑影。不过我并不惊异，人类的战争与和平此起彼伏，世上没有不息的战争，也没有永远的和平。天下大势，战后必和，和后必战。我就是抱着这样的态度到散关来的。

散关巍然于雨中，如果它有情感，那么它一定知道我对它的理解。在这里，流了多少血，碎了多少骨。散关仅仅是秦岭的一个峪口，流血和碎骨，那是兵家要争夺它的结果。不过散关依然承受不了这样的事实，否则它怎么这样肃穆，肃穆之中，透出如此沉重的怨气。雨继续淋着秦岭。散关西边的悬崖水光闪闪，岩石一片殷红，仿佛是人血渗了出来。东边的高岗长满了草木，青翠的枝叶几乎覆盖了那里的沟沟坎坎，偶尔裸露的几块黑色岩石，俨然凝缩的人骨。

我在等待。我想，经过散关的客车总是有的。

朱按：此文作于 1992 年

再赴散关

散关南起煎茶坪，北至益门镇，在秦岭北麓逶迤盘旋 80 里。其长如此，是我过去所不知道的。

散关的险峻阶段在二里关村一带，这里曾经出土有宋瓷残片和铠甲残片，还出土了一方石印，铭曰：大散关印。明证在握，这一带显然属于散关的遗址。

过二里关村向前行 20 余里，就到了和尚原。田畴平旷，草木丰茂，如此善地在散关沿线实为罕见。当年南宋将领吴玠和吴璘兄弟在此抵抗金军，打得甚为激烈。金军一再发起进攻，迫切希望入蜀而去。吴玠和吴璘指挥士徒拼命厮杀，或采取奇袭战术，使金军一败再败。其统帅兀术中箭负伤，夺路而逃。不过终于使金军不得入蜀，也未能实现从长江上游绕道灭亡南宋的企图。这一带显然也是散关的遗址。

清姜河发源于秦岭北麓的玉皇山，峰峦嵯峨，森林深厚青翠。澄明的水掠岸滑沙，迂回而下，在石家营村汇入渭河。

散关数十里，基本上是随清姜河展开的。散关之险峻，也在于清姜河落差颇大，激湍成怒。它所穿过的峡谷往往是悬崖峭壁，枯藤老树，难以攀缘。

初秋的早晨，我从宝鸡南郊乘出租车，走川陕公路，到了散关极为典型的一段。告别出租车司机，我自由自在，久久流连。

清姜河逾越大大小小的发白的头石，斗折蛇行，向阳则明，向阴则暗。它奔泻的样子仿佛欣喜地找到了峡谷。它冲进了峡谷，它在峡谷之中，和峡谷结成了一个整体。这是陡而狭的一段，右岸绝壁，朝晖里一片绿树青草，左岸断崖，几无蓬蒿。

川陕公路便在左岸的断崖之处凿空而通，其不生草，不长树，乃是 1936 年堑嶂破岩的见证。

赵祖康是一个江苏人，是他主持修建了这条公路。在开辟公路以前，从关中至蜀要走故道，也就是陈仓道。实际上子午道、傥骆道或褒斜道也能走，然而皆有秦岭之阻，难！“噫吁嚱，危乎高哉！”这是李白之叹。为纪念此公路的通旷和通驰，赵祖康选清姜河左岸的断崖之处题刻曰：古大散关。

1992 年我初赴散关，感到很是茫然。山高水长，而古色古调之物则无一件，我真不知道散关在何处。公路旁倒是有一个放蜂的四川人，也是唯一的人，可惜他不明白什么是散关。踟蹰之间，发现了赵祖康的题刻，遂豁然开朗，顿起一种收获似的惊喜。

为防抢劫，那时候出门是不带照相机的，就紧盯着看，定睛看，以把题刻留在心里。现在手机便具照相机的功能，可以随意拍摄了。不过这一段细如咽喉，即使立足之地也不易得到，照相必须千万谨慎，因为货车、客车和私家车实如清姜河一样滔滔不息。车来了，你要转过身，面向峡谷，背对车。有时候，车确乎是拂背而奔。基于此，人游此鲜矣！

略有伤感的是，清姜河的水瘦了。石头沉水，磊磊相摩，每一块石头都像美人，只是脚在水里，其腿、其身、其脸，皆露水外。石头发白，缺乏滋润。27 年不至散关，清姜河的水少成这样，谁无忧患？

有一种观点认为，清姜河就是姜水，神话时代的姜族部落便生活在姜水一带。炎帝出于姜族部落，所以炎帝是曾经生活于姜水一带的，也正因为炎帝及姜族部落在这里劳动和繁衍，遂有姜水。历史是复杂的，甚至是会遭到篡改的。有的事情虽然不见诸历史，它仍可能是真的，它发生过，有的事情尽管在历史上大显特显，它也可能是假的，它并未发生过。历史的复杂在其真假交织，这决定于是谁，并为何所修。

经一位老师的指点，我缘姜水寻找，进入了姜城堡。姜城堡是姜氏城的演变，1764 年的方志曰："姜氏城，县东南五里，姜水东南涯有遗址。"此县指宝鸡县，而宝鸡县则在 2003

年撤销以后，置换为宝鸡市陈仓区。无论如何，姜城堡总是一个存在。遗憾我进入了一个空村、一个空镇。政府已经决定拆迁姜城堡，人都离散了。初秋的阳光还满是季夏的亮度，寂静的姜城堡，凡街道、院墙、屋顶和门窗，皆一片灿烂。

考古发现，在姜氏城遗址出土有石器和陶器，应该属于仰韶文化。这是否是姜族部落在此生活的文物，有待专家告知。

散关曾经发生战事 70 余次，我经常想到的是，刘邦接受韩信的建议，明修栈道，暗度陈仓，一举占领了关中。我还能想到的是，吴玠和吴璘以其勇敢和谋略打败了金军。当然，这一攻防战以后，散关也成了金和南宋的分界。

武　关

从西安至武关，只有一条路，那就是翻过秦岭。自蓝田开始，经过商洛和丹凤，汽车一直在山区行驶。风景当然是美的，不过，当汽车忽然要转成一个直角俯冲过去，而且两个轮子，一个冒失地掠过峭壁的巉岩，另一个惊险地辗着悬崖的边沿，那会儿，你就不会注意风景了。你的心高高悬起，你默默地祈祷司机不要大意，不要瞌睡，不然，差之毫厘，汽车便要掉进沟壑，摔得粉身碎骨。旅途危险而遥远，我坐了整整十个小时的汽车，才进入武关。这时候，天已经黑了。

我对武关的印象是深刻的。我跳下汽车所感觉的那种清澈的凉意，难以在别的地方体验。路两旁的高大的树木似乎并没有摇动，仿佛没有刮风，不过凉意沁人心脾，会使人神志清醒，疲劳消除。我迈着轻捷的步伐，走在寂静而黑暗的树木之间。在阴影笼罩的一些小屋，主人悠闲地在做着什么，灯光将他们的影子拉长或缩短。我的足音是急促的，鞋底摩擦地面的声音，穿过潮湿绵软的夜雾，传得很远，可它却不能融入河水的不舍昼夜的流响。秋夜的月亮嵌在狭长的天空，这天空是区别于城市那种混浊的天空的，它简直像是一块蓝色的宝石。山坐落在润腻的夜雾之中，山的峰峦将天空勾勒成那种狭长的形状了。我所感觉的凉意，一定是浸染着月光和水汽，否则，它不会那样天然洁净，妙可神会，不可言传。

我很幸运在这里碰到一个姑娘小燕，她在路边一个小小的商店卖货，天很晚了，已经没有什么人光顾了，她便纳着袜底。我进去的时候，她正伏在青石柜台上穿针引线，神情很是专注。感觉有人来了，她才抬起头，我看到一双大大的眼睛望着我，目光好奇而天真。她问我是否购买东西，微笑着打量我，似乎为一个陌生人迟疑地站在她的面前而不解。我拎着黄色的提包，风尘仆仆，那样子，显然不像当地人。我明白地告诉她，我是专程来考察武关的，并且要让它进入我的文章，只是对这里不熟悉，希望她给指点一下旅舍。

她呆呆地站在那里没有反应，手里仍拿着她的袜底。突然那眼睛忽闪了几下，长长的睫毛随之跳动，脸蓦地红了。她羞涩地告诉我自己写了一些诗歌，要我给她看一看，竟回避了旅舍的事情。她十八岁，高考落榜，由于成绩不错，得以在附近一所小学教课。她似乎对一切都很满意，一种蕴藏着的幸福之感，像光一样从云缝之中照射而出。她的头发梳得非常整齐，衬衣的白领翻在红色的毛衣外面，背着灯光，俨然一对白色的蝴蝶栖息于红色的牡丹之上。一件普通的方格子上衣，她穿着很是得体，没有一条褶皱。她等待我的回答，然而，我的目光一瞬之间飞到她身后的货架上了，那里满满当当地全是钉子、螺丝、灯泡、手帕、肥皂、碗筷之类的生活用品，日子久了，货架上蒙着一层厚土。灵秀的姑娘从杂乱的货物之中浮现，她红红的嘴唇微微张开。

她希望我能认真看一看她的诗歌，这是我没有料到的，不过这很便当。她拿着袜底，一个转身，便从柜台里面走出来，门也不锁，灯也不熄，领我到她的家去。隔着公路，树木之间透出一片光亮，两扇柴门洞开，一位中年妇女走了过来，眼睛在暗中闪烁如晶，那是小燕的母亲，她默默地去了商店。这样的习惯对我并不习惯，我半信半疑地走进小燕的家，经过空空的堂屋，到了她的闺房。

灯光从墙上的白纸反射过来，她的闺房浸染着一种温热，尽管窗子向公路敞开，风从树林挟带着秋夜的轻寒与河水的微凉，不过我在这里感到的多少有一点暧昧。如果窥探我内心，那么我知道，自己确实没有到此偏僻之地浪漫一下的念头，这反而隐隐构筑着我的提防。对人性之恶的认识，已经使我在任何地方都不能完全放松了。我当然也知道，以灰色的思想对待一位纯真的姑娘，是多么不公和无理，然而我不能不提防自己掉进伪诈的陷阱。小燕是兴奋的，她让我坐在床边，给我倒水，接着她自己坐在桌前的椅子上，拉开抽屉，取出她的诗歌让我看。其间，她的母亲悄悄进来，将一盘花生放到我面前，随之，她的父亲默默进来又默默出去。他是一个身体精瘦而脸庞粗糙的男人，走路几乎是无声无息的，不像她母亲那样暗中藏着潇洒。

小燕的诗歌清新而忧郁，丰富的意象和浓郁的情绪扑面而来，而且涂着一层淡淡的初恋的色泽。这使我惊讶，我暗暗感慨武关孕育了她的灵性。她的那些诗歌都写在小小的纸片上，用红线订成一册，我不由自主地从她的纸片上抬起眼睛，偷偷看她，她埋下头，深情地继续纳着袜底，仿佛是为了不干扰我。压在桌子上的明净的玻璃板，映着她的半个身子，一种幸福的感觉流露在她的举止之中。

我如实告诉她对诗歌的印象，并问她这些诗歌是怎么写的，希望她珍惜自己的天赋，争取得到父母的支持，设法到西安去上学。没有学问和思想，才能终究会干涸的。武关自然很美，然而毕竟地方小了，要在现代社会从事文学艺术，狭隘和贫乏是不行的。这些都是我的肺腑之言，我不能对她敷衍，可她却继续沉默着，唯一的反应是，那种喜悦从心里洋溢到脸上了，她的两腮红得发热。小燕的母亲在黑暗的堂屋出出进进，我对她提出我的看法，想让她支持女儿继续上学，否则，小燕在这里就被湮没了。小燕的母亲显然高兴，她的性格很是明快，但她却没有正面回答，我感觉，她并没有要女儿上学的意思。我描绘了小燕可能有的一种前途，目的是让她动心，然而，她只是重复了自己的意思。她的声音在黑暗的堂屋疲软得没有硬度，之后，她就走了。对此，小燕仿佛处于局外，竟然没有表态。她依然缝着她的袜底，那上面开始出现了荷花的雏形。我难以理解其中的谜，遂继续翻着她的诗歌解除我的尴尬，并考虑怎样离开她的家，为自己寻找住所。

这时候，小燕才告诉我，这些诗歌是她的男友写的而不是她写的。她的头没有抬起，反而更深地埋下了。我睁着诧异的眼睛望着她狡黠的后脑，那里乌黑的头发整齐地辫在一起，显出了她的精明。显然，她的花招只是为了让我认真看一看这些诗歌而已，也并无别意。如果我开始就知道这是她男友写的，那么可能就不会仔细看了，这是她的担心。我完全理解她的假托之举，而且我发现了她纯真的爱，这爱一下照亮了黑暗的武关之夜，使我顷刻之间解除了所有的戒备。我觉得待在她的闺房里一下变得舒坦而安然了。一颗恋爱的心，使这里显得多么干净和整洁，挂历、牙刷、茶具，一切都放在恰当的位置，它们足以证明一位山区姑娘对生活的热烈向往，这种向往的激情是她的男友给她的，而且她赏识他，那些诗歌，当然也寄托着她的希望和他的希望。可以猜测，那正做的袜底，是给他的，她用古老的密密麻麻的针线，表达着她的爱。一旦将她的秘密泄露出来，她就没有了掩饰，没有了拘谨。她在灯光下抬起头，那水灵的眼睛一顾一盼，满是妩媚。她的男友是她的高中同学，他和她一样，今年都没有考上大学，不过他立志从事文学。他白天荷锄，黑夜伏案，那些诗歌就是最近写给她的。

人在高兴的时候，是乐于帮助人的。此时此刻，小燕便处于这种状态，她要带我考察武关的城墙。我与她遂沿着沉寂的公路走着，那条在夜雾之中的流响的河水，偶尔会闪出一段白光。它从朦胧的笔架山下走过，呈弧状绕过武关。武关是从莽岭山下延伸而出的一个台地，大约明朝末年，商洛出现了一次瘟疫，逃荒的人安营到这里，便渐渐形成一个村子。但它作为关中的要塞，却形成于战国初期。我和小燕踏着清冷的月光步入村子，河水的白光消失于身后，我看到了一条古老的街巷。街巷空空蒙蒙，没有一棵绿树，也没有一条游狗，月亮悬挂于一带蓝色的天空，安安静静的街巷铺满了霜与沙。房屋向街巷簇拥，屋檐下面都是板门。有人在吃饭，有人在干活，我从街巷走过，可以很清楚地看见他们，他们都好奇地盯着我和小燕。牙牙学语的稚童，坐在石头上叫着，嗷嗷待哺的幼婴，偎在女人怀里拱着，几个挂着书包的孩子，聚在一起拍着用纸折叠的包子。街巷没有笑语，也没有欢闹，那些在房屋的灯光之中活动的身影也全是无声无息的。然而，刚刚越过街巷和房屋，一片郁郁的树木与苍苍的峰峦便突兀而出，我感觉它们深不可测。

完整意义的武关应该是：沿着台地筑起一圈坚固的城墙，河水环绕城墙流过，这样，在城墙里面防御侵袭的敌人将非常有效。武关向着河水的三面开着大门，没有大门的一面，恰恰是山。这弹丸之地，实际上成了一个咽喉，曾经是连接秦国和楚国的唯一通道。秦国消灭楚国，必须经过武关，而且这种消灭有一个过程。史记，公元前 299 年，秦昭王邀请楚怀王到武关来结盟，楚怀王赴约，不过这只是秦昭王的计谋，结果是将怀王扣留起来，当作人质，终身囚禁于秦国。过了半个世纪，嬴政执政，他的大将王翦为之消灭了楚国。当时王翦率兵六十万，为了不使嬴政疑心他有异图，王翦出征之前，要求嬴政给他很多好田好屋，行至武关，王翦还特意派遣使者到咸阳，催问给他准备得怎么样了。做了这种种工作之后，王翦才猛攻楚国。作为关中的南门，武关的战事是频繁的，我大体知道这些情况：公元前 208 年，反秦义军首领陈胜，派其大将宋留领兵进入武关，接着，刘邦率兵攻下武关，占领了咸阳。公元前 154 年，诸侯谋反，汉景帝以周亚夫为太尉从武关而出，平息叛乱。公元 24 年，赤眉义军在樊崇和逄安率领之下，自武关到关中。公元 193 年，吕布经武关到南阳，制止李傕一伙犯上。公元 763 年，吐蕃侵入长安，郭子仪往商洛发动武关防兵，收复长安。公元 884 年，黄巢义军溃败，从蓝田进入商山，并从武关退去。公元 1328 年，燕铁木儿迎立怀王，遣兵驻守武关。

我将这些一一告诉给站在城墙上的小燕，月光之下，她的眼睛热情地闪烁，并反复叹息自己的男友不在这里，他在这里就好了。我望着缓缓流淌的武关河水，它闪着白光，飘拂而行，两山之间，唯它有声。武关是没有狗的，在这样的地方没有狗，我很是奇怪。这里的城墙并不高大，风雨已经将它削弱得很矮了，那些从城墙两边盖起的房屋，在秋夜之中似乎要淹没了它。城墙上生长着茂密的草木，小燕用手将它们扒开，为我开路，她反复叮咛我注意，担心我摔了。她纯真的嗓音消失在绵绵的雾中。在她为我开路的时候，偶尔有凝结在草木枝叶上的露珠洒在我的手上，它的清凉实在鲜润。不过那时候，我站在武关的城墙上，忽然感觉沉重，我祝愿那个陌生的青年能够成功，盼他不要打碎了一个姑娘美丽的梦。我将自己真诚的祝愿，投入武关的秋夜。我看见河水驮着月光奔流，白雾堆满了山川，这个古老的要塞一片宁静。

我是在一个小小的客栈过夜的，小燕带我投宿这里。难怪她一直不提旅舍的事，她是有把握的，这小小的客栈，为她的三叔所开。她为我敲门的时候，那里的房屋都黑了，街道没有一个人，小燕喊醒了她的三叔，她湿润的嗓音，响彻客栈周围的树林。给我安排了住处之后，她便挥手走了，她的穿着花格上衣的背影，消失在凉意若沁的秋夜之中。她明天有课，清晨必须早早赶到学校，而且她想立即把我对那些诗歌的评价告诉给她的男友，她对他是那样的深情，那样的寄予厚望。她初恋的心仿佛是星光倒映在流淌的河水上。

简陋的客栈放置着五张板床，三个司机互相攀比他们的鼾声，空气中的酸味、臭味和烟味，还有身体散发的温热在交融和发酵，但窗外的秋夜却满是清风和明月。我经过很长时间的昏沉而入眠。我睁开眼睛的时候，天已经亮了，核桃树的叶子摇曳在窗外，偶尔有问答之声，并有汽车从公路经过。那些辛苦的司机当然走了。我给小燕的三叔付了钱，立即离开客栈，我想上山看看武关。

武关的居民在默默劳作，所到之处，无不是忙碌的身影。妇女在公路上晾晒谷物和豆类，她们的衣着，有的褴褛肮脏，有的也时髦洁净，很多男人在田野掰折玉米，那些干枯的玉米秆子茂密地立在起伏的田野，从而到处响着玉米棒子断裂的声音。男人将玉米放进篓子背到家里，然后登上梯子，拴在院子里的树上。村子的树上几乎让金黄的玉米占满了，红叶与灰瓦之间，金黄的玉米分外妖娆。蓝色的炊烟轻轻地升到天空，不久，这些炊烟就软弱地消失了，天空依然那么清纯。宁静的阳光之中，不知从谁家响起的鸡鸣，飘荡在葱郁的山间。男人蹚着冰凉的河水背着篓子和自己的妻子，妻子是丈夫的帮手，在田野里，她们跟着丈夫踏踏实实地收获，丈夫不想让她们受寒，来回都背着她们。雾已经从河道蒸融了，白光闪闪的河水悠然而流。这些都是我在山上所见的，我走过皮绳似的瘦小的斜径，爬到山上，在这里，我呼吸着鲜润的空气，并久久地望着武关，我希望看到那个生长了草木的城墙，秋夜的露珠曾经在那里浸染了我的手。然而我没有看到，树枝与房屋完全淹没了它。

从武关到西安，只有一条路，那就是翻过秦岭。人类的祖先，在相当长久的岁月所依靠的是马匹，难以想象，那是多么缓慢。汽车是先进的工具，然而，它行驶在秦岭，并不是一路顺利。没有一点冒险的精神，是不能在秦岭奔波的。我到武关去的时候，汽车在麻街岭忽然冒烟，烧焦的橡皮的气味呛得人都在流泪，司机紧急刹车，并对乘客大声疾呼赶快下去！我是翻窗下去的，好在那只是油管断裂，没有遭难。我回来的时候，汽车在铁峪铺突然撞树，剧烈的震动将那个昏睡的司机惊醒，尽管如此，也没有人提出抗议。乘客都悬心吊胆而沉默，因为汽车仍得由他驾驶。事情就是这样：你要在这危险的道路旅行，你就得有丧命的准备！

朱按：此文作于 1993 年

三登武关

三登武关，无不感慨连连。

武关临水，夹两山之间。水是武关河，其北傍少习山，南望笔架山。

武关之所以成为要塞，就在于它择少习山的一个岩麓，沿岸筑墙，围墙做城，而水则绕其城而过。这样便堵住了两山之间的空隙，秦楚往来，必叩武关。在军事上，永远是守城容易，攻城难。

不过凭山河之险，重兵严防，以经营攻城难的体统，也往往是相对的。公元前 206 年，刘邦便率一队农民穿越武关，进入关中，占领了咸阳宫。非武关不固，是秦溃烂了。

1993 年，一阵秋风吹我到了武关。下车已经是深夜，地方又颇为陌生，不过武关村的一个姑娘还是带我看了武关。她情况熟悉，遂领着我城里城外地走。战国以来的要塞，到处都是屋舍，住着人，然而东墙、西墙和南墙的轮廓仍在，并呈现着要塞的形制。尤其是南墙，尽管风雨剥蚀，运动摧毁，已经非常低矮了，不过它还是墙的样子。我站在墙上，见武关河蜿蜒潺湲，星光闪闪，不禁思接先世。我想，前后皆为峰峦，且水环三墙，武关的设计和建设确乎是高妙的！

2002年，中央电视台要拍摄武关的纪录片，基于我对武关有所调查，便邀请我参加活动，我就又到了武关。到底是春天，山水一片清明。当此之际，我想起了1993年带我夜游武关的那个小燕。摄制组对这件事情兴趣甚大，竟鼓动我找一找那个姑娘，他们当然也要跟着。见到了小燕的母亲，可惜得到的消息让人喟叹，因为她早就结婚了，也生了孩子，这都很正常，唯她的丈夫不到30岁竟遭车祸殁了，使人感到命运的莫测和不定。那天小燕不在家，往西安去打工了。小燕天真，单纯，思无邪，遂能在晚上陪我看武关。这是20世纪的事情，人与人还是信任的，今天已经不可能了。我依然，但小燕却进入了历史，并渺渺而逝。

2002年我至武关，不仅发现这里失去了浑然之中的宁静、自成一体的满足，而且由于时代的冲击，陷入了恓惶。不仅小燕出去打工了，似乎青年多出去打工了。武关有一截孤立的墙，高逾三丈，上尖下宽，显然是残存的遗址。它耸于巷口，吃饭的时候，有几个农民蹲在墙根端着碗用餐。看起来他们也就是四五十岁，有的还更年轻一些。不知什么缘故，这些人并未出去打工。他们留在武关村种地或养殖，其收入是否能够致富并追上时代的步调，也未可知。

在距第一次 26 年以后，第二次 17 年以后，我三登武关。

我在朱雀路乘西安至商洛的车，再在侯塬村乘商洛至商南的车，下午 2 点 20 分到了武关。这一次用了 4 小时，比第一次少了 6 个小时，比第二次少了 4 个小时，是因为过去的公路沿水顺山，多是弯曲，又上上下下，而现在的公路则跨水穿山，以隧道和桥梁相连，都是直的。科学提高了速度，不过人类并未减少自己的忙碌。

太阳大晒，武关正在午休。胡桃树枝繁叶茂，有蝉长鸣，不过 312 国道两边的店铺都闭着门，唯武关村或武关镇的一家餐馆在营业。我饿极了，便在此吃了一碗面条。男主人烹饪，女主人用一团黑抹布擦着桌子，他们的孩子在玩手机。一家三口接待了我一个人。他们从容地操作，我也从容地进餐，之后踏着火一般的阳光登武关。

我偶尔会想到一个问题，一旦来到武关，此问题竟如池水一泓，见风便起涟漪，又想到了。公元前 299 年，秦昭王邀请楚怀王赴武关会晤，以结联盟。不料楚怀王遭虏，只得随秦吏卒到咸阳来。秦昭王强迫他割地，划楚国的巫郡和黔中郡归秦国。楚怀王不干，秦昭王便拘留了他。秦昭王如此对待一个国君，何止不义，何止没有诚信，何止丧失诸侯国之间往来的基本原则。这简直就是欺诈，是流氓行为。诸侯国指责秦为虎狼之国，应该是有道理的。也许正是因为秦的如此本质，如此的思想意识，它才二世而亡吧！

总的印象是武关处于持续萎缩之中，这也是我所困惑的。作为一个战国时代的隘口，除了少习山或莽岭山向前延伸的台地没有发生根本变化之外，武关之城，武关的东墙、西墙和南墙都在剥蚀并颓塌。它的东关拆掉了，西关也拆掉了，这就丢了城的形制。农民盖房，一再向武关三墙逼近，房比墙高，也就湮灭了它的墙。

我找到了还在巷口的那一截孤立的墙，它显然也更砭削了。出于保护的目的，那一截墙已经用红色的瓷片包裹起来。这使它不伦不类，然而责任不在包裹它的人。这是武关遗址，应该用保护遗址的标准，像保护天下所有遗址一样保护它。可惜它在秦岭南坡，重峦叠嶂之中，似乎并没有引起责任机构的足够重视。

实际上可以证明武关历史的，还有一些文物，它们都出土于斯。在武关曾经发现汉窑三孔、汉墓一座，还发现有瓦当、铜鼎、铜钫、铜剑和铜矢。1956 年，有人在武关小学取土，竟发现了汉五角形陶质水管。若有一个小小的房子，收集、保存和陈列这些文物，也是一种善举，或是尊重文化的表现吧！

武关河仍在绕着岩麓而流，只是水浅，听不到它的音响了。河床透明，可以看到青草、黄泥和黑垢。黑垢像凝结了一样，我不知道黑垢是什么污染之物。黑垢一团一团，夹杂在青草和黄泥之间。

1993 年白霜似的洒满月辉的那条街道，在这天是一半明亮的阳光，一半幽沉的阴凉。几位上了年纪的男女，坐在一家门前聊着什么，有的还不紧不慢地摇着扇子。我左看右看，以选屋舍、窗棂或石刻照相。他们盯着我，仍是以 1993 年的好奇的眼睛，只是目光冷漠了。我并不在乎什么眼睛和目光，我惆惋的是生活的气息似乎从这里消失殆尽了：这里没有稚童，也没有幼婴，更没有年轻的喂奶的妇女。这里还像以前一样没有树。屋舍还在，不过其门几乎都锁着，其窗棂都旧得昏暗了。院子空空荡荡，街道空空荡荡。

312 国道过去从少习山下穿过，实际上是从武关穿过。现在，312 国道改为从笔架山下穿过，也就是从武关河对面穿过了。也许这将有利于武关村提升为武关镇吧！但愿此举更有利于保护武关遗址。武关故道，显然是 312 国道的基础。312 国道离开武关，循笔架山下而行，应该是自秦岭形成以来一直没有发生过的情况。这是人类纪的一种表现，也是人类纪的一个象征。

我重返少习山下的 312 国道，武关已经睡醒了，店铺也一一开张了。有一个人在路边挖渠，手握铁锨，一下一下铲土，使劲狠然。见胡桃树长在路边，葳蕤蓊郁，显然不属于武关本土的植物。

“请问胡桃树什么时候栽种在这里的?”我问。

“你问对了!我就是武关镇人。1958年栽种的!”挖渠人爽快地说。

之所以从少习山或莽岭山向前延伸的台地没有发生根本变化,是因为武关,或武关村、武关镇,都凭此台地而存在。

峣　关

一会儿是峣关，一会儿是青泥关，不容易明白，遂登峣山。峣关也罢，青泥关也罢，皆在峣山上。

峣山也就是青泥岭，不过峣山早，青泥岭晚。峣山西段所在的王村沟之域有高岭土，非金属矿产，用于造纸、烧陶和制瓷，也是耐火材料，水一和，便柔软润滑如青泥在握，易于造型，遂使峣山衍以为青泥岭了。

峣山在蓝田县东南方向，介居于蓝谷与辋谷之间，走蓝武道由此穿秦岭而至商於，显然颇为重要。

在峣山上踩着一个顶点，向西安市蓝田县望过去，只见阳光与雾气之中有一片建筑，是错落的高楼与平房，仿佛一堆积木。它以政府机关为中心的城区也够广阔了，走在街上，甚至难免会有淹没之感，然而换一个角度呢？峣山的海拔尽管才一千余米，不过在它的顶点上俯察城区，伟大的也就变小了。

蓝田县的大体形势是，在其西北方向有一条灞河，有一个白鹿原。灞河源于秦岭，游游荡荡，投入渭水。实际上白鹿原也是从秦岭引申而出的，只是它土化了。不过无论如何，谁都会感到它雄踞的力量。

公元前379年，由秦献公批准，秦国置蓝田县。十年以后，还封了蓝田君。我在想象中确定它的治所，因为今之蓝田县是6世纪由原址迁至现址的。我的视线向远方摇移十里、二十里，乃至三十里。茫然一片，问：原址在哪里呢？结果当然是没有的，遂收敛目光，落在今之蓝田县。

今之蓝田县曾经是一个屯兵之地，其曰峣柳城愁思塠。资料显示，这里一再发生战争，可惜其痕迹已经尽净，这难免让我慨叹岁月之无情。峣柳城就是青泥城，也许是因为它靠近青泥岭的缘故吧！青泥城在今之蓝关街道营上村，古者为北城子。总之，峣柳城、青泥岭及今之蓝田县，在地理上可以归为一个单元。

当秦国置蓝田县之际，甚至更早，就设了峣关，然而它并不在今之蓝田县一带。

峣山呈东西向，绵延近乎三十里。峣关在峣山东段，今之蓝桥镇蓝桥河村以南。变化是这样的：先有北周的宇文毓为皇帝，将峣关移至峣山西段，青泥城侧，遂出现了青泥关。接着是北周的宇文邕当皇帝，其在公元573年，将建置近乎千年的蓝田县之治所，从三十里以外的原址迁至峣柳城，也就是青泥城。其附近是青泥关，青泥关便随之转化为蓝田关，再转化为蓝关。三十多年以后，隋炀帝执政，大约是公元605年，决定撤销青泥关，恢复峣关，是指把北周的青泥关再迁至峣山东段，以还秦国的峣关。这不涉及蓝田县，它还在峣柳城或青泥城一带，至今。

虽然峣关的军事和行政功能从隋开始重新发挥，不过可以称它为峣关，也可以称它为青泥关，因为它们都在峣山上。称其为蓝田关或蓝关，是一种习惯，也合情合理，因为它在蓝田县辖区。隋以降，唐以降，显然称蓝田关或蓝关的多，称峣关的少，称青泥关的更少。韩愈诗云："云横秦岭家何在，雪拥蓝关马不前。"一经这样的传播，蓝田关或蓝关遂覆盖了峣关和青泥关。

清楚了，就往峣关去看一看吧！选择的是出峣关的方向，遂自西向东行。

只顾看云，蓦地便到了鸡头关。虽然是水泥路，不过道狭多弯，崖削壑森，也需要特别注意安全。有危岩高耸，状似一鸡引吭而鸣，此乃鸡头关的标志。刘秀追王莽，蝎子挡关，有鸡义气，吃了蝎子，但鸡却遭罚凝成了石头，当然也成了一个纪念。并非史实，不过文化如此。

过了乱石岔，遂是风门子，其面向夕阳，更迎着风。在别的地方也能感到风吹，不过风门子的风十分强劲，人必须猫着腰才不会被吹倒。尽管如此，风冲击到身上也像拳头捶在身上一样。白石嶙峋，草生缝隙，遂免风摧。古木在坡，风便压其头，折其枝，气喘吁吁，狼狈之至。

经蟒蛇湾，进了六郎关村。这里低，风绕过了此地，也算饶了此地。不知道这里怎么就是六郎关，一位老者隔着矮墙说："杨六郎带兵驻扎这里，所以是六郎关。"又说："1958年，修建峣山公路，把峣山巅堑低了。"

沿路零散地住了几户人，男女齿历皆衰，有的白发苍苍，不过多是神情怡然。柴门小狗，鸡窜菜田，六郎关村充满了隐居生活的宁静。

十二筝坡细长且陡，左右两壁对峙相夹，谓之筝坡关。盘绕迂回，不过终于出了峣山。暮色之中，有豁口含烟，便是峣关。

我在蓝桥河村旁见到峣关遗址，312国道也经过这里。屋舍俨然，汽车往来，攻守之势一点也没有。我真是若有所失，不禁向秦岭摊开了两手。蓝桥河村一位戴草帽的长者说："峣关过去还有牌楼呢!"一阵咳嗽，就打断了他的意思。

秦施苛政，迎接它的只能是席卷天下的反抗及悲惨的覆灭。

公元前206年，刘邦率众从东南而来。能臣郦食其和陆贾会晤执勤武关的秦吏，啖之以利，秦吏便放松了警惕。见诈术有效，刘邦就下令打，武关遂破。

奔流秦岭，峣关在望。破了峣关，便能到关中，问题是如何破峣关。秦子婴知道天下板荡，已经指示秦军严守峣关。刘邦打算用二万兵攻夺，张良说：“秦军尚强，未可轻。”是主张智取的。他一边巧布疑兵，遍插疑帜，一边派谋士约秦将，动员其反正。秦将既见刘邦队伍浩大，又闻刘邦予以优厚待遇，且得到了谋士所送的重宝，遂叛秦，表示愿意随刘邦的队伍一起打咸阳。刘邦甚是高兴，表示欣赏。不过张良分析，秦将反正，不等于秦士徒也会反正，如果秦士徒不从，便危险了！张良的建议是：趁秦军处于懈怠状态，迅速讨之。刘邦引兵开战，峣关遂破。

出秦岭，在蓝田县以北遭遇秦军阻击，不过秦军很快就涣散了。刘邦至灞上，秦子婴向沛公投降。

刘邦登上历史舞台，全靠其团队的支持！

晋室南渡建康，今之南京为其京师，不过朝廷虚弱，又有大臣觊觎黄钺，基祚并非平安。虽然如此，晋室仍存收复中原之志，遂一再北伐。

苻健，一个氐人，在公元351年自称天王，大单于，拜百官于长安。公元352年，即皇帝位，国号秦，前秦也，这当然是不可以的。

公元354年，晋穆帝执政，晋将桓温率军自江陵出发，水陆并进，以灭前秦。桓温命梁州刺史司马勋从子午道赴关中，协调行动。桓温又命别将薛珍入淅川，攻上洛，今之陕西商洛市，俘获前秦荆州刺史郭敬，占领了青泥一带。前秦士徒割麦清野，以断晋军的粮食。苻健遣精兵以击桓温，而自己则率羸兵固守长安。苻健的太子苻苌率众五万，布兵于峣柳城愁思堌。苻健的三子苻生杀桓温部属应诞和刘泓，伤亡以千计。苻健之弟苻雄与桓温之弟桓冲相战白鹿原，桓冲败。苻雄又袭击司马勋，司马勋退至女娲堡，顷还汉中。桓温进至灞上，关中少长便带着酒肉慰劳晋军。他们非常激动地说："不图今日复见官军！"关中人虽然生活在前秦统治之下，不过他们认的还是晋室。

桓温的队伍毕竟粮食短缺，北伐止于斯，遂徙三千余户而去。不过有桓公堆矗立，这也是文化。

姚苌，一个羌人，在公元384年自称大将军、大单于。公元386年，其在长安即皇帝位，改长安为常安，国号大秦，后秦也。至公元416年，姚泓当了皇帝。不过叛乱频频，局势晃动。

有刘裕者，彭城，今之江苏徐州人也，素具龙势虎志。到公元416年，不仅早就展现了杰出的军事才能，而且晋室的大权已经紧握，遂决定北伐，以灭后秦。他的战略是兵分数路，先平洛阳，再平长安。

晋将沈田子和傅弘之兴师襄阳，至公元417年入武关，旋即屯兵青泥一带。此间，晋军既克洛阳，龙骧将军王镇恶也已经进至潼关，接着刘裕也到了潼关。

情况危急，姚泓如何应对呢？他打算调动重兵排山倒海般地东征，以抵抗潼关的晋军，可是考虑到晋将沈田子和傅弘之在青泥一带的队伍，怕其斩后，遂又命士徒进至峣柳城，决定先灭沈田子和傅弘之，再东征晋军。姚泓遂领精兵数万，奄至青泥一带，希望迅速歼之。

沈田子和傅弘之的队伍实际上只有成百上千，属于疑兵，是虚张声势的，然而沈田子智勇皆盛，还是想打姚泓。傅弘之认为，敌众我寡，不可。沈田子说："师贵用奇，不必在众。"又说："及其未整，薄之必克，所谓先人有夺人之志也。"取得傅弘之支持以后，他便鼓舞其卒说："诸君捐亲戚，弃坟墓，出矢石之间，正希今日耳。封侯之业，基在此乎。"乃抛食毁舍，率士徒左右奔突，前后拼搏，虽然敌众也一时溃败。沈田子杀伤万余，缴获姚泓乘舆及别的器物。遗憾姚泓退至灞上，跑了。

此间，王镇恶入关中，克长安，后秦亡矣！

刘裕至长安，收取后秦彝器、浑仪、土圭、记里鼓和指南车之属，送往建康。也送姚泓至京师，斩其首。也许刘裕在长安还应该有所作为，可惜总揽朝政的刘穆之突然逝世，震惊之间，刘裕返建康。

治理关中的有功之臣，沈田子杀了王镇恶，刘裕的儿子刘义真又杀了沈田子，之后刘义真闭其长安而固守，因为北方群雄多在问鼎。

当是时也，匈奴人赫连勃勃率兵而来，刘义真遂东逃而去。赫连勃勃占领了长安，但他却不在此即皇帝位。塞上有他的统万城，已经竣工了。

获悉晋军还有队伍在秦岭北麓，赫连勃勃便命大夏将王买德解决。王买德率众奔至青泥一带，擒得晋将傅弘之、蒯恩和毛脩之。王买德杀了他们，还堆积其头颅以为京观。

城南的鸟类是变化的，农作物也有增减。当然，现如今吃荠菜已经是奢侈的生活了，因为物以稀为贵。

——朱鸿

长安鸟类

鸟是很多的，但我熟悉的却为数有限，生活于我的故乡，这是关中的一个村子，位于秦岭之北，少陵原上。现在我所居之城，几乎没有鸟。我要指出的是，我不将那些装在笼子里的可怜之禽归于鸟类。我以为鸟类是自然之链的一个环节，它像风一样，像雨一样，像星辰一样，像重峦和深林一样，像草原和骏马一样，构成了万物所在的广阔背景，禽囚于笼子是什么呢？是禁锢了思想的人类而已。故乡的鸟，全然是任性的、纵情的。故乡的长空、大地，故乡的树林、房檐，故乡的春光和秋色，显然是一个适宜鸟类生存的环境。在那里，鸟类的生活与人类的生活已经相互渗透，如果鸟类在某天猝然从村子消失了，我想，故乡的农民一定会感到非常寂寞。

乌鸦的庞大的队伍，像黑色的旋风一般，突然腾空，又突然降落，整个村子都处在它们的覆盖之下。树木多为乌鸦所据，它们仿佛硕大的黑色的花。这是乌鸦刚刚进入村子的情景。那时候，透明的春天已经从苍茫的宇宙脱颖而出，复活的大地尽染绿色。乌鸦从南方来，要到北方去，我的故乡是其路经之地，它们将在此栖息一度。没有谁知道这个队伍庞大的程度，因为乌鸦几乎居于方圆几十里所有的村子。它们此起彼伏的呼唤可能是一种沟通，不过这苦了农民。乌鸦的叫声确实太吵了。它们在树上筑巢，往往是两只乌鸦一个工程，你来我往，寻找线绳、羽毛和树枝。村子有木很古，挺拔于天，乌鸦垒窝于斯，便会处高视下，看到人类之行动。农民坚持认为乌鸦到村子来是丰收的象征，不会驱赶它们。乌鸦离开的时候，已经孵出其雏，并育之飞翔。当此之际，夏日由远而近，滚滚而来。此鸟当是有纪律的，一旦接到命令，便立即启程。似乎一夜之间，乌鸦就无影无踪了。它们的窝还在树上，然而空空如也，旷野也一片寂静。乌鸦返我故乡是在秋天，它们仍保持固有的风格，真是出其不意。不过这一次只作短暂停留，休整一下，便匆匆而去。

喜鹊，其特点是嘴尖，尾长，灰羽之中乍现肩部和腹部的一些白羽，嗓音很亮。故乡的农民都以此鸟而欣悦，认为喜鹊是吉祥的，叫声属于瑞兆。我所看到的喜鹊，多是一雌一雄，结伴立足于屋脊，跳跃于树枝。其笑一样地喳喳着，全身颤动，尾颠簸尤为厉害。喜鹊难得一遇，不过其不择季节，任何一天都可能出现。登临我家的喜鹊并不经常，所以它们所引起的兴奋十分强烈，不仅仅吾辈小孩会跑出房子仰望，尊长也要跑出房子欣赏的。喜鹊究竟是否预示着善美，我未验证，然而我愿意相信此鸟会带来幸运。

依附于人类的麻雀，由于其普通，已经不能产生拍案惊奇之效。它们吃粮，也吃昆虫。麻雀窝往往建在墙缝或椽间，因为其翅膀小，力量薄弱，不敢将窝筑于宫室之外。窝也稀松，不经风雨。麻雀有劲健的繁殖功能，交配的黄金季节在春夏。一年之中，麻雀一般会孵出两窝小麻雀，每窝有雏数只。才孵出的小麻雀眼睛紧闭，肌皮光滑，红得几乎透明，伸脖子扬头在顾盼。一旦小麻雀感到父母噙着昆虫回来了，便骤然急呼，摇摆着嫩黄之喙，竞争父母喂食。

我要向长安的麻雀道歉，赔罪！我等恶儿曾经伤害过麻雀，我等恶儿竟以残杀麻雀作乐。我等恶儿一个踩着一个的膀子为梯，狂掏建在墙缝或椽间的麻雀窝。见小麻雀遭殃，成群结队的麻雀围着我等恶儿愤怒地痛苦地抗议、呼救、哀鸣，然而我等恶儿不予理睬，将所取小麻雀统统摔死。我等恶儿还会捉住飞翔的麻雀，置诸水中，让其游泳，百般折磨之后消灭它。我等恶儿还抓住麻雀的两腿，一撕为二，观察它的心跳渐渐停止。这都是小时候干的，当年八九岁，十一二岁。神啊！小时候为什么如此凶狠呢？人类的秉性就是如此凶狠吗？也许人类是天下最凶狠和最智慧的动物吧！凶狠是其左手，智慧是其右手，基于此，人类征服了所有动物，从而在地球上强而霸之。不过我难以原谅自己，想起来我就欲哭！

当然麻雀是不会断绝的，甚至人类也并未完全征服这种鸟。到了秋天，谷子成熟的时候，我发现麻雀浩浩荡荡，遍布田野。在麻雀纵身飞翔之际，成千上万只褐色的翅膀便连接起来，遮挡了阳光。这使我惊讶，也产生了对此鸟的敬畏！

大雁是可望而不可即的候鸟。它们只是过境，从不降落我的故乡。南来北往，征程万里。天空会突然出现它们的叫声，于是在田野干活的农民就放下锄头，向大雁仰望。天空蔚蓝，白云在飘，大雁的行列反复变化，不过整齐如一。它们拼命拍着翅膀，忘乎疲倦，不敢掉队。农民喟叹着，继续自己的工作。大雁远远而去，唯把悲伤和孤独的叫声留在故乡，这使我久久沉默，心存忧郁。

燕子嘴短而扁，翅膀尖而长，尾分叉如剪刀，蓝羽之中有白羽生于腹部，细若玉簪。其小巧玲珑，精力充沛，飞翔起来忽左忽右，忽上忽下，具闪电震雷之速。

人类把燕子神化了。燕子将巢筑于房子之中，不过并非任何房子它们都居。燕子所选房子皆很高敞，不动烟火。没有谁会嫌恶燕子，更没有谁会骚扰它们，反之，尊长强烈谴责粗暴对待燕子。农民高兴燕子在其家噙泥做窝，孵出小燕子。

春末夏初，小麦迅速成熟，微风细雨之中，飞翔的燕子仿佛沿着一条神秘的线在划动。流散黑点的天空之下，是若波涛一般在田野起伏的渐渐发黄的小麦。累了，燕子便栖息在电线上，使故乡有一种充满希望的宁静和温馨。

我曾经抓住了一只小燕子。那天我做完作业，发现有只小燕子在房子乱窜。其试图出门或出窗，然而还不知道怎么寻找途径。我忽然忘乎所以，转身取了一根竹竿，要赶它到地，逮捕它，置诸笼子养着玩。也许小燕子洞悉了我的阴谋，拼命而逃，数次碰墙，不过并没有跌下来。房子的顶棚是用纸糊的，仓皇之中，小燕子从破处钻了进去。我疯了似的戳烂顶棚，让它暴露出来，伸手抓住了它。顶棚之上颇为幽暗，从椽间射入的几缕阳光，不但没有照亮这个空间，反而使我感到有一种恐怖的气氛在弥漫。攥着小燕子，不知道如何处理。我不敢缚其翅膀，关它于笼子。看一看小燕子，觉得它并无惧色。鼓肚而吸，呼着粗气，扬头东张西望，以俟机挣脱。我孤独在家，没有父母给我以指点。不过蓦地神给了我启示，我走出堂屋，走到院子，松掌欣然放了它。惊喜的一声清音，小燕子遂融化在长天了。

我只见过一次啄木鸟，是无意之中看到的，它正在我家后院享受榆树缝隙的肉味。夏日的大雨以后，后院蓊郁安谧，一片潮湿。我拉开后院的门，旋闻树林里有一种木棒相击的脆响，奇怪这里怎么有木棒之声，因为谁也不在后院。我寻找着，终于看到了啄木鸟。它用铁钉一般的爪子与楔形之尾将自己固定在榆树上，摇着硬长细尖的嘴，聚精会神地探索藏身于榆树孔穴的蛀虫。嘴捣榆树，扩大其洞，以显出蛀虫。坚实的脆响，便发于斯。真是啄木鸟，也唯它具此技术。榆树弯扭屈曲，疙疙瘩瘩，多有蛀虫，但愿它能治愈我家老态的榆树。这样想着，便悄悄关了后院的门，回到堂屋，教我的狗扑球。

猫头鹰凄厉的叫声往往会突然出现于黄昏或半夜，这会把一种浓烈的惊悚气息注入沉寂的村子。惶惑在小巷徘徊，随之笼罩四野。故乡的农民一向认为猫头鹰属于不祥之鸟。小时候我也怕它，尤其它古怪的嗓音，仿佛充满了幸灾乐祸之感。我会把头蒙在被子里，为我年迈的祖父祖母担心，并为我父母祷告，希望厄运远离我家。实际上猫头鹰对人类颇为有益，它吃蛀虫，还吃别的昆虫，更吃老鼠，这都利于树木和庄稼。道理很容易明白，然而人类对猫头鹰仍无好感，我也一直不喜欢这种鸟。怪谁呢？文化形成的，甚至从石器时代以来，猫头鹰就让人类望而生畏，并开始编它的故事。

现在我的村子被拆迁了，农民尽领过渡费，借房子而居。问题是故乡的鸟类呢？谁注意到它们往何处去了？谁照顾过它们？谁考虑过它们？也许鸟类只能靠自己。愿上帝保佑你！

长安十粮

我的故乡长安及其八百里秦川属于雍州，夏人说：“雍州厥土惟黄壤，厥田惟上上。”当然是产粮之地。

在少陵原生活十九年，尽管日日出入蕉村，然而我非正式农民，不懂庄稼。孕我者父母，养我者粮。吃故乡的粮长大，可惜我数得来的仅仅十种。粮不是无情之物，赞之颂之，也远不达意。

黍

黍为一年生草本植物，叶子线形，秆有毛，圆锥花序颇密，穗弯，分枝倾斜，籽实黄，碾而去皮为黄米。黄米是黄米，小米是小米，还不一样。黍分饭黍和酒黍，饭黍不黏，酒黍黏。饭黍唯关中有之。

黍在中国的栽培足具 8000 年，在陕西的栽培起码也超 5000 年。姜寨遗址有壳与朽灰的考古发现，证实其为黍的种子，是新石器时代的人所留下的。我相信我的祖先曾经以黍为美食。周人在他们的诗里说：“丰年多黍多稌。”显然弥漫着一种喜悦。

稌为稻，去皮就是糯米。

稷

稷在其进化过程中变得越来越模糊，有人认为它是黍，有人认为它是粟，粟即谷子。郭璞说：“天下所谓粟米，正稷米也。”

稷一再出现于周人的诗里，反映了它的重要。黍和稷的生育期都短，不耐霜，喜温暖，抗旱，宜在黄河流域耕植。周人善农业，务黍和稷也一定很成功。他们还以农业的收获祭其神，为自己祷告，诗里说：“与其黍稷，以享以祀，以介景福。”黍稷至贵，所以贤者曰：“黍稷非馨，明德惟馨。”

关中过去处处有稷，呼其为竹叶青，牛尾黄，紫秆禾，棒杵穗，栎花谷，狼尾，驴尾，紫罗带，金裹银，银裹金。稷之黏者酿酒，不黏者炊饭。秫为黏者之稷，其有野鸡红，红猪蹄，白猪蹄，隔沟扽。

社是地神，稷为谷神，遂有社稷。

稻

下少陵原南坡至樊川，下少陵原西坡至韦曲，春夏之交，遍野是稻。稻生水中，水润稻壮，间以蝶飞，蛙鸣，莲叶翠绿，荷花粉红，仿佛北方的一片玄境。

小时候随母亲往舅家去做客，过韦曲、何家营，至西寨，沿路有渠，渠两侧是稻，总给我一种难以抑制的喜悦。长到十岁，便约伙伴或独在韦曲一带捞鱼。给笼系上绳，把笼按入渠里，逆水而行，拉几十米停下，提起笼，遂见有鱼跳跃。赶紧捉住，一一装进罐头瓶子里。再捞，等罐头瓶子里的鱼几乎要挤爆了，才收笼，登少陵原回家。

御宿川也产稻，以王曲为盛。大村周边所产之稻，去皮以后的大米便是桂花球，更是名传西安。20 世纪 70 年代，常常有农民把一口袋桂花球驮在自行车上进城偷偷卖钱，卖粮票，也有农民以桂花球换玉米的。桂花球好，农民不忍吃，是因为粮不够，玉米粗，可以多换一点，以补充粮亏。

产稻之亩，樊川，韦曲，属于潏河流域，王曲属于滈河流域，大村周边是高冠河、天平河和沣河的交汇之处。可惜只有 30 年的光景，终南山北麓一带便水减稻失，生态遽衰。樊川张着嘴，以待开发。韦曲已经流断木疏，高楼充天。

长安产稻颇早。有一部方志指出：线棱秔米白若霜，出于樊川，青秔、桃花秔、赤甲秔，多出于御宿川，也出于樊川，蓝田诸川也有。所谓秔就是粳，粳与稻本为一物。唐地理志有录：京兆贡稻。周人的诗里也吟道："滮池北流，浸彼稻田。"

粱

粱为谷子之优，所以有膏粱之香，粱肉之香。

周人颂其农业神后稷有言："诞降嘉种，维秬维秠，维穈维芑。"这里的秬和秠都是黑色的黍，穈和芑都是粱。穈为赤粱，芑为白粱。

关中遍地有粱，除赤粱和白粱以外，还有青粱、黄粱。黄粱穗大毛长，炊饭其味甚厚。成语黄粱一梦和一枕黄粱，皆是此黄粱。

我吃小米极多，然而不存什么幻想。

小麦

亲爱的小麦，是我的主食。我喜欢吃面条、馒头，它们都以小麦为原料。

长安的小麦一般是在农历八月底至九月初播种，几天以后萌芽，无穷无尽的黄壤便一片嫩绿。施以粪土，从而让小麦温暖过冬，顺利分蘖。怕小麦长荒，农民不惜放牛，放马，放羊，放猪，以撅断叶子。明年农历二月二，小麦便骤然返青，起身，一场雨，一节高。自农历三月开始，又是孕穗，又是扬花，又是灌浆，四月初便渐渐黄了。阳光灿烂，至四月底就可以动镰收割小麦。

少陵原上的任何一条道路两边都是小麦。小时候不知道农民种庄稼艰苦，走着走着便闯入麦田，或拔麦萍，或拔麦兰子，或争抢捉拿一只翩翩而翔的蝴蝶，或把几个饱满的麦穗摘下来，在掌中揉碎，吹掉麦芒和麦皮，扔进嘴里嚼烂下咽，以尝一尝鲜。碰到脾气暴躁的农民，当然会挨一顿骂。豌豆荚是甜的，一旦饱满，就可以采食。然而这为农民所禁止，遂觅斜径，做贼一般钻进偏僻麦田，急迅捋之，装衣兜，装裤兜，甚至把夹衫扎进腰带作口袋，尽量塞之。冒险的乐趣比口福的享受显然要大，否则不会如此行动。难免会碰到一个藏身树后或坎后的守望麦田的农民，怎么办？跑，拔脚狂奔，他往往是追不上的。不过将遭遇一个严峻的问题：他可能向家长或学校告状。

收割小麦完全是一场战斗。起码在1979年以前，人民公社的那些队长督促农民极紧。男女老少一齐上阵，收割，扎捆，拉运，摞成屋舍一般高的垛子，碾打，扬场，晒干，入库。学生会放假三周，在收割之后的田野里捡麦穗。麦穗属于生产队，学生以所捡多少得到工分。

农民要缴各种各样的公粮，除此之外，生产队按户口分下的小麦便不满300斤，饿肚子是注定的了。小麦的籽实磨成面粉，有白有黑，日常就吃黑面，过年过会待客才吃白面。不得已，还要把麸子掺进黑面里吃。

1985 年、1986 年，有甘肃省民乐县六霸乡东灰山的两次考古发现得出结论，中国在 5000 年之前便种小麦。周人也种，他们的诗里说：“贻我来牟，帝命率育。”来指小麦，牟指大麦。周逝为秦，秦逝为汉，董仲舒意识到小麦对汉帝国的重要，尝向汉武帝建议推广小麦的耕植。唐地理志有录：京兆贡麦。当然是小麦。

关中地肥，盛产小麦。有方志认为：小麦出渭河以北者粒小，出渭河以南者粒大，尤其以毕原，今之西安市西南大约 30 里处，所出小麦为上品。小麦多有芒，无芒的是和尚麦，色白者为白麦，色紫者为紫麦，色白且籽实丰硕者为御麦。关中小麦味甘，微寒。

令我心忧心痛的是，出小麦之平畴，现在多盖高楼大厦了。良田沃土，这是千千万万年以来，由祖先的劳动与自然的毓化相互作用才形成的！一朝欲利，不惜废弃，真是逼我哭啊！

大麦

牟，麰，都是大麦。唐地理志有录：京兆贡麰。

唐人研究了大麦，认为其味甘，也咸，微寒，可以消渴退热，强脉补虚，并具回乳之效。

大麦出关中，以渭河以南为嘉。穗有六棱的，还有红皮的。红皮的籽实甚为丰硕。其形扁平，中间宽，两端尖。

大麦耐旱，耐冷，也耐瘠薄，不过早熟才是它的特性，大约农历三月就能黄。故乡的农民总要适量种大麦，一是供青黄不接之际食之，二是收割以后，其田经过夯实，可以作碾打小麦的场。这都由于大麦之早熟。把大麦晒干，在磨子上一拉，去皮便能炊饭。做面条也行，不过厨师家妇往往用它蒸馒头，烙锅盔。大麦非主粮，是因为它吃起来有一点渣，有一点涩，比较拗口。其黏质不够，易于疏散，大厨巧妇皆难为烹。

青稞

青稞原产于西藏和青海，贸易的往来使其传入长安。

它像大麦，所以有人认为青稞是大麦之一种。实际上它粒细而长，皮不包子实。咸阳的方志便指出：露仁者为青稞，可以酿酒。

元人王祯是农学家，显然对青稞有仔细观察，认为青稞皮薄，面多，没有麸子。

见其早熟，故乡农民会选青稞耕植。既能作碾打小麦的场，又能充空空之腹，何乐而不为呢？城里的餐馆偶有卖粥的，服务生呼其为麦仁稀饭或露仁稀饭，原料便是青稞。黏质甚重，口感光滑，吃它已经是为营养之平衡了。

我曾经请教一位中医大夫，他语我：青稞的保健价值在其下气宽中，壮精充力，除湿发汗，并可以止泻。大约这就是所谓的食疗吧。

荞麦

以农民的经验，我故乡的荞麦，大暑以后种之为上，其会早萌芽，早开花，早孕穗，霜降以前便能收获。它属于短日照作物，也对日照反应敏感。

总是读书，遂只见过一次生长之中的荞麦。农民辟了一块坡地给它，颇显荒凉，不过荞麦很茂。夕辉之下，它的花绿的、紫的、红的、黄的、白的，星星点点，十分灿烂。叶子是三角形的，其状如肾，由长柄所撑。茎无毛，光滑，圆而有棱，心会由实变空，色有绿，有紫，有红。其籽实磨成面粉可吃，我吃过，可惜没有见过。

荞麦味甘，能健脾益气，克食化滞。有资料显示它还可以降血糖，不知道是否科学。逢节聚餐，每每看到高血糖的朋友大啖荞麦饸饹，并自言自语说："这个好，这个好！"我也喜欢吃荞麦饸饹，窃以为蓝田的饸饹软，榆林的饸饹硬，更喜欢吃蓝田的。

有一册群芳谱指出，荞麦一名荍麦，一名乌麦。可惜我只止于斯，未究荍麦与乌麦之竟。

谷子

想到谷子，我就想到麻雀。秋天来了，满地的谷子渐渐泛黄，其穗饱满摇坠。浩浩荡荡的麻雀仿佛垂天之云，忽然一个滑翔，就稳稳落在谷子上啄其籽实。农民挥鞭吆喝，然而麻雀已经冲锋陷阵，根本不在乎，除非皮条抽下去，打击它，才会吓走周围几个。一个一个的谷草人扎在田间，其戴着草帽，扛着树枝，一副凶恶的样子，但麻雀却像识破了真相似的无所畏惧，要吃便来吃了。

还有老鼠。收割谷子以后，发现田间有洞，遂挖下去。黄壤深翻，穴穷底现，里面满坑的碎穗和籽实，也储大豆。这当然是老鼠干的，它也要存粮，以度过寒冷与萧条的冬日。

谷子是一年生草本植物。茎立且直，细，心空有节。叶子披针形，窄长如条，锋利会划肤。凌晨花开，黎明花败，颇为神秘。其穗顶生，重压谷子之秆。它的籽实极小，每穗能聚籽实成百上千粒。其穗发黄为熟，去皮以后为小米。

母亲可以尽小米之用。熬粥，会使小米出汁为乳，一勺一勺地撇着喝，其香非酥胜酥。可以做成焖饭，稠得成块，把酱油调进去，会注碗底而不漫漶。蒸小米饭，杂糅以大豆、小豆和胡萝卜丁，真是有风味。混小米与大米于一锅而蒸之，是花米饭。小米粥稀一点，再下面条，是米面。给米面里加之以大豆、肉丁、木耳、黄花、地软和蒜苗，摔鸡蛋，呵呵，我曾经一顿吃了七碗。

谷子喜高温，耐旱，营养成分甚富，能滋阴壮阳，健脑安眠。李时珍认为小米养其肾气，祛脾胃中热，利小便，治痢疾。

粟在长安的耕植已经有数千年的历史。新石器时代，半坡母系氏族部落的人就吃粟。考古发现，这里的陶缸、陶罐，都有粟的遗存。粟就是谷子。

小米为粮，米确实小，然而它在长安有大功，它对中华民族也有大功。

玉米

玉米是易种的庄稼，翻地为蜂窝，把其颗粒撒进去，盖土磨平，几天以后便出苗。它也易长大，属于短日照作物。只要雨润，太阳晒，就能葱葱郁郁，仿佛黄壤之中的海波。

秆为圆筒形，皮裹为绿，皮脱见光遂变红，有节，含糖，是农村孩子的甘蔗。我小时候便折玉米秆，榨它的汁，甜得能咂烂舌尖，不过有的玉米秆也像泔水一样难咽。叶子宽且长，划脸。花为单性，雌雄同株，生株之顶者为雄，生株之腰者为雌。玉米棒随玉米缨孕育，缨有红的、紫的或绿的，调皮的孩子会揪它几把下来作玩，手感十分细腻和柔滑。过去我也这样干，出女孩子不意，还会把玉米缨塞进她的脖子里。

在长安乃至关中，玉米广为耕植，面积大，它的秆又高，可以构成密林似的遮蔽。20世纪70年代，屡有强奸案在农村发生，其多是在玉米地进行的，这从当时法院张贴在墙上的布告可以看出来。藏在玉米地的故事一定很多，遗憾即使浩荡的秋风撼它，它也保持着沉默。

农业机械不发达的日子，收获玉米颇为辛劳。用镢头把玉米秆连根砍倒，遍野平铺，掰下玉米棒，装车拉至场里退皮。有的会垒玉米棒成垛，有的会架玉米棒在树杈。不过农民多是略除水分，便剥玉米颗粒，趁天气晴和，直接晒干入库。

玉米的长安方言就是苞谷。种苞谷，砍苞谷，掰苞谷，剥苞谷，是一个系统工程，唯剥苞谷可以在室内作业，是安静的。想起来，剥苞谷的生活颇具一种精神的充盈。在秋天明亮的月光下，我祖父捡一只苞谷棒，目光稍掠，瞅准空隙，便用锥子刺下去，转一转再刺，转一转三刺，连拉三道槽，扔到一边。我的祖母，我的姐姐和我，谁拿到苞谷棒谁就剥。半夜下来，一堆苞谷棒便变形为一堆苞谷颗粒。赶紧晾在席子上，太阳升起就晒。一旦干了，就装进板柜或瓦缸之中。日子苦涩，也有温馨。

玉米的脂肪含量甚大，可以熬粥，蒸发糕，蒸馒头。嫩玉米棒可以在锅里煮，食之极鲜。在西安的街上会有卖玉米棒的，吃者几乎都是嘴馋的姑娘。

玉米原产中美洲，是印第安人培育的。在16世纪传入中国，大约属于明世宗嘉靖年间吧！初名玉麦、蕃麦、西天麦，是徐光启称之为玉米的。

长安荠菜

黄昏出了门，在街上溜达，碰到一位老者，六七十岁，自谓杜陵叟，遂有亲近之感。杜陵叟穿一件手织灰毛衣，坐在一家银行的台阶上卖荠菜。他解开塑料袋，随便抓了一把向人展示。那荠菜一经水淘，确实丰腴而苍翠。杜陵叟说："我家田里的，是绿色食品！"有富态的太太和时髦的少妇便笑着挑选，生意一下做成了。杜陵叟收起塑料袋，一边数着钱，一边款款而去。我想勾留他，询问故乡的消息，不过又想他也许还有别的营生，便望着他的背影，怅然而行。

我小时候在乡下也挖过荠菜，但它却并非风雅的野味。荠菜仅仅是作为粮食的补充，因为那是一个饥馑的时代。不过饥馑在当年所造成的恐慌，我一点也未感觉，这一是有父母顶着灾祸之天，一是我充满了元气，不觉得什么可怕。小麦返青之后，我会随大人，提着篮子，攥着铲子，沿着尘埃阡陌，走进辽阔的原野。挖荠菜固然是一件工作，不过原野自有它的诱惑，花的闪烁，我也抵抗不住；兔子的逃窜，我也抵抗不住；

甚至大人之间若断若续的隐晦之语，我也抵抗不住，从而挖荠菜的成绩小得可怜，就是那么几朵，还盖不严篮子底，遂惭愧着随大人回家。

荠菜有数种吃法，平常的一种是拌面条煮在锅里，也有清炒的，凉调的。这几年城里有一种以荠菜为馅的饺子，似乎存返璞归真之意，还表示一种生活品质的提升吧，然而我只取其素。遗憾的是，不感觉荠菜之香。我思来想去寻找原因，以为是化肥所致。偶尔有泥蹭牙，不但心紧缩了，而且也让人忧虑这个时代的马虎。

原以为荠菜只是黄土高原的产物，非也。读了一些笔记以后，才知道荠菜天下多有，这一面降低了它的稀罕程度，一面又使我对它增加了敬意。吴地谚曰："三春戴荠花，桃李羞繁花。"越地歌曰："荠菜马兰头，姊姊嫁在后门头。"此乃我从一本陈旧的杂志上抄录的，它扩大了我的荠菜版图，也多少引出了荠菜的文化意义。

实际上先贤早就注意到荠菜了，诗云："谁谓荼苦，其甘如荠"。慢慢吟咏，便能体会其心之古，并有一种浩茫和凄楚之感漫向我。在 20 世纪，有两位作家，知堂和张洁，都曾经以荠菜入文。知堂一向追求冲淡与平和，但他却流露了一股苦涩。张洁讨论的是幸福，然而不禁倾诉了苦难。我从荠菜所领略的，除了苦涩和苦难，还是苦涩和苦难。也许荠菜确含甜味，不过唯有穷人才能尝出，富人究竟谁能尝出荠菜的甜味呢？知堂和张洁之文都入过教科书，不过在艺术上，知堂之文要高于张洁之文，理由是，知堂之文比张洁之文有蕴蓄，也疏朗一点。

荠菜开白花，结黄果，皆可药用，有凉血与止血的功能。我故乡一个医生，是治疗肾炎的妙手，其秘诀在于用了荠菜，因为它含氨基酸和生物碱，也含黄酮类，而且量颇大。长安女性张氏，遵医生之嘱，十年如一日，煮荠菜汤让其丈夫服，真使之恢复了健康。此案先是新闻，后又成了故事。

日子一天一天地过，祖祖辈辈都是如此。然而有的日子非常特殊，是因为其中蕴含着一个民族的祝告、礼献、欢乐和禁忌，涉及信仰仪式。

——朱鸿

过　年

年是什么？长安人没有谁会纠缠此问题，只知道过年是一种风俗，一种传统，一种春的庆祝，也许还是一种仪式，有神圣的意思，已经深入灵魂，谁能拒绝这样一种精神活动呢！

小孩图其热闹，早就问爷爷奶奶什么时候过年了。进入腊月，大人便一声紧一声地慨叹过年，并为之准备。做新衣，买新帽，漫墙，擦门，拭窗，拆洗被褥，祭灶，买菜，杀猪，压面，剪窗花，贴楹联，气氛越来越浓。

除夕到了，天下一片融和与喜悦，各户的主妇都在为正月初一至初五的过年蒸馍并煮肉，蓝烟融天，香气飘空。鞭炮之声零星地响着，不过听起来像东西串联，南北呼应，为一场雷鸣海啸而酝酿。

往往是在下午，必有家长捧着祖灵的牌位或照片，携其子孙，到坟上去点香，烧纸，请祖灵回家一起过年。迎归祖灵，把牌位或照片置于堂屋方桌的正位，献上水果和糕点。一日三餐，先给祖灵献上，之后自己才吃。当然还要点香，敬烟敬酒。

除夕是真正的辞旧，守岁是真正的迎新，于是家庭成员就围坐一起，共度此刻的温馨。儿行万里路，女赶千里道，一定要参加这样的团聚，实际上是感谢神给了今年一个平安，并祈求神的保佑，再给来年一个平安。包饺子是除夕的插曲，但看电视却是过年的陋习和恶俗，甚至是守岁的搅局。不过生活是变化的，过年也允许变化吧。

燃放鞭炮的原始意义在驱鬼。一旦鬼遭驱，便能安宁，也就可以享受欢乐。日出而作，日落而息，依此秩序，多是正月初一的凌晨之后燃放鞭炮。唯物主义的流布，基本上粉碎了鬼的观念，然而燃放鞭炮的形式仍得以保留。社会开放以来，有了夜生活，也得意了，遂好在除夕晚上零点零秒的瞬间燃放鞭炮，不过其意义已经转化为追求热闹，心理释放。鞭炮之震，几近狂响。

一年的第一个月为正月，正月的第一天为春节，足见正月初一的重要。家庭至贵，于是纯粹属于家庭成员之间的活动就安排在此日。小孩先给爷爷拜年，再给奶奶拜年，再给父亲拜年，再给母亲拜年，他也会一一得到相应的压岁钱，蹦蹦跳跳，高兴而去。仅仅拜年一举，也折射了家庭的伦理：长者为尊，男性为尊。此日尤要大吃大喝，不过先敬祖灵，之后长者坐上席，幼者坐下席，主妇照例忙于烹饪。

到初二才有亲戚的往来，不过多是这个家庭嫁出去的姑娘回来看望父母，随之而至的是其子女，要给舅舅拜年的。晚一辈的是姑姑，长一辈的为姑奶奶。也许姑奶奶的父母已经逝世，不过姑奶奶仍会回来，她们终生都切念着自己成长的老屋。姑姑还年轻，然而也常念着，即使有一天她们也变成了姑奶奶，也仍要回来的。初二显然是家庭活动的扩大与延续，这也表现了家庭的价值。

初三初四是众水交汇，既有亲戚的走动，也有同学、同僚、同志和朋友之间的相互拜年。城乡之间，阡陌纵横，身影如流，以持各种各样的礼品：包子、糕点、食用油、水果、牛奶、核桃、蜂蜜、茶叶、烟、酒、冬虫夏草、花篮或灯笼。唯过年能抛出花团锦簇，并给天下涂抹一层艳丽的颜色。

初五也还可以相互看望，不过此日算是过年的结束，习惯于以家庭为单元活动。一般是上午吃臊子面，下午吃米饭，菜有荤有素，满桌为盛。照例先要给祖灵献上，之后自己才提箸动筷。

用餐结束，家长会捧着祖灵的牌位或照片携其子孙，到祖坟上去，点香烧纸，送归祖灵，并祷告在冥府的生活如愿。接着站起来，展一展棉袄，环视四野，只见冰消雪融，天渲红霞，地有润泽，小草萌发，绿色近察其无，遥望其有，若隐若现的。家长忽然会严肃充脸，告诫子孙：“一年之计在于春啊！”

过年为大节，贯注着中国文化的精髓。可惜过年已经为城市化所裹挟，其不得不演变，有的文化元素生成了，有的文化元素消逝了。少陵原上是我曾经过年的地方，那里有哺育我思想与感情的祖居和祖坟，2011 年它被完全夷平了，想起来我就伤感！

门　神

有西安文史馆的朋友送我一副门神，是明代的拓片，红色，左秦琼，右尉迟敬德，凶然威武，一时激动，不知道收藏它，竟直接贴在了门上。

这是几年之前的事，门神虽然独特，甚至压住了楼道里或社区里那些印刷出来的门神，不过毕竟尘染风化，春秋数度，鲜亮的门神就蓬头垢面的。擦又难擦净，揭又难揭开，忍见其废，心生隐痛。尤其是朋友已经丢了制作拓片的模子，即使他慷慨，有意再赠，我也不会重获其品了。

门神文化在中国极深，大约石器时代就出现了门神。一部书上指出：东海有度朔山，生长桃树，繁枝盘曲，有一处为鬼门，鬼有善恶，皆由此门出入。那么谁监察害人的恶鬼，并把它除掉呢？神荼和郁垒二神，他们会把恶鬼喂虎。黄帝发现这是一个优胜的办法，便让画师在桃板上绘神荼和郁垒二神像，挂在门的两边，左神荼，右郁垒，以抵鬼御凶。这大约便是门神的起源。往往是在元旦或岁竟之际挂门神，今之贴门神是在过年之前，显然是一脉相承的。

传统的观点认为，桃树为五木之精，能克百鬼。大约从汉代以后，桃木便广作镇鬼之具，所谓桃印、桃板、桃符，绘以神荼和郁垒像，都是门神。王安石诗曰：“爆竹声中一岁除，春风送暖入屠苏。千门万户曈曈日，总把新桃换旧符。”多少透露了门神在宋代的信息。在 20 世纪 50 年代以后，中国推行唯物主义，似乎鬼都走了，然而农民觉得鬼仍在，并以桃树抗鬼。小时候，我村子一位妇女死了，以其年轻，怕幽灵返家，农民便削桃树枝梢数十根，遍插房子周围。当年虽然对鬼知之甚少，那举措所具的气氛仍使我悚然，仿佛真有鬼似的。

人死变鬼，神能制鬼，这大约是鬼神崇拜的心理基础。孔子不想彻底研究鬼神的问题，遂教导弟子：“敬鬼神而远之。”他实际上并没有否定鬼神的存在。圣者都不敢否定，我也不敢随便否定鬼神了。

一个有趣的现象是，在唐长安城，门神开始由现实社会中的人担任，这便是秦琼和尉迟敬德。此二人都是初唐的大将军，为唐的诞生立有大功，太极宫凌烟阁挂其图。秦琼是齐州历城人，今之山东济南人，身经百战，摘敌首如探囊取物。尉迟敬德是朔州鄯阳人，今之山西朔城人，玄武门之变，他站在李世民一边，战斗颇为果敢。唐太宗当然很厉害，不过也怕鬼。他似乎得罪了泾河龙，其死而为鬼，夜至太极宫唐太宗的寝室门外呼骂不已，抛砖弄瓦的。唐太宗深为恐惧，遂告群臣。秦琼便请求他和尉迟敬德戎装立足门外，一左一右保卫皇帝。唐太宗同意，其夜果然无惊。问题解决了，颇为喜悦，然而唐太宗感到他们两大将军守夜太累，就命画师绘二人像，雄壮有加，悬于寝室左右门，以驱泾河鬼。秦琼和尉迟敬德遂渐渐传为门神，并越过太极宫，唐长安城皆奉他们为门神。政权更迭，世有沿袭，便永为门神。

西安及其周边的人，在过年多会贴门神。门神之纸常变，然而万变不去的是秦琼和尉迟敬德，尤其是他们看起来都很暴烈，震怒，战无不胜。以瑞士学者荣格的理论，门神之行，也是民族的一种集体无意识，其遥远而强大。

贴在我宅门上秦琼和尉迟敬德的像有何区别呢？不仔细辨识，还确实难分。他们皆征袍披身，肩挎大刀，腰横宝剑，铠甲在胸，姿势神情也相近。然而有一个特点可以区分他们：尉迟敬德是鲜卑人，胡须浓重，秦琼的胡须略少一些。

元宵节

小时候，在正月十五这一天会吃元宵，然而不知此日是元宵节。母亲手上的糯米粉白得如雪，过一会儿，元宵便滚成了。其皮不足为奇，咬开元宵是想咀嚼皮包裹着的芝麻、胡桃仁和玫瑰，还想感受终生都喜欢的糖味。

外祖父的灯笼如期送来，我一个，我弟一个。竹枝作骨架，糊以绸子，便是一个可以打着到处逛的灯笼。大约初五以后点灯笼，诡传，如果正月十六还继续点灯笼会红眼睛，遂在正月十五夜要烧毁它。自己烧起来也行，若灯笼自己不焚，两个孩子将使灯笼彼此相碰，以致烧毁，再扔掉残骸，呼啸着扬长而去。

那时候打灯笼的孩子似乎并不多，整个巷子也不过两三个，三四个，更多的是跟着灯笼来回看的，遂难免得意。印象之中，吃元宵的人仿佛也不多。长大我想，假设父亲不在城里工作，我也吃不上吧！

有一年，我编了一首儿歌，教比我小的孩子包括我弟，在正月十五夜朗诵。我领他们从巷子南头走到北头，再返行。巷子很黑，朗诵的声音很大，如犬吠，如豹吼。农村的孩子就是这样，只费嗓子，不懂腔调和节奏。

正月十五这一天，也是耍社火的高潮。少长无不兴奋，什么村子耍社火，便向什么村子赶。

我二十岁那年，得以在城里过元宵节，是因为自己已经读大学了。我至灯光球场欣赏了灯笼，浏览了灯谜。这是校工会举办的，可惜徙倚于斯的多是前辈。意思不足，遂怂恿同学奔赴大雁塔。大慈恩寺山门紧闭，不过环墙尽是灯笼。绸子灯笼，玻璃灯笼，还有一种可叠可展的彩色灯笼，是纸做的。灯笼悬壁相挂，熠熠生辉。男女摩肩接踵，熙熙攘攘。长安丽人顾盼含情，青年才俊谁不心动。

春秋绵绵，岁岁相似，元宵节出现了，又悄然变迁着。

正月十五夜是一年之中第一个满月之夜或望月之夜，阴历之正月为元月，夜为宵，这一天遂为元宵节。天命狂欢，当是时也。昔年不知，不知则浑浑噩噩。今年知之，知之则觉得理性销蚀了生命的豪华和恣肆，唯愿安平静正了。

检索一下元宵节之源吧！尽管其结果不保，然而这像厨师烹饪，盐不能缺。

汉高祖崩，权力遂归吕皇后及吕氏集团。吕皇后薨，吕氏集团便首鼠两端。“非刘氏而王，天下共击之。”这是所谓的白马之盟。周勃和陈平身为元勋，遂按此誓约铲除了吕氏集团，在代邸迎立汉文帝，接着天子至未央宫。事变发生于正月十五，汉文帝就推此日为元宵节，以作纪念吧！士庶大酺，长安城一片欢乐。这是一源。

二百余年以后，汉明帝信佛。其闻僧众在正月十五瞻仰舍利，点灯奉佛，遂下诏宫廷也点灯，并命仕宦百姓也点灯，以示对佛之敬。如此，朝野就过起了元宵节。这是一源。

道教有天官，主赐福；有地官，主赦罪；有水官，主解厄。道教又以正月十五为上元节，七月十五为中元节，十月十五为下元节。民知天官在正月十五这一天下凡赐福，遂设法拜天官。天官好热闹，民便四下点灯。民各求其福，天官就根据其善，各赐其福。上元节演化成了元宵节，且也是灯节，也是元夕。这是一源。

唐人的元宵节，风流之至。这主要是在武则天结束了统治之后吧，社会顿然轻松。唐玄宗时，正月十五前后三天，长安城会取消宵禁，任民大快。应该是公元712年的元宵节，安福门外装有灯轮高二十丈，并点五万盏灯。宫女结队，载歌载舞。之后，灯的造型越来越多，凡灯树、灯楼、枝灯及走马灯，使长安城流光溢彩，璀璨极了。有一年，韩国夫人竟置灯于山上，其明赛月，百里皆见。唐玄宗当然认为自己很成功，遂会登临勤政楼，以观元宵节的盛景。宫女数以千计，表演歌舞。她们花海香波，且抛袖为霞，出音成曲，尽放其精神。长安人孺妇相携，尊卑混一，畅游在灯红月白之中。

玉漏银壶且莫催，
铁关金锁彻明开。
谁家见月能闲坐，
何处闻灯不看来。

这是崔液的诗，基本上反映了长安城元宵节的形势。

社　火

西安的社火曾经年年耍，多处耍，不过竟成气候并最精彩的，南有细柳镇，北有大白杨，这仿佛满树鲜桃，选到底，实际上数一数二的最甜。

大白杨的社火古既有之，又能继承，尤其是大白杨的东村与西村互相比较，明争暗斗，败者为耻，胜者得意，遂兴旺发达，影响达于关中。

正月初二，还在春节之中，东村和西村的锣鼓便敲打起来，以哗然造势。然而关键是知己知彼，才能震之，于是他们就趁亲戚走动之机进行侦探。可惜社火头早就下达了保密命令，究竟谁敢冒天下之大不韪透露消息呢？甚至临近比赛的那几天，连舅到外甥家，媳妇回娘家，也受到防范。情报难取，遂根据往年的题材和当年的形势，聚智囊于一室，分析对方，以制定自己的策略。不是发兵，但气氛之紧张却像打仗。

酝酿数日，到了初十，就当亮宝了，如歌谣所唱：“天明了，雨停了，大白杨的社火闹开了。”只见在东村与西村之间，立一根石柱，社火头各率其队，相向而行。当然，人从方圆几十里而来，水流云集，尘飞土扬，欣赏中国式的狂欢。

在先的往往都是锣鼓方阵，小伙子无不身强力壮，头缠白毛巾。不过彼此衣服有别，你穿红，我就穿黑；你穿蓝，我就穿灰。当然偶尔也有碰巧都穿红或都穿蓝的。接着你舞狮，我就舞龙；你骑竹马，我就划旱船；你扭秧歌，我就踩高跷。所谓高跷就是削柳木为棍，2尺到5尺，绑在两膝外侧，扶起为腿，腿遂加长，升人至半空。踩高跷就是走柳木腿，一步一步移腿向前，艺在奇险。男女皆可以走柳木腿，不过男比女狂，女比男娇。还有扮相，或包公，或曹操，或陈世美，或晋信书，常取传统戏剧里的主角，不失教化。

社火的绝活为芯子。大白杨东村和西村社火的成败，辄以芯子的特色而定。到了正月十五，耍社火要到巅峰之际，他们的芯子才盛装面世。所谓芯子是指扭曲铁杆为种种造型，挑漂亮且聪明的孩子，把他们固定在铁杆上。当然，这些孩子也皆有脸谱。芯子有的是一层，为平台，有的是二层甚至三层，为高台，有的还是让人惊愕得倒吸凉气的转吊。到底是东村赢还是西村赢，关键取决于芯子。他们悄然窥测的，也主要是对方的芯子。压住对方，也靠芯子，遂反复研究。他们为芯子劳其心思，绞尽了脑汁。这也是看社火的人都知道的，所以一旦芯子出场，无不屏住呼吸，随之用呐喊或沉默表达自己的评判。

有一年大白杨东村倾力制作了周瑜打黄盖，不料西村竟是诸葛亮三气周瑜，周瑜赔了夫人又折兵，引起轰动，西村遂胜。又有一年，大白杨西村登台的是白娘子站在许仙的伞沿上，真是独具创意了，然而恰恰东村上演的是法海收白蛇于钵，并以雷峰塔镇之，东村遂胜。

耍社火输了也就输了，没有组织惩罚，不过在大白杨的农民看起来，这涉及荣誉，遂很是在乎。比赛一毕，若气氛纠结不和，那么锣鼓便越敲打越硬，甚至会敲破锣，打破鼓，紧张得横鼻竖目的。气氛相谐，就欢喜而散，或断断续续耍到了二月初二。一般都是欢喜而散的，不过即使输不服赢，赢不让输，也颇为可爱。艺术的发展恰恰要有这样一种认真的精神。

细柳镇就是周亚夫驻兵，并以治军之严受到汉文帝表扬的地方。可惜缺乏实物证明，从而也有能者和贤者认为周亚夫驻兵是在别处。然而无论如何，这里现在诸村棋布，好耍社火。社火搞得极有影响的，主要是荆一村和荆二村，其各有数千人。荆一村含伍家堡、秦家堡、王家堡，荆二村含张家堡、左家堡、辛家堡。

也是从正月初二开始，小伙子敲锣打鼓，进村烧腾。烧腾就是此村启发彼村耍社火，不参加便日复一日地进村，甚至敲夜锣，打夜鼓，鸡犬难眠，直到社火头答应参加。空口无凭，还得把村名和社火头的姓氏写在一面红旗上当信物。按如此模式，荆一村和荆二村全部参加，遂归安宁。数日烧腾，数日准备，便到正月十五了。经社火头商量，圈下了百余亩的麦田作场子，以纵情任性，放开胳膊抡。春光融融，土地平坦，总有数万乡里青壮妇孺拭目以待。

一阵唢呐之后，便是雷鸣般的锣鼓，荆一村轰然舞狮了。普通都是两狮对舞。仔细观察，可以发现每狮由两人搭档，一前一后。在前的人，手撑狮头而舞，两腿便是其狮的前腿。狮嘴大张如洞，以让他顾盼探路。在后的人，手拉在前的人的衣服，他的躯体便成了狮背和狮胯，他的两腿便是狮的后腿。有一个腰系红绸的小伙子持其红球，在两狮之间旋绕，红球闪烁般的忽高忽低、忽左忽右。两狮随红球而扑，而跃，而窜，昂首翘尾，显尽其能。红球突然落地，两狮猛地站在红球上，登其转动。欢呼之中，两人猛地揭去狮头，露出了汗水淋漓的脸。

掌声还没有响尽，荆二村的高跷就浩然现形了。急于展示，也许是有得意之作吧。果然走上来的是杨延昭斩其子的团队，个个都惟妙惟肖的。杨延昭当前，其头戴帅盔，手攥帅印，铠甲粼粼，泰然有威。随他的是靛衣红须、黑须的孟良和焦赞。接着是佘太君，黄鹤之服，鬓发染霜，拄一根龙头拐杖。接着是赵德芳，其戴王冠，穿蟒袍。接着是白鞋红褂的杨宗保，在辕门要斩的就是他。接着是穆桂英，她头插翎子，身披征衣，背飘四旗。随之是憨态十足的穆瓜。这些角色乡里人在秦腔中皆有所见，也耳熟能详，遂颇为喜欢，当然掌声如雷。

下来的节目是芯子，彼此显然较劲了，不过这正是乡里老少所希望的。荆一村伍家堡抬着一套青山绿水，荆二村张家堡便抬着一套奇花异草，荆一村秦家堡以歌台舞榭作炫，荆二村左家堡便以神宫仙洞为撼。荆一村王家堡忽然改换路子，让牛郎上，牛郎肩挑七尺扁担，金哥在一端，玉妹在一端，天流白云，银河在望，蓦地打开了想象之窗。荆二村辛家堡灵机一动，让猪八戒上，猪八戒背媳妇，这显然俗了一点，不过它使欣赏之人无不开怀大笑。难分难解，一浪高过一浪。于是荆一村就让刘沉香提月牙斧，勇攀华岳，劈山救母，从而获得一片喝彩。荆二村便让韩琦自杀，以使秦香莲携两个孩子逃命。西阳散淡，寒意遂袭，乡里之女便骂陈世美驴日的，没有良心，不得好死，渐渐返村。细柳镇阡陌纵横，道皆狼藉。现在的高官总结了历史的经验，并不弃糟糠之妻，甚至还让原配掌柜守户，以稳住她。

社火是古时候祭祀土地神的一种变形和演化。社就是土地神。先民发现土地会生长黍稷，以成食物，使人生存，遂对土地敬而祭祀。祭祀有春社和秋社，足见先民的虔诚。祭祀总是围绕庙堂举行，并有一定的仪式。大约到了唐以后，社火置换为一种节庆活动，在宋已经十分流行。范成大说："民间鼓乐谓之社火，不可悉记，大抵以滑稽取笑。"

社火的内容以传统戏剧里的角色为主，不过也随形势而变迁。20世纪40年代，农民有背蒋介石像的，到20世纪50年代以后，便是抬毛泽东的像了。有一度毛泽东让农民学习大寨，遂有梯田，养猪便上猪，种棉花便上棉花。1978年以后，现代化很盛，农民便让拖拉机或收割机上。然而终于还是秦腔里的角色受乡里欢迎。农民说："春节要热闹，锣鼓加社火！"

芯子的支撑工具一直处于改进之中。初有独轮车推的，不过更常见的是人抬，把造型置于桌面上，由八个小伙子抬着，如果是高台或转吊，那么会更吸引眼睛。也有牛车拉的，这就把人解放了。之后是汽车，牛也得到了解放。然而一旦汽车替代了牛拉或人抬，耍社火的热闹程度便顿减。凡事都是这样，人越是倾心倾力，人越是充满激情。

社火的现实威胁当然是城市化运动。唐梨园在今之大白杨一带，受其影响，这里久耍社火，世代相传。可惜遇到村子拆迁，自2008年秋天耍社火之后，有数年未耍了。2012年8月15日，大白杨东村和西村的社火头相聚，一片叹息。东村社火头张广利说："村子拆迁，把很多家伙都丢了。"西村社火头黄有财说："楼盖好了，我让人把戏服从箱子里拿出来挂在篮球场上晒了一遍。"然而耍社火，他们缺乏经费。过去村子周边有企业，还可以让老板赞助，现在没有企业喽。大白杨失去了土地支持，细柳镇的土地也处于虎爪狼牙之间。即使西安的边界还没有被盯上，或是有的土地会由农民长期使用，不存在开发问题，然而农民的子女都像逃避瘟疫似的离村入城，谁当社火头呢？谁要社火呢？谁看社火呢？社火作为一种非物质文化遗产当然是要保护的，不过任何东西一旦到了要保护的程度，其气数也就快尽了！

小时候我很野，父亲在工厂上班，母亲在乡里管不住我，遂经常乱逛，而且往往独行。十二三岁，或十三四岁，我曾经下少陵原，在潏河一带看农民耍社火。路窄，路弯，摩肩接踵。路是路，遍野都是路，老老少少皆抄近路涌向场子。我不知道场子有多少亩大，麦田无边，人无数。几年以后，语文老师让我用“人山人海”造句，我想起农民耍社火的情景，那真是人山人海。我是少儿，什么芯子也没有看到，不过我看到了风中弥天的白尘，白尘下人的走石激浪，轰轰烈烈，到处都在卖小吃，卖气球，卖鞭炮，卖剪纸。尽管是少儿，然而我参加了狂欢，体验了农民的狂欢。今之孩子，在何处能狂欢呢？

清明节

天再旦，年复来，节气二十四个，一一而出。立春之后是雨水，雨水之后是惊蛰，接着是春分，十五日以后，斗指乙，便是清明了。

到了这个节气，日暖，天朗，风和，雨沛，草尽染绿，木咸丰茂，冬之灰黄转而为春之青翠，山川河流，一片欣然。人也充满希望，姑娘更是灿烂。古贤者认为，万物生长于斯，皆清洁而明净，故谓之清明。诚然如此，古者之观察精而细矣！

清明是春播的有利之机，自秦汉以来，长安人便循此节气耕耘自己的庄稼。清明前后，点瓜种豆，此谚语既有提醒的意思，也有总结的意思。可惜我在农村的时候，土地都归人民公社，种什么庄稼，上有长安县革命委员会主任的意见，下有队长的意见，于是土地就尽种小麦。清明前后，经过施肥和除草，小麦起身拔节，已经可以遮住乌鸦了。农民有一点自留地，恐粮不够，也都种小麦，唯特别聪明的人才务极少的瓜豆。我家前院颇大，母亲遂在靠墙一带种梅豆，种豇豆，还会抓一把笋瓜籽和丝瓜籽埋至黄壤之中，以待夏收。

木有伐就有植，清明前后也宜栽树，因为过了这个点，日晒，天热，树难以活。人民公社那些岁月，应清明之节气，总是在路边和水渠边挖坑栽其白杨树，几年之后，叶子便有萧萧之感。受长者的影响，小时候我在清明之际也栽过树，前院栽桐树、德国槐树，后院栽柿树和桃树，遗憾桃树未成。我所栽之树，拆迁那年随吾村而逝。

清明节古既有之，是悠久的传统了。内容丰富，不过扫墓至重。所谓扫墓，实际上就是祭祀祖先，出于祖先崇拜的心理，也是慎终追远的一种表达。

在长安的扫墓兴于秦，成于汉，盛于唐。唐政府会在清明节放假，令其官员扫墓，若家在外州外府或外县的，还可奏请返乡扫墓。唐有千百关于清明节的文章，吾独爱杜牧的诗，它特有的一种气氛出来了："清明时节雨纷纷，路上行人欲断魂。借问酒家何处有？牧童遥指杏花村。"

扫墓的习惯一直沿袭到明清。清有贤者指出："岁，寒食及霜降节，拜扫圹茔，届期素服诣墓，具酒馔及芟剪草木之器，周胝封树，剪除荆草，故称扫墓。"寒食节是以禁火的方式纪念介子推的，不过寒食节与清明节在唐就融合了，所以这里的扫墓显然指清明节的扫墓。

在 20 世纪，扫墓遭遇了封建迷信的指控，遂顿为简陋，不过对祖先的敬意，仍使它得以传续。小时候，我随祖父，随父亲，都曾经上坟。家长捧着祖先的牌位在前，我在后，缓缓进入茔地。拔掉蓬蒿，砍去斜柯，便恭恭给冢培土：把雨水所冲刷的曲缝浅洞一律填充并夯实，以保护墓穴不受浸泡，再修圆顶部。嘘一口气，遂整平墓前之地，立牌位，献米献面，献酒献烟，献水果，献糕点，烧纸致哀。举目而望，方圆数里，上坟者来来往往，烧纸者星星团团，颇有鬼在之象。

遗憾到了21世纪，一朝城市化，土地突然短缺，天下无不平坟铲冢，长安人遂不能扫墓了。然而祭祀祖先是一种感情，其不可断流，于是清明节的晚上，男男女女就选城里的街角，俯首蹲身，划圈烧纸。

清明节正逢春光亮丽，长安人素好出户踏青，尤其是青年，成群结队，以入终南山作乐。唐长安踏青颇为流行，文士、仕女、宫女，每每人以位分，走曲江池，登乐游原，上少陵原，远一点的往樊川去。唐诗人崔护踏青，在樊川敲门求饮见到一个姑娘，面若桃花，遂彼此有意，不过仅以目传，尚未相亲，崔护也止渴而别。时令循环，又是清明节，崔护之爱难以自禁，又往樊川觅其姑娘，不料院固门空，唯桃花映天，使其惆怅无限，题诗道："去年今日此门中，人面桃花相映红。人面不知何处去？桃花依旧笑春风。"现在的人踏青之心更强，可惜曲江池为楼所围，乐游原也削尽其田，少陵原开发腾腾，遂乘车钻终南山诸峪，鲁来莽往的，不够风雅。

清明节还打秋千。资料显示，这是北方山戎之戏，春秋时代传入中原。唐玄宗执政，曾经在宫中立木以打秋千，荡嫔妃于空中，升高落低，宫女嬉笑，他也喜悦。打秋千遂翻越宫墙，进入坊间乡里，风传为俗。20世纪中叶以后，长安打秋千的多是孩子，春风吹红了花，他们便找到绳子，拴在两棵树之间，坐上去推引起来。房前屋后，街头巷尾，到处都是国槐、柳树、椿树和榆树，小孩子选窄距的两棵树，荡得低一点，大孩子选宽距的两棵树，荡得高一点。如此之娱，迁延迄夏。

拔河在古者有祈祷丰收之意，清明节恰恰宜于春播，遂拔河大行。唐中宗有一年幸梨园，巧是清明节，便命大臣分组拔河，宰相、将军，甚至皇亲，都脱然加入。比赛就有输赢，赢者一组必然拉倒输者一组，遂逗得唐中宗笑，皇后、嫔妃和公主也笑。我小时候，到了清明节，学校有拔河，村子也有拔河。学校里的拔河气壮山河，不过总觉得有纪律的约束。村子里的拔河固然散漫，自发，不过偶尔也会举巷动员，全街出战，男女老少全然加入。在村子里的拔河忽然浮现吾脑，此情此景，将永驻昨日。

清明节也是放风筝的绝妙时候。若天开透蓝，风吹送熏，便当尽松其线，放风筝于万里云霄，以应人的纵情之性。小时候，见城里人骑自行车登我少陵原，不为别的，就借此隆起之势放风筝。旷野无垠，小麦郁郁，有一鸟翔于空，真是让人想望。逝者如斯夫，桑梓尽去，人何以堪！

端午节

端午节的起源有纷纭之论，也许这是因为活动仪式世代举行，在此过程，其属性一再增减，遂使原本变了。不过一位民俗专家说："长安人过端午节，昔日怎么过，现在也怎么过，以后还会怎么过，它从来就没有变。"变的，唯万变不离其宗罢了。

总结起来，端午节的由来竟有数种。

一种涉及屈原，是纪念这位贤士的。屈原为楚国三闾大夫，在外交上主张联合齐国，抵抗秦国，可惜楚怀王昏聩，相信谗言，竟流放了屈原。秦军攻破郢都，屈原悲愤而绝望，自沉汨罗江。楚人哀思，在农历五月五日摇船于水，扔下粽子喂鱼，以保护屈原之躯。

一种是闻一多的观点，他认为吴越一带以龙为图腾，龙舟便是断发文身的演化，农历五月五日赛龙舟，遂为祭龙。信仰与娱乐兼容，是赛龙舟的特点。

一种是仰观星象，苍龙七宿经年运行，终于到了天的正南正中之位。端为正，午为中，乃是端午。此刻难得，所以大吉大利，值得庆祝。

中国人过端午节，应该早于屈原的生死。在农历五月五日抛撒粽子，以防鱼伤屈原之躯，当是楚人加入的元素。赛龙舟以祭龙，什么时间不成，何必一定要择农历五月五日进行呢？如此推敲，闻一多的考证便露出了破绽。北方广袤，不是任一地方都能赛龙舟的。不赛龙舟，难道就忽略端午节了？至于苍龙七宿在农历五月五日处于天的正南正中之位，这是观察得来的天文现象。然而吉利常在，并非此刻独有。

长安人发现，每当农历五月五日前后，气温骤升，遂有蜈蚣、蛇、蝎子、壁虎和蟾蜍，狂热繁殖，越界犯民。它们难免偷袭幼稚，传播瘟疫，从而呼之为五毒。实际上染病于民的还有苍蝇、蚊子或别的媒介，不过五毒为烈，遂凸显其恶，这有什么办法呢！

积千秋万代之经验，为保障健康，尤其要使小孩生存下来，长安人便用了各种措施。

他们取红黄蓝绿紫五色线，搓成五彩缕，戴在小孩腕上。姑娘或媳妇若喜欢，想戴一戴，也是可以的。

缝制香包，互赠互送。各有幼稚，或系在裤带上，或装在口袋里。香包以丁香、藿香和檀香为主料，附加朱砂与雄黄。磨其为粉，相掺相糅，渐渐充实，做成角状。香包可以驱虫，也可以辟邪。

还做五毒兜肚，也是辟邪的。懂剪纸艺术的，还会剪五毒图，贴在墙上，以针扎之。长者饮雄黄酒，并会在小孩的额头上洒几滴。烙五毒饼，举家皆食。

往沟沟坎坎去，采几把艾蒿，悬之门，挂之窗。前院后院，室内室外，彻底清洁。还要趁机吃粽子，吃油糕。

凡此，悉为抵挡五毒。屡屡措施，从农历四月展开，以端午节掀起高潮。

我对端午节的印象比较模糊，不过还是有一些经历的。小时候，我佩过香包，可惜手不停，牙也不停，香包顿烂。又突然夺下姐姐的香包，当然要为其所恼恨。先是母亲从田野里撷一捆艾蒿，斜插在门环上。待我稍长，我便撅艾蒿，使之附着于门窗。扫后院，扫前院，地皮扫得发白，也是我的工作。

民俗会随岁月演化的，端午节也在演化。今天欲使端午节隆重和热闹起来，既要继承它的主体属性，又要注入一些新的内容，并具合乎现代社会心理的形式吧！是否有效，也未可知。

中秋节

中国人早就注意到月到中秋有超乎平常之明，并产生心灵的感应。周人会在中秋举行仪式，以祭月迎寒。至魏晋以后，中国人兴赏月，唐人更是流行。也是从唐开始，中国人有了中秋节，千年既久，到现在已经成了传统和习惯。祭月演化为赏月，应该是一种升华，标志人从对月之崇拜发展到对月之审美了，然而祭月并非消失了。也许赏月是祭月的置换变形吧！

祖父所主导的一次中秋节，给我留下了深刻的印象。那时候我还没有上学，五六岁、六七岁吧。

有一天晚上，雨过云开，有月忽出，自行于天。祖父净手整衣，搬出一个宽且矮的条桌，放在檐下庭中，并用瓷盘一一陈以石榴、柿子、月饼，还有什么忘了。院子种合欢花树、桐树、德国槐树，枝繁叶茂，互相交错，荫庇甚大，遂只有庭中檐下干爽，月光透明。我以为此乃祭月，也是我家的一次中秋节。

1973年我的祖父西归，不知道在他生前数年，为什么再未祭月，虽然每年都过中秋节？于是那次祭月，就是我所亲历的祖父作礼的唯一一次祭月了，虽然简陋，但它所传递的信息却自古而来，印象是不可磨灭的。

长安风俗，农历八月十五，三秋之半，中秋节这一天，往往是下午，靠近黄昏，每户必烙月饼。这是主妇的事，在我家当然是我母亲的事。

烙月饼要用雪蒿，是生长于土坎上或田垄上的一种野菜。掘雪蒿往往是我的活，母亲吩咐一声，我便出门，出巷，出村，在头枕或二枕的地界采一把跑回去交给母亲。有时候中秋节会下小雨，天地迷茫，不过遇雨我也决不推辞，要把雪蒿采到，因为我长大了。

为了使月饼好吃，母亲要给面里放芝麻，捣碎核桃仁以作馅。也会以红砂糖或白砂糖作馅，这种月饼是甜的，我等小孩特别喜欢食之。月饼有一个大的，直径大约一尺半，有几十个小的，直径大约一寸半。大月饼和小月饼都贴雪蒿，一是装饰，二是提味。雪蒿一经锅炕，叶茎便绿淡黄渲，脆感毕现。

月饼在长安谓之团圆馍，因为中秋节也就是团圆节。中国人追求团圆，并以月之满象征人之团圆。八月十五夜，一边赏月，一边吃团圆馍，其乐融融。然而以种种缘故，中秋节这一天，也许会有人在外羁旅，不能返乡而聚。不要紧，当给在外之人留下大团圆馍的一角，并留下几个小团圆馍，等其回家吃。家有几人，便切大团圆馍为几角，一人一份，不过当在中秋节以后食之。小团圆馍多少随便，八月十五夜所吃的也是它。有一年我父亲在西府的扶风县做工人宣传队的事，数月不归，属于他的那一份大团圆馍夹在几个小团圆馍之中，就一直挂在厢房，也就是父母卧室的墙上。怕我偷吃，其高悬于壁。给父亲留下团圆馍的，是我母亲。当时我尚幼，根本不能理解母亲的心，现在我已经白丝闪鬓，沧桑繁历，然而仍不敢自以为能理解母亲的心，或完全能理解。

母亲烙月饼，也并非纷然分发，好吃便可以肆意吃。她也会拾月饼于一个簸箕里，并置之于方桌上或条桌上，要供一会儿，才把小月饼拿给我的祖父祖母、她的孩子。大月饼继续供着，到明天才收起来切成角。也许如此供一会儿，也具祭月的意思吧，然而总之是敷衍塞责了。也不怪我母亲，她所在的时代是破除迷信的时代。祖父是清人，母亲是民国人，我是共和国人，三朝巨变，在中秋节的规矩上，母亲不胜祖父，我不胜母亲，我的儿女更不胜吾。文化之变迁，文化在中秋节之衰，观之显矣！今之人，只剩下送月饼和吃月饼了，悲夫！

在唐长安，赏月显然是一种盛举，充满了雅意。道士有传，唐玄宗曾经由天师引领进广寒宫，见宫娥，闻仙乐，流连忘返，并获得灵感，制霓裳羽衣曲。也许此为神话，不过唐玄宗携杨贵妃赏月无假。为延长赏月时间，唐玄宗尝令工匠在太液池西岸筑赏月台。所选地址甚准，可惜安史之乱爆发，赏月台只建了半截。皇帝喜欢赏月，诗人也就喜欢，他们所去之地，往往是曲江池之岸，杏园之边。三五成群，彼此激发，遂多咏月之篇。有一年过中秋节，唐僖宗吃月饼，喜其油酥，十分之香。恰闻有进士在曲江开宴，便下诏御膳房包以红绫，送月饼给进士。月饼初入史书，大约便由于此事。

中秋节除赏月之外，也赏桂。目遇之，月光明，鼻嗅之，桂花芳，又有耳闻之，丝竹幽，真是何等趣味。当然还有故事，凡古贤者所创作的嫦娥奔月，蟾蜍变玉兔，或吴刚伐桂，甚至朱元璋以月饼递送起义情报，都会在中秋节讲一讲。长者总是对晚辈说："从前，有一个故事，讲的是……"明清以来赏月，也会猜涉月谜语，遂给中秋节增加了一种新的文化元素。"长安一片月"，打一小说人物，经猜是秦明，不是很有意思吗?

1076年，苏东坡的中秋节是在密州一个超然台上过的。有朋友陪伴，自夜至天亮豪饮，大醉。七年不见其弟，由衷怀念。缘于此，苏子作词曰："明月几时有，把酒问青天。不知天上宫阙，今夕是何年?我欲乘风归去，又恐琼楼玉宇，高处不胜寒。起舞弄清影，何似在人间!转朱阁，低绮户，照无眠。不应有恨，何事长向别时圆?人有悲欢离合，月有阴晴圆缺，此事古难全。但愿人长久，千里共婵娟。"中国咏月之文章汗牛充栋，苏子中秋之词空前绝后了。

没有理想的生活，就不会在生活中审美，也不会使生活艺术化。中秋节对月之审美，显然是古人生活艺术化的一个表现，遗憾今人的中秋节，重以物质，轻以精神，或是生活粗鄙化，甚至退化了吧！

长安古会

小时候，凡做孩子的，在正月十五的晚上，烧了最后一个灯笼，吃了最后一个元宵，送走了过年的最后一个热闹，心里就开始盼着过会了。

关中的农历六月到八月，是比较闲暇的。此间，小麦晒干入库了，但玉米和谷子却还没有成熟，远远眺望，广阔的田野缤纷着黄黄绿绿的色彩，农人的喜悦是按捺不住的，便想探亲以报平安，汇合以论五谷，于是在长安就渐渐形成了过会的风俗。

这里的民众朴实而本分，一年四季耕耘于地亩，极少周游南北，闯荡东西，一般只在过年过会走动。终生过着封闭生活的农人，当然重视节庆了。可惜过年之季，冰雪未消融，日子又迁延，而且亲戚的往来还规定着先后：女儿看娘及外甥看舅在先，娘看女儿及舅看外甥于后，末了才是其他亲戚的往来，难免给人以拖沓松散的感觉。不像过会，它集中在一天，又不分亲戚的远近，是一种纵横交叉的相晤，显得颇为隆重。对这个热闹而短暂的欢聚，大人与小孩皆是非常高兴的。

为了干干净净地过会，每家每户都要早早地打扫房子。这是妇女的事，她们选择比较凉快的一天，腰系围裙，头包纱巾，带领自己的儿女，把所有的东西搬到院子，以便好漫墙。门必须关着，因为院子堆满了桌椅被褥，堆满了箱柜锅碗，简直就是一次家底的展览。漫墙是用白土，它不是随处尽有的，得挑上笼子或推着车子往土壕去挖。取了白土，拿回来，先要在瓷盆或铁锅里泡着，等软化了，再搅匀，才可以漫墙。不能想象，怎么只一刷子上去，屋里便飘起一种泥香，使人不由自主地想起田野，想起夏天的雨打落地面的那种气味。收拾了房子以后，过会就匆匆逼近了。

不知道是谁规定的，过会全在单日，而卖菜则在双日。卖菜这一天的早晨，窗户刚刚出现蒙蒙的白色，农人便起床了。他们急切地来到堡门，都以为自己快，不料他人竟更快。当然，最快的还是担着黄豆芽、绿辣子、莲藕及茄子之类的菜农。何时何村过会，他们会装在心里，总是忙忙碌碌地赶来赶去。长期的经营，使之积累了丰富的经验，遂奸诈而狡猾。卖菜并不高喊，只胸有成竹地站在摊位旁边，用眼睛勾引提篮之人，企图让买主先开口，自己后要价，以取得主动。然而农人也不会轻易上钩，常常是几个买主围着一个卖主，挑拣一番，便又放下，嫌菜不嫩，嫌价太贵，动口而不动手，以故意酿造清冷的气氛。不过毕竟是自己要用菜待客，迟买不如即买，遂又开始了新的一波讨价还价。这吵吵嚷嚷的场面正美，恰是过会所需的酝酿。一会儿，整个堡门就挤得黑压压且乱哄哄一片了。这时候，买卖的高潮便要掀起，其阵容仿佛生产队召开社员大会呢！可惜高潮仅是一根纸烟的功夫。之后，买了菜的人遂陆续回家，而卖了菜的人则若有所思地撤退。堡门立即恢复了它的旷朗和平静，只剩下菜的根根梢梢，于是狗就出现了。它们一个一个地争竞似的这里嗅嗅，那里闻闻，企图得到什么意外之食。

过会这一天，男女老少会一律脱去旧装，换上新衣。没有新衣，也会把旧衫旧裤洗净捶展，若新衣一般穿上。最辛苦的是女主人，她们既要扫地抹桌，又要下厨做饭，十个指头，里里外外地运转；最清闲的是男主人，他们咳嗽扬声地指指点点，迎来送往，完全是当家的派头；孩子呢，或至邻居炫耀自己的阔气了，或在路上等候自己的姑舅了。太阳斜照门楼之际，七姑八姨二舅三叔便陆续而来，洗洗脸，喝喝茶，彼此招呼之后，便发起了年年岁岁相似的情形：女亲戚几乎都涌进炊烟缭绕的灶房，一边帮忙，一边叽叽喳喳地倾诉酸甜苦辣，到了悲伤之处，注定要流泪，其他人也必然要红了眼睛；男亲戚围拢一圈，叙世事，叙人情，告庄稼长势或传闾巷奇闻；那些头发花白的长者，便散坐于桐树和柿树的阴影里，慢慢地摇着扇子，在悠悠的风中，评议生命的短长，对自己灯似的春秋，做着豁达而无可奈何的叹息；那些生气勃勃的小伙，显然掩饰不住青春的冲动，要趁过会之机，悄悄地窥伺着，试探着，对中意的姑娘做着由生到熟的接触，遂多有以过会缔结姻缘的。

亲戚有远有近，礼品便有轻有重，一般熬娘家带油塔，见外甥带馎饦。其他的，规矩不严，凡糕点和水果都行。当然，吃饭是会分上席和下席的。姑家和舅家都是知己亲戚，属于贵宾，而且平起平坐。这些姑舅似乎也感觉身份特殊，竟造作地摆起架子。非主要亲戚，通常是按齿历排座。小孩独摆一席，是低桌矮凳，也无人照顾。其踞爬蹲跪，全由他们，狼吞虎咽也由他们。一直都是喧嚣不止，唯进入吃饭程序遂聒噪消失。不过吃了饭，阳光便从南墙移到了西墙，过会的热闹也接近尾声了。

作为亲戚，除了以血缘关系划分的远近之外，还有以感情划分的真假。真亲戚的交游不在礼，是出于思念。假亲戚的交游凭礼约束，撕不开面子，所以吃了饭，抹一抹嘴，他们便完成了一项任务似的哼着回家。真亲戚情感深厚，遂喋喋不休，恋恋不舍，甚至还会住一天两天，以道喜悦，诉辛酸。最激动的，是父辈的姑姑，这些行将辞世的老者，生于斯，长于斯，直至在某个日子出嫁了，成了人家的媳妇，做了妈妈，又做了奶奶。然而娘家是忘不了的，即使娘家没有了父母，没有了兄弟姐妹，也恳愿能在大限之前再回娘家看一看，再至院子走一走，因为这里所有的颜色、声音、气味，都深刻地烙印在灵魂里了。它们是如此的温馨，如此的亲切，并使她们牵肠挂肚，遂坐在一辆精致的马车上，由儿子驾着，越过一个一个村子，从弯弯曲曲的小路到了娘家，以参加一次过会。一天虽然短暂，但过会对她们却是滂沱的精神慰藉。离开娘家之际，所有的女主人、男主人和其他亲戚，都要送行，并一直送她们出了巷子，出了村子。在路口，所有人都祝福其身体健康，并盼明岁过年再来，明岁过会再来。她们慨叹着哭了，泪水涌流，弥漫着依依之情。不过马车终于启动了，她们要告别娘家了。在明丽的夕阳中，有一串清脆的铃声，陪伴着老者归去。

城南有我的故乡，生在此，长在此，立志在此，并由此出发，入世用事，从而念念不已。

——朱鸿

魂绕少陵原

一

少陵原的所有季节都给我幸福和痛苦的感受，爱它们或恨它们，我是没有次序的，不过故乡季节的变化总是那么分明，简直是剥了一层现出别的一层，一层异于一层。

二

一年之计在春天，这是父亲告诉我的，我一直记得他当时严肃的神情。我记得那是令人困倦的正月的早晨，我终于从暖和的被窝爬起来，揉着惺忪的眼睛走出堂屋。父亲已经将院子打扫得干干净净，在那棵枝干细密而坚硬的石榴树下，他正用掸子在身上摔土。母亲默默地烧锅，蓝色的炊烟轻柔地飘浮在古旧的厦房顶端。麻雀到处鸣啼，整个村子在渐渐朗润的空气之中一片宁静。浸染了霞光的风依然凛冽，忽然强劲的一股直奔我热乎而通红的脸，连续三个寒噤彻底消除了我的睡意。我向父亲走去，可他却转过身子，抖擞着向我走来，他说：“一年之计在春天……”

故乡的春天从正月十五日开始，我指的是，除夕之后，村子里弥漫着一种热闹而闲散的气氛，农民自晨至昏，唯一的事情是吃喝玩乐，不管多么穷困的人都换了一种心境，仿佛田野的种种农活自有人去做，那些繁重而琐碎的农活跟自己没有关系，然而到了正月十五日，家长将自己在除夕那天迎回的祖先的灵魂送走，小孩将灯笼烧掉，就标志着年过完了。女人从灶房出来，站在村巷的一角互相问候，随之议论谁家的儿子孝顺，谁家的媳妇贤淑，谁的衣服好看，谁的屋子干净，谁家吵了架，谁家摔了碗。交换了自己长达半月的所见所闻之后，便是一阵无奈与沉默，接着叹息年过完了心里空空荡荡，遂打着哈欠解散。男人聚在村口高谈阔论，他们以农民特有的智慧和标准，分析国家的政治形势，争论起来，唾沫四溅，青筋暴起，往往要伤和气。如果赵慧贤在这个场合，那么总会走过去劝解，他将擦得锃亮的烟锅从嘴里取下，光光的头一点一点地告诉他们，农民是纳粮的，年过完了，准备给小麦上粪除草才是正经。

赵慧贤是我见过的最精明最狡黠的农民，曾经在西安某中学任教，由于他揉捏一个女生的耳垂酿成了作风问题，校长将其遣返原籍。他的妻子在农村，回乡之后他过得并不很坏。他从来没有披露自己回乡的原因，然而村里的老老少少，无人不知他是个流氓。在这个日出而作日落而息的地方，任何人的隐私都要供大家品味。1980 年，赵慧贤通过关系恢复了工作，并迅速将妻子和孩子带到那个中学，惹得村里的人羡慕得难受。可惜好景不长，一次突如其来的车祸结束了他的生命。那时候，他已经胖得可怕。葬埋了赵慧贤，他的妻子带着孩子回乡生活，女人流着眼泪安慰她，可她却一点也不伤心，她豁达地认为，这便是命运！

赵慧贤的勤快给我留下了深刻的印象，我对一年之计在春天的理解，实际上是从他刚刚过完年便到地里干活开始的。他总是刚刚过完年便到田野劳动。我走在春节期间被互相探望的亲戚踏干的路上溜达，日益透明的天空下面，小麦的新绿闪烁在膏腴而湿润的平原，风从阴坡的残雪上滑过，依然带着冬天的寒冷，不过阳光毕竟正从白色向红色过渡，天空的乌云在瓦解消融。赵慧贤挥动明亮的铁锨拍打地里的粪块，那潇洒的动作，任何人在冬天都难以做出。茫茫四野，唯赵慧贤挥动着铁锨拍打地球。铁锨砸下去，飘一片白烟，铁锨提起来，闪一道反光。他戴着栽绒棉帽，兔毛手套，穿着洗得干净的蓝色罩衣。我远远望着赵慧贤拍打的姿态，情不自禁地忧郁起来，我知道，其他农民将尾随其后，一个一个返回自己的地里。惬意的日子已经结束，开学的时间已经逼近，我隐隐感觉，人生就是少有间隙的劳作。我想起自己将挎上那个洗得发白的沉重的军用书包。赵慧贤使我想起了上课的铃声和老师的提问。

空气之中的暖意渐渐增加着，我走在从村子到学校或从学校回村子的路上，看到朱坡沟至韩家湾的广阔的地带，冬天的灰暗已经揭掉，鲜嫩的绿色汪汪地渗透在起伏的田野。男人们栽树，挖地，修路，女人们一排一排地蹲在田野为小麦锄草，那些爱美的姑娘，依然披着红色的围巾，围巾在她们温软的背上呈现一个三角。尽管上课是很有意思的，但初春的田野却对我进行着强烈的诱惑，那时候，我很想抛开那些天天必做的作业，当一个无拘无束的农民。然而父亲每个星期从工厂回家一次，他总是鼓励我，偶尔会严厉地训斥我，重要的是，学生之间有着明显的竞争，我知道，掌握知识毕竟是必要的。

关于狼叼长希的故事，一年一年地在初春的日子重复，村里的人，一茬一茬地叙述着它。大约五十年前，村里的人还很稀少，田野的树还很稠密，那些残忍的狼就居住在村子南边沟壑的洞穴之中，它们常常潜入村子，叼走一头猪或一头羊。农民防狼的措施到处可见，为了保护性命，他们在下午就关了院门。长希三岁那年，跟着锄草的母亲在田野玩耍。父亲慢慢地犁地，当他把牛赶到对面的时候，回头看到一条灰色的似狗似狼的走兽在长希身边磨蹭，他正要呼唤妻子注意长希，那狼便叼走了孩子。浑身的血骤然燃烧起来，他扔下鞭子，大声呐喊着向狼跑去。田野到处都有劳作的农民，那尖锐恐惧的声音惊醒了周围的人，随之惊醒了远处的人，于是在田野的农民就全部呐喊着行动起来。打狼的声音响彻初春辽阔的天空之下。农民拿着工具，跨过坎坷，穿过一丛一丛的灌木，向叼着长希的狼包抄过去。他们脚下泥土飞溅，头上淡云舞动。狼慌了，不得不放下长希逃离。突然摔倒的长希自己爬起来，他似乎没有怕狼，他是看到惊骇得气喘吁吁的一片人向他跑来才哭的。

那条失败的狼并不甘心，当天晚上，它动员了近乎十条同类到村子去报复。狼到处嚎叫，将关闭的院门抓得哗哗直响。孩子躲在大人的怀里缩作一团，而大人则盯着放在墙角的棍棒，时刻准备打击狼的破门而入。半月之后，那些狼才渐渐平静。

故乡春天的变化是很快的，雨下一次，太阳便红一层，天气也便暖一节，但究竟从什么时候开始使人感到天气热了起来，却很难确定。白杨的叶子突然从它凝结的紫黄相夹的枝梢绽开，展开成一叶绿色的闪闪发光的薄片，于是路上就有了荫凉。我渐渐感到一种慵懒，遂将上衣脱下，束成一捆放在肩上，将书包吊在背上，慢慢地踏着荫凉。小麦已经抽穗，金黄的油菜花灿烂地开放在阳光之下，蝴蝶和蜜蜂飞来飞去，风将浓郁的芳香聚为一股，携着它四处奔走。故乡的油菜是农民食用的，往往种植于小麦之中，一片一片的棋盘似的油菜花仿佛是镶嵌在田野。油菜的种植是少量的，不过它使广袤的田野点缀着成块成条的金黄之色，走在弯曲的路上，望着如此美丽如此寂静的田野，我常常感到自己的激动。

终于在一天放学之后，我看到母亲从集市上带着她才买的收获小麦的工具回来了。沉寂的院子，飘散着白色槐花的芳香，欢快的鸡在潮湿的墙根一带觅食。母亲在厦房的阴影之中默默地翻捡一个乌黑的瓷盆，一个新的发黄的笤帚，一个渗出木香的镰把。细密的汗水凝在她的额头，瘦小的两肩透过衬衣冒着热气。那些东西都是她从集市扛回来的，疲倦和饥饿已经使她很是软弱，她看一看我，便是招呼。我忽然产生一种强烈的热爱母亲的感情，这种感情一向是朦胧的，混沌的，或者是被其他的感情冲淡着，但此时此刻，我却变得自觉而清醒。当我放下书包而不能像平常一样立即吃饭的时候，我感到母亲是多么孤独，我是多么孤独，所有的人都是多么孤独。这一切，都是我站在芳香袭人的槐树之下感到的。

暮春最后几天的阳光，照在堂屋黑色的门环上，那大大的门环，那时候宁静得一点声音也没有，我的老迈的祖父和祖母，安然地坐在椅上，他们都等着母亲回家做饭……

三

我对故乡初夏的阳光有着鲜明的印象，只要想到那些阳光，我就感到愉快。那些明亮的阳光永远激起我热爱生命的感情。清晨，我走出堂屋，太阳就已经悬挂在天空了。天空宁静、纯洁，无边无际。站在我家东墙前面的几棵槐树，将自己洁白的槐花和淡青的槐叶一齐对着阳光，它们是多么清新、快活！透明的阳光照耀着粗糙的裂开了皮的树干，由于树干的不断膨胀而显露出来的一条一条的竖纹，竟渗出淡淡的嫩绿，在竖纹两边，是黑色的老皮。从西墙前面拔地而起的杨树，在微微的风中，通过自己明亮光滑的厚厚的叶子反射阳光，它们简直像一些椭圆的小镜，将道道刺目的白线送向天空，那么是谁的手在晃动小镜呢？一只高傲的公鸡，大摇大摆地走上墙头，鸣啼了一声，随之展开翅膀，一瞬之间，阳光照得它五彩缤纷。母亲已经下地，她把做好的饭放在锅里，院子满是荫凉，一种初夏特有的各种各样的花香与草香在这里流淌。

然而，刘三德在这样的阳光之中，当着全体生产队社员的面脱下了自己的裤子，这使我呆若木鸡。在社员会上，刘三德和陈正强为先从哪片土地开镰争吵起来，陈正强年轻气盛，就骂他，我日你，年逾六十的刘三德是打不过陈正强的，于是他就站起来，突然解开了裤带，这使陈正强和周围所有的人瞠目结舌，很多妇女霍地跳起来跑开了，她们涨红着脸，一声不吭。几个老人立即提上了刘三德的裤子，但我的心情却久久不快，我不明白他为什么要这样做，我感到他的丑陋，甚至使我感到人的丑陋，不过在此之前，我对人是怀着多么好的感觉！

收割小麦是最紧张的劳动，那些日子的太阳是最响亮的太阳。这一生我不管生活在哪里，我永远能记得故乡六月上旬那些湛蓝的天空，那些被太阳烧得干干净净的透明的天空，天空下面被太阳照得清清楚楚的横贯大地的秦岭，记得秦岭北部金黄的一望无际的小麦，这些小麦正被农民用镰刀收割。在他们身后，已经有了越来越多的麦捆，雪白的麦茬沐浴着阳光而锋芒闪闪，农民混浊的含盐的汗水洒落其中。

孙秋英在收割小麦的那段时间，总是一副拼命的样子。她有三个孩子，但她却将这些只会吃喝的孩子全锁在屋里，将馍和凉水放在一个几桌上，自己便拎着镰刀到田野去了，镰上起码安着三个刀片，她干起活来快而粗糙，满脸汗水，满头乱发，十分肮脏而且顾不得吃喝，简直像个疯了。她的哥哥怒斥她说："你慢一点！你不知道妈妈是怎么死的？"

晴朗的日子总是有限的，农民如此紧张，就是担心大雨会突然降临，如果这样，那么成熟的小麦就会遭受损失。农民夜以继日地收割小麦，在明亮而清凉的月光之下，田野到处都是闪烁的镰刀，小麦被镰刀割得嚓嚓的声音到处响着。白天，我与同学在老师的带领之下捡麦穗，晚上，我喜欢一个人走出寂静的小巷，走过已经收割了小麦从而显得空旷的田野，到某个地方去看望我的母亲。她总是一个人默默地顽强地劳动，那时候，我已经感到她很辛苦，知道同情她了。我会接过母亲的镰刀，用左手搂着露水打湿的麦秆，右手挥着它去割，不过我过于细腻了。我现在仍记得夏日的乌云是怎么忽然遮挡太阳的，我记得，开始是悠悠地吹来一阵风，天空微微暗淡了一些，这是大雨的预兆，然而没有人敢肯定必然会有大雨。接着风强劲起来，它卷起的白土横冲直撞，迷了人的眼睛，而且风中含着远方大雨的气息，随之天空迅速聚集着乌云，一瞬之间，闪电像鞭子抽打着天空，雷声滚滚而过。这时候，人们开始紧张起来，首先要做的是将麦捆堆成垛，满地都是奔跑的身影。奔跑的当然还有小孩和老人，他们得赶在大雨之前回到家里，然而，大雨是从高高的天空飞来的，往往人跑在半路，它就倾盆而下。所有的人都像从水中捞出一样，衣服沉得下坠。辽阔的田野一片茫然，人的身影和声音都被它吞没了。

美丽的仲夏之夜，妇女会坐在吹着微风的门前乘凉，那些正在出脱的姑娘，围坐在自己的母亲和奶奶身边说着什么，我永远不知道她们悄悄地说了什么。她们围坐在竹席上或板门上，有的妇女要拿着芭蕉扇子，慢条斯理地摇着。满天星斗，一轮明月，夜朦胧而温柔。我从安谧的满是土疙瘩的小巷走过，我感到那些小姑娘偷偷看着我，我佯装傲慢，实际上是多么盼望谁能叫住我，最好是谁能跟着我到村子外面的田野去，但到那里去究竟做什么，我却并不知道。我很快就走出了小巷，吕振祖院墙上的细碎的玻璃碎片，在月光之下闪闪烁烁。

我是到场里去的，这个空旷的非常通风的地方，是男人独占的乘凉之所。他们在地上铺开麦草，将竹席铺在上面，盖着被子过夜。他们海阔天空地聊着，曹操、诸葛亮、武松或鲁智深，是他们永远感兴趣的人物。吕振祖光着脊背，穿着一个松垮的裤衩，大声地讲着他们的故事，得意之际，便将强健亮白的胸脯拍得直响。在某些角落，有人会悄悄地讲着男女之间的故事，这些故事强烈地吸引着农民。他们有的躺着，仰面朝天，有的趴着，眼睛向地，有的搂着腿静静地坐在那里。关于性的知识，在农村就是这样传播的，当一个男人娶了媳妇之后，往往会以在这些地方得到的知识指导自己的生活。

仲夏之夜的场里，在我看来是极有魅力的，但我却难以获准在这里过夜。父亲在城里工作，这使我并不够一个完整意义上的农民的儿子，我总觉得我和其他孩子之间隔了一层，为此我很难过。那些孩子可以跟着自己的父亲在场里睡觉，然而我不能，如果母亲允许，那么我就只能单独过夜，问题是母亲怎么都不同意，这使我委屈，很怨恨。

夏天渐渐衰弱下去，在一层持续一层的阴雨之后，已经碾打并将小麦晒干了的场里冷冷清清，仅仅剩下高高的麦草垛子。麦草银白的色泽慢慢退却，变成了沉重的铁灰。那些光着身子的男人，已经被自己的媳妇撵了回去，天不十分热了，他们都应该回去在炕上睡觉。空空荡荡的场里使我喜欢，遂经常在这里溜达，我没有丢失什么，但我那样子，却像在苦苦寻找。我绕过洁净的碌碡，从两个垛子之间穿过，踏着蚯蚓钻出的糟烂的泥皮，我看到坚硬而到处裂缝的场里撒着被水泡胀的肥大的小麦颗粒。我一个人在场里走着，我的身旁是寂静的冒着蓝烟的村子和寂静的长着绿苗的田野，我既分离于其中，又融于其中。

四

故乡的秋天是秋雨和秋风送来的，然而秋天并不那么萧瑟和凄凉。在初秋的那些日子，暮夏的余热仍在空中膨胀，只是已经有了早晨和夜晚之分，我的意思是，余热仅仅在下午作威，夜晚和早晨是很凉爽的。农民不知不觉地增加了衣服，那些在包袱窝了整整一个夏天的蓝衣、黑衣或黄衣，穿在身上皱皱巴巴，怪模怪样，不过马上就习惯了。迎面而来的秋天遮挡了故乡男人的赤身露体，汗水已经不再从他们的胸脯或脊梁滚滚而下。我的祖父祖母，在开始怠慢自己的扇子，它们常常闲置在被子后面的炕角，偶尔，在吃饭的时候，下午三点左右的太阳会穿过槐树的枝叶，照红了堂屋的房檐，他们才唤我寻找扇子。

田野大片大片的谷子和玉米，在阳光之下疲惫不堪，甚至叶子染了一层粉色而蜷曲起来，于是农民就用井水浇灌，谷子耐旱，可以免去，水泵和水车日夜工作，他们便分成几组，轮换改渠。白天站在高过人头的玉米枝秆之中，闷得难受，夜晚会凉快一些，但它却使人成倍的困倦，那些顶着朝霞收工的农民，没有一个不是拖着沉重的双脚，耷着沉重的眼睛。先康和翠娥包了远离村子的一个水泵，浇灌一片广阔的坡地。翠娥已经有了两个孩子，不过脸庞白净，腰肢挺秀，喜眉笑眼之中含着风流，出嫁到这个村子之后，一直吸引着众多的男人，先康就是其中一个。他们包了那个水泵不久，就盛传他们私通的故事，而且认为翠娥渐渐隆起的肚子里的孩子，是先康的。那时候，我大体知道了人的秘密，我曾经怀着好奇，到坡地的深井周围去巡行，我想知道他们是在什么地方睡觉的。我看到那里有一个草棚，门锁着，透过篱笆的缝隙，草棚里的机器、砖头、油布及肮脏的红色被子，进入我的眼睛，我的心怦怦地跳着。

日子一晃就进入十月，那是一个真正的成熟和丰收的季节。谷穗沉沉地压弯了谷秆，大群大群的麻雀，在金黄的一望无际的田野起落，它们专拣丰实的谷穗啄食，到处都是它们得意的贪婪的咕咕之声。那些赶鸟的人忍无可忍，大声吆喝着扬起鞭子，麻雀哄得腾空飞起，像地雷爆破一样发出巨响，无数褐色的翅膀织成一片，遮挡了蓝色的天空。玉米的红缨已经暗淡枯萎，它露出短短的一带粘贴在玉米的顶头。玉米完全黄了，光光地从干硬的叶子和秆子之间分离出来，足有一尺之余，像一根棒子插在那里。田野的玉米森林似的，一片连着一片，其中间地带是乌黑的湿润的土壤，走在上面脚就会陷进去，农民精心翻过了它，即将在那里播种小麦。

将玉米和谷子收割回来，必须在几天之内完成。季节不饶人，所有的农民都知道这个谚语。年年岁岁，我都看到在那些紧张的日子，强壮的男人用镢头挖着玉米秆子，尾随男人的是汗流满面的女人，她们用双手将玉米掰下，放在一堆，最后用车子拉到场里。对低矮的谷子是用镰刀放倒，用刀片将谷穗切下。晓春是干这个活最麻利的姑娘，她一边微笑着左顾右盼，一边抓起谷穗将它弄断。她戴着一双露出指头的手套，这红色的手套，已经让谷秆的汁水染成了绿的。田野到处都是忙碌的身影，空气之中流通着一股粮食和泥土的芳香，阳光温和、发红，在黄昏的时候，带着无可奈何的哀伤。这些日子，大雁会从故乡辽阔而蔚蓝的天空飞过，它们凄惨地叫着，变换着队形，向着温暖的南方迁徙。在田野劳动的人，往往会停下手里的活向大雁眺望，我夹杂其中，久久凝视着远去的像小点一样的大雁，茫然若失，脖子都挺得酸了。

场里的玉米和谷子堆积如山，钱延富总是承担看护的任务，他喜欢将布袋捏成一个斗篷，拿着一把铁叉巡视。他眯着眼睛，发现谁家的猪在场里拱地，他便弯腰跑着，悄悄地从后面给猪一叉，那猪猛地一颤，尖叫一声就跑了。当宋小珍发现猪的臀部有两个红眼的时候，挥着两只沾满面粉的手，站在路上破口大骂，钱延富不吭不哈，扬扬自得。我永远记得钱延富是怎么殴打那个嫌疑小偷的，那个壮实的青年深夜跑到赵慧贤的家里，不料赵慧贤如厕归来发现了他，遂一声呼唤，将邻居喊了起来。大家拿着棍棒，一哄将那青年打倒，随之将他拖到场里。我惊恐地赶到那个电杆下面，看到钱延富正用叉把殴打那个嫌疑小偷的屁子，他默默地砸着，周围的人默默地看着，秋夜的场里寂静而苍凉，唯个青年的屁子发出咚咚的沉闷的皮肉之声。我赶紧离开了，我觉得钱延富那张眯着眼睛的肿胀的脸愚蠢而残酷，我一直对他没有好感。

生产队玉米分给每家每户了，农民将皮扒掉，把玉米穗子辫在一起，高挂在树上和墙上，挂在房檐下面。不管走在谁家的院子，都可以看到金黄的玉米晒着秋阳，吹着秋风。村子有一股浓郁的玉米的芳香，在宁静的清澈的仿佛是海水一般的空气之中，那样的芳香给我一种安慰和温馨，我不知道自己怎么会对它产生这样的感觉，我并不知道。然而只要我挎着书包，从弯曲的小路步入我的村子，步入那到处是树叶、鸡屎和猪粪的小巷，步入我的院子，我看到那些悬空的玉米，我便感到欣慰。在堂屋的台阶上，我的祖父祖母总是在那里剥着玉米的颗粒，穿过杨树的阳光照着他们衰弱而弯曲的身子。

小麦一点一点的绿芽迸出了土壤，清晨，晶莹的露水凝结在小麦娇嫩的叶子上，慢慢起伏的田野，开阔、纯净、新鲜，刚刚出现的生命，迎着寒凉的霞光。小麦才有两片叶子，它的绿芽久久不能覆盖黄色的土壤，我出奇地喜欢这种土壤，在稀疏的绒绒的绿芽之下，它们多么干净、柔软、安谧，散发着令人舒畅的气味。

忽然到处传送吕振祖的发现：他割草的时候，发现从自己的村子到杨村之间的那片坡地下面，在大约百米之深的土层之中，有一匹小小的金马，如果你在那片坡地奔跑，那么便能感到金马陪伴着你，并能听到它的叫声。这消息既使我兴奋又使我惊恐，在几乎一周的时间，我为这消息所纠缠，食不甘味，夜不能寐，很希望得到这只神秘的金马。放学之后，我悄悄地跑到那荒无人烟的坡地，我的落光了叶子的村子在远方静默着，田野的风吹着我，夕阳最后的红光苍凉地照耀着附近的沟岸和枯草。我见周围没有人，就放开脚步奔跑起来，我真的看到了，一匹小小的绵羊一样大的金马，玲珑精致，光芒灿烂，灵活地在百米之深的土层奔跑，它到哪里，哪里就为它裂开了一条隧道。我来回奔跑了两趟。我站在空旷的原野，气喘吁吁，浑身发热。当理智告诉我，这不过是自己的幻觉的时候，我很是失落，不过我依然想象着那匹金马。站在高岗之上，我凝望着悄然的村子，我发现大块的乌云已经飞过了渭水，在乌云经过的地方，冷风飕飕，落叶飒飒。我悲哀地想秋天结束了，秋天结束了。

五

初冬的日子没有一天不是阴沉的，茫茫苍穹将令人压抑的灰暗对着地球，在狂号的风中，农民给越冬的小麦施肥，马车、牛车、人车，都拉着肥走向田野，在那里，有一些老人用铁锨将肥扬到小麦上。一堆一堆的烟火在田野点燃着，这是供那些老人取暖的。

在房顶、小巷、小学的操场，到处飘飞着黄叶，常常会有一股突如其来的旋风将那些黄叶聚集到墙角。风携带着黄叶在苍白而坚硬的地上远行，不留痕迹，只有声响，这种声响多么使人烦躁和发愁。那些不能劳动的老头和老婆，拿着笤帚，提着担笼，收集着黄叶，他们准备用它烧炕。在初冬的日子，我几乎天天看到这些老人，他们已经穿上了棉衣棉裤，步履蹒跚，手臂僵硬，装在担笼的黄叶刚刚盖底，但他们却坚持收集着。他们将那些黄叶放于搭在院子的草棚的一角，黄叶慢慢增加着，成为老人过冬的安慰。

我热切地盼望赶快下雪。雪是洁白的，明亮的，在我感觉，这些雪会驱散天空的乌云对人的压抑，而且天下雪了，我的母亲便可以休息，不然，她将永远忙碌在田野。那些厚实的雪，会带来一种安静，我盼望母亲能坐在烧热的炕上做一做针线，而窗外则是透明的雪。母亲天天都在忙碌，这使我隐隐感到难受。好了，终于在阴郁沉重的天空飘落了几片雪花，它们迟疑地掉在房顶上，树梢上，掉在墙角的麦草垛上和玉米秆上。这是一场真正的雪的先锋，随之而来的是米粒似的雪颗，它铺天盖地而来，到处都是沙沙的美妙的音响。我看到劳动的农民扛着农具从田野归来，所有的人都疲惫而安详，他们终于可以休息几天了。

雪夜是多么安静，一切声音——人语、鸡鸣、风响，这一切都融进了雪夜，白雪将这一切都捂住了。清晨，我穿好衣服，戴好帽子，系好围巾，挎上书包，来到朦朦胧胧的堂屋，拉开门插，猛地拉开门，我看到满天满地的飞雪扑向我的眼睛，一瞬之间，我产生了眩晕，过了一会儿我才跨过门槛，在院子，我感到雪的白光和凛冽。脚踩在雪上，嚓嚓地响着，仅仅这声音和节奏，就给人一种快感，这使我情不自禁地变换着脚步，想踏出各种各样的痕迹。路上已经有了足印，其他同学已经早于我上学了，这总使我感到遗憾。

在寒假，我会参加大人的扫雪活动，生产队队长将挂在树上的钟敲响之后，大人就从各家各户来到小巷，他们拿着扫帚、铁锨，拉着车子。扫雪就从小巷开始，一直扫向田野的各条道路。那个缩着脖子的队长，热得满头大汗，他装腔作势地喊来嚷去，仿佛怎么扫雪是很难的，必须由他指挥才行，对此，田训民悄悄地嘲弄了一句，逗得周围的妇女都哈哈大笑起来。队长感觉到了，不过他没有办法对付田训民，为此田训民很得意，整整一个早晨他都是兴奋的。几个下乡的知识青年，浪漫地推起了雪人，那时候，我很想跟着他们干，我想用黑色的石头给雪人安上眼睛。我站在旁边望着他们，我的心是紧张的，为自己的念头而紧张。但到底为什么会这样，我却没有深思。

田野的雪久久地不会消融，尽管太阳已经出来，尽管天是晴朗的。不过，我希望这样，雪覆盖了辽阔的起伏的田野，总使我兴奋。我几乎天天早晨和傍晚，带着我的狗到雪地去转悠。那时候，我已经读了不少俄罗斯作家的小说，我不知不觉将我想象为一个草原上的少年，我带着自己的狗或跑，或走，或越沟，或翻坎，特别希望遇到一只兔子，我将带着狗抓住它。这是一条白毛之中长满黑道的狗，经过激烈的斗争，我才得到母亲的同意喂养起来。一年之后，它长大了，我将它拴在门里，来了陌生人，它便会汪汪地叫。为了梳理它的毛，我经常挨姐姐的训斥，因为我会偷偷拿来她的梳子。我爱那只狗，可我后来却将它卖了。我很想得到一支钢笔，一支绿色塑料套子的钢笔，不过我没有钱，遂将它卖了。在冬日的夕阳之中，两个陌生的男人将它装在布袋背走了。我没有送它。我心里很难过，走过一个没有人的阴暗通道的时候，我的眼泪流了下来，我知道自己丢了良心。夜晚，我怎么都难以成眠，寂静的漆黑的院子，只有风声而没有犬吠，我心里空空荡荡……

好在要过年了，日益浓烈的过年的喜悦，渐渐改变了我的情绪，然而看到狗待过的那个地方，看到那个裂了一条缝隙的巨大青石，我总会想起狗的。过年之前，家里要给我们几个孩子做一身新衣，这是令人兴奋的事情。新衣是父亲从城里带回来的，当他从提包里掏出它的时候，我的心情既高兴又忐忑，在欢喜之中害怕他突然对我有什么不满而发起脾气。新衣总是除夕之夜才由母亲拿给我，我将大人给的压岁钱装进口袋，激动得难以入睡。

正月初一，我穿上新衣，小心翼翼地洗了脸，便去寻找小贵，可他竟依然躺在炕上。他仅仅将头露在被子外面，乌黑的脸上，长着漂亮的大大的眼睛。他打量我，目光流泻着他的哀伤。他慢慢地爬起来，穿他的衣服，那是整个冬天他一直穿着的他哥哥退下的衣服。他家兄弟姐妹九个，日子过得很是穷困，过年他也没有新衣。他怏怏地陪我在院子的阳光之中站了一会儿，他的母亲便喊他吃饭，于是我就走过长长的扫得干干净净的小巷回到家里。我心里酸酸的，已经没有了那种兴高采烈的感觉。

正月初一是全家人自己吃菜喝酒过年。从正月初二开始，一直到正月十五，是亲戚之间的互相拜见。这些日子，乡间的路上，天天有穿得漂亮的农民走动，村子洋溢着一种喜庆色彩。如果谁家的儿子结婚，或者谁家的女子出嫁，那么将会增加一种新的欢快。最欣喜最得意的当然是孩子，孩子已经忘记了寒假的作业，忘记了学校的约束和老师的尊严，孩子夜以继日地玩耍着，仿佛生活就是这样，殊不知马上就到正月十五元宵节了。

六

物换星移，岁月交替，我在少陵原生长了十八年。少陵原作为我的故乡，不论我荣华富贵，也不管我穷愁潦倒，甚至命归西天，它都是我永远摆脱不了的出发之地，是我生命的源泉。我对它首先是爱，爱是主要的。我混沌地在少陵原的地域、气候、风景、习俗和左邻右舍之间度着我平凡的日子，尽管幻想在梦中闪烁，那梦是在我的狭长的厦房之中产生的，是在我的垫着书籍的绵软的枕头上产生的，那枕头装着荞麦的红色皮壳，在我的梦中，头压上去它总是轻轻地响着，不过我那时候并不知道少陵原仅仅是关中的一个小小的部分，不知道秦岭之南还有平原，渭水之北还有河流，不知道它是如此古老而且如此美好，以至祖先很早之前就热爱这个地方，并在这里留下了他们的标志。在少陵原的东部，葬埋着汉宣帝刘询和他的妻子，这里地势高耸，风光明丽，可以瞭望远方。它的西部是突然断裂的悬崖，杜甫曾经在这里居住，他曾经望着脚下的樊川和韦曲，吟咏着沉郁的诗歌。在少陵原北畔，有曲江池和大雁塔，有达官显贵和才子佳人游玩的杏园，在这里游玩，并不是始于唐代，它早在汉代就有了。它的南畔尤其令我惊奇，唐代著名的兴教寺、兴国寺、华严寺、牛头寺，都在这里，佛教的烟火在千年之久不绝如缕，而且汉代著名的宰相朱博的故里从南畔一直延伸到我的村子，我走出巷子便能看到他的坟冢。不过我生长在少陵原的日子，并不知道这些。少陵原之外的奇异的世界，对我遥远而陌生。我跟着父亲也到过西安，这里喧闹的声音，奔流的汽车，五光十色的镶着玻璃的高大楼房，使我目瞪口呆，神魂颠倒。从西安回到我的村子，我久久地回味着，既向往又恐惧。

在这十八年之中，我家里发生的巨大变化是我祖父祖母的逝世。我似乎仍能看到为我祖父送葬的长长的队伍，作为长孙，我打着剪了花边的魂幡走在前边，老迈的老人宋兆祥搀着我。那是大雪之后的一个大晴的早晨，明亮的阳光照耀着冰雪覆盖的原野，空气寒冷而清澈，道道白色的阳光从天上照到地下，坚硬而晶莹的冰雪反射了阳光，我踏着脆响的雪堆和冰凌，感到耸立着黑树的原野辽阔，博大、静默、深情厚谊。一年之后的冬天，这条通往墓地的路上，出现了为我祖母送葬的人，我仍打着魂幡。

大约从中学开始，我感到自己与周围的大人和小孩都有了差别，我的喜欢干净、读书和各种各样的想法，使我和他们拉开了距离。为此，我非常苦恼。那时候，我除了自己将是一个庄稼人之外，其他的考虑简直稀薄和朦胧得几乎为零。我注意缩短自己与他们的距离，我吆马、牵牛、犁地、扬场，我盘腿坐在饲养室的炕上，那里铺着粗糙的竹席，到处都是浓烈的牲口的呼吸和粪便气味，我赤脚走进砖瓦窑的灰里，甚至想过娶一个健壮的妻子，让她为我生儿育女，然而这一切都仿佛是在演戏，是为了让周围的人欣赏，为了让他们与我友好。

终于可以考大学了，我这才发现自己是那么强烈地希望走到外面的世界去，希望到一个新的天地去。然而，我在外面的世界并不容易，尤其要做一个符合自己理想和目标的人极其艰难。很多事情常常使我愤怒和沮丧，回到我的少陵原，便往往显得沉默。少陵原一直在变化，它的暴发和败落的风景相互交替。去年，我的已经退休的父亲患了重病，很是危险，他从夏天到冬天一直住在医院，过年之前，经得医生的同意得以出院。我送他回家。他从车上下来，走过残叶斑斑的小巷，走进院门，当光秃秃的槐树与桐树和亮堂堂的天空与房屋迎接他的时候，他发自肺腑地喊了一声，他那苍老的倒吸着气息的声音深刻地触动着我的心灵，他说："我的妈呀，我以为回来不了啦！"

此时此刻，我在西安的生活发生了变化。我离婚造成的风风雨雨竟飘落到我的村子，我小心地向父亲掩饰着我的变化。他曾经反复告诉我，他已经不能再为我操心了，希望我和我的姐妹与弟弟都能平安，我很担忧他知道我的变化而伤神。苦难的母亲照顾着他，当父亲向她询问我的情况的时候，母亲总是打岔，或者用谎言消除他的疑虑。我的姐妹和弟弟对他缄口不提我的变化，他被蒙在鼓里。在那安宁的干净的古老院子，他读书、锻炼、敬佛，偶尔他会闷得大发其火，首当其冲的当然是我的母亲。也许父亲知道我的情况并不会像我估计的那样糟糕，然而，我没有勇气将我离婚的事情告诉他，而且我盼望所有的人都不要告诉他，他感情脆弱，容易激动，他的病恰恰是非常害怕激动的。我只能告诉他好的消息，这样会使他高兴，得到安慰，不过在生活之中，好的消息能像人们希冀的那么多，坏的消息能像人们盼望的那么少吗？

白　原

走出我少陵古老的村子眺望，我千次百次地感到故乡广袤而富于形势。它属于原，晴朗的日子，特别是天高气爽之际，我的视野可以触及遥远的秦岭峰峦，阳光之下，炉火纯青，江水粹蓝。不过故乡的土地，也绝不是那种单调的坦荡，它有沟回，有坡度，在坦荡之中粗犷地起伏着，变化着。它天生弃除了山野的闭塞和平川的简易，呈现着一种巨大的动态。这是故乡的农民赖以生存的土地，他们祖祖辈辈在耕耘它。农民的手，显然摸遍了它的角角落落。这里没有一垄是闲置的，没有一寸是荒芜的。

故乡的主要粮食作物是小麦。农民在公历十月播种，越过漫长的冬天，到明年夏季它才成熟。小麦破土萌芽的时候，故乡大地苍翠欲滴，一片晶莹。即使冬天，寒风吹拂，冰雪覆盖，它都一样呈现着绿，只不过它成了一种墨绿。返青之后，小麦开始起身，此间真是一层春雨，一节高度。静谧的深夜，田野到处是拔节的脆响。迅猛的生长速度，使小麦很快就齐腰了，遂不再向高提升。五月的阳光，明媚而灿烂，恰适宜它扬花和孕穗。小麦的成熟，是从根部开始的，然后慢慢向头部发展，所以麦穗黄了，麦秆早就白了。收获季节，农民总是在喜悦之中隐隐有一些紧张，因为那些日子，天气的变化很是无常，突发的一股狂风，便会带来一阵暴雨，从而可能打落黄了的小麦。如果这样，那么农民的辛劳便要付之东流，哭都没有眼泪。他们是尽量避免如斯结果的。他们全部出动，夜以继日地收获。阔大的田野，男女老少，割的，捆的，运的，一派繁忙。仅仅几天，田野就空空荡荡了，剩下的，唯有冒出地面的一寸左右的小麦茬子。在夏日强烈的阳光之下，这些茬子密密麻麻，绵延伸展，千里雪色，万里银光，茫茫一片。我所谓的白原就是它。

白原将丰产的小麦缴给农民，清爽轻松，悠然地休息着。细碎的土壤，透过坚硬耸立的茬子做着微妙的呼吸，远远而望，仿佛白原进入了梦中。土壤老化了，上边薄薄的一层是绵软的，但一尺之下却渐渐硬实。它年复一年地贡献着粮食，世世代代，以至无穷无尽，当然疲倦了。此刻农民正在紧张地脱麦，晒麦，急着让小麦入库，于是田野就几乎不见人了。田野显得更加浩瀚，更加伟大。没有云彩的蓝天映照着故乡，这使绵亘在十数公里之外的秦岭，竟凝作细长的一痕。

白原伸展于晴天之下，无声无息，一片宁静。干扰它的，主要是田野的风。路旁的树，井边的树，忽然会拍起稀落的叶子，然而斯风似乎不会让它烦恼，这仿佛还是给它的一种抒情或一阵吟唱呢。干扰它的，往往是骤发的猖獗旋转的风，它高耸而起，呼啸着，沿着一条邪恶的道路流窜。这等黄风，会将蓝天染得肮脏而破碎。故乡的农民，没有谁知道风从哪里来，要到哪里去，不过他们清楚什么是好风，什么是坏风，若遇见了这等旋转的黄风，那么不管是大人还是小孩，一律唾而避之，他们固执地认为，这等黄风是魔鬼的化身。

白原使田野所有的动物都丧失了藏身之处，猫、兔、老鼠，只要从洞穴出来，就暴露在外了。兔肉可食，兔皮可用，有青年发现，一声呐喊，便大肆追赶。他们偶尔会带着狗围猎，于是田野就烟尘迷濛，嚎叫四起，一种原始本性忽然得以恢复，俨然重温了一个野蛮的梦。少年时代，我和我的伙伴经常在故乡捕捉兔子，非常壮烈，以后我所从事的一切劳动，都没有使我出过那种体力，即使百米冲刺，都没有将我追赶兔子的体力调动起来。然而，随着年龄增长的理性总是管束深层的冲动，人越来越规矩，也越来越脆弱。今天不是昨天，在昨天，也并不仅仅是为了一只兔子，实际上是惊恐的兔子诱发了人的一种力量，其力量的薄发显然证明着人的强大。

故乡的农民无不清楚粮食的珍贵，饥馑留给他们的痛苦之感一代一代遗传着，遂十分爱惜粮食。黄了的小麦，在收获过程，难免要将麦穗和麦粒洒落于地，村子的老人就带着孩子扫之拣之。夏季是酷热的，拾麦的人一般是在太阳东升之前或西沉之后下地，他们提着竹篮，拿着笤帚，头戴一顶草帽，一步一步地走在白原。不只是走着，他们几乎是用眼睛将白原检查了一遍，是用手将白原摸索了一遍。唯有这样，他们才能安心，否则，总觉得有粮食洒在白原了。那些小麦茬子是坚硬的，一晌下来，他们的鞋就刷得像磨洗了一样。扫麦粒和拣麦穗的人，以老妇和少女为多，她们口干舌燥，汗流面颊，默默地在广袤的白原挪动着。如果有强壮的男人带着工具在拣在扫，那么一定是从城市来的干部或职工，宽广的白原，并不因为他们没有耕耘而拒绝他们。

农民甚至连小麦茬子也不愿意浪费。小麦茬子可以烧火，翻在地下，烂在土中，当然可惜。我们这些孩子就用铁耙搂着。我们将铁耙的把子扛在肩膀，双手翻在背后压着它，或是将砖石捆于铁耙以增加分量，使它紧贴小麦茬子的根部，不要飘滑。我们拉着铁耙，沉重地走在无边无际的白原。偶尔回头，举目四野，白原真是干干净净。

白原是收获了小麦之后，一时出现于我故乡的风景，一般只保留几日，十几日。它保留的唯一条件是天气晴朗，没有雨，因为雨会改变它的颜色，而且下了雨，农民就要犁地。不过无论如何，白原是这个世界上最古老最美丽最悲壮的地方。在我的白原，熟透了的岁月与孕育着的生命已经融合。

故乡难言

长安朱鸿，是在少陵原上长大的。

年岁之末，天垂大雾，故乡退出了我的视线，不过它一直充盈我心。

历经沧桑，我才知道任何人，不管他降生豪门还是落草寒舍，都有一段无忧无虑的日子。绝对美好的日子只在人之初，尽管短暂，不过它会沉淀于脑，构成原型，并为人活着提供支持。属于我的纯粹快乐的时光，当然是少陵原赐予的，它是我的神话，我的梦。似乎一切都是透明的，窗花，门神，祭月，过年，鸡鸣于晨，鸟栖于昏，蝴蝶悬枝，蚯蚓行泥，或房檐垂冰，或锅洞伸火，甚至发臭的狗屎和温热的牛粪。渐渐地，有一种诱惑，其引领着我，使我沿着弯曲的小路，从此村进入彼村，并试探着到县城韦曲去，到省城西安去，从而形成关于少陵原的地理概念。

伊甸园的生活注定都很短暂！神逐亚当与夏娃，是由于他们偷食禁果。然而究竟是谁，终止了我的伊甸园的生活呢？为什么？总之，有一天，我开始厌恶少陵原，觉得它小、脏、落后，甚至幽暗的生产队饲养室有诡计，杀猪分肉的时候有邪恶。阴云密布，雌风呼啸，沟沟坎坎无不纳垢，于是快乐的时光就结束了。我想离开少陵原，我以为生活在别处。十九岁那年，我出蕉村，经西兆余村，走皇子坡，挥了挥手，便穿过县城，到省城去报了户口。我变成了西安人，然而也变成了异乡者。从那个秋天起，我就像该隐一样四处漂泊，尽管神未直接给我立其记号，不过事实是，凡伤我者，必遭报应，凡害我者，必遭报应。

然而知识的谱系，将迅速见证不是少陵原鄙陋，反之，是我浅薄。实际上过去的众多雅士都曾经登临我的故乡，并颂而叹之。“秋水明落日，流光灭远山”是李白之诗。“自断此生休问天，杜曲幸有桑麻田”是杜甫之诗，杜甫自谓少陵野老，郭兴文先生已经考据杜甫是我故乡人。“三月无雨旱风起，麦苗不秀多黄死”。哀民生之多艰，是白居易之诗。少陵原固然只是小小的一方水土，不过它隆起大块，涌向虚空，天高气净，光强风烈，素得适时云雨之润，从而贤才济济。这里是宰相朱博故里和皇帝刘询养地，这里出过义士苏武，出过将军杜预和史万岁，所谓洛阳才子韦庄的家实际上是在少陵原。这里也是中国最著名的高僧玄奘之葬地，因为少陵原南畔可以俯察樊川，眺望终南，有极好的风水。这里还是中国最早的行政区域，秦之杜县，便是因为设于周之杜伯封土而得名。凡是种种，为我建立了关于少陵原的文化地理概念和历史地理概念。

都市是荣华的，有红灯绿酒，滚滚名利。不过我只是羁旅之人，客人，是移民，异乡者。在家千日好，出门一时难，斯乃中国经验之总结，我完全认同。唐诗三百首，近乎一百首渗进了乡愁，其中孟浩然江上之泪，李商隐夜雨之思，都是伤心伤骨之作。西安距少陵原不足三十里，回乡很容易，不过在我苦闷的青春期，乡愁仍涌流笔端，渲染纸背。每一次回乡，我都感到安慰。每一次回乡，我都觉得踏实。少陵原的深厚和奥博，朴素和宁静，总是消除我的紧张和焦虑。十九岁离开少陵原之后，我就一直浅睡，稍有声音即醒，十分烦恼，然而我回乡便能沉睡。一九九六年我在香港，房是阔房，床是软床，温度适宜，毫无噪音，可我却怎么也睡不着。数羊不行，数树仍不行，遂想少陵原，于是几十个村子就慢慢浮现出来，并流泻于枕，膨胀于室，甚至弥漫整个香港。从东到西，司马村、小兆村、康王井、兆寨、和村、栲栳村、新寨子、旧寨子、西北村、羊村、东兆余村、韩家湾村、夏殿村、高望堆村、蕉村、西兆余村、朱坡村、四府村、双竹村和皇子坡，我的灵魂像展开了翅膀，然而不用飞翔到县城韦曲，我就安眠了。那一夜，我在香港睡得实实在在。

故乡之于游子从来是慷慨的，它不拒绝一个人给它增光，它也不嫌弃一个人落魄潦倒，它更能收留那种在外受挫的人。当然，作为游子，你不能玷污故乡，使之蒙羞。小时候，我在少陵原经常遇到一些衣饰和神情俨然城里人的乡下人，多年之后我才知道，他们属于少陵原土著，长大之后在外闯荡，不幸犯了一些错误，或有男女问题，或有经济问题，或是反对革命，遂退到祖籍受罚。这些人偶显戚戚之色，然而少陵原给原住民多少阳光，也给他们多少阳光，给原住民多少雨露，也给他们多少雨露，绝不会使返乡游子面黄肌瘦。我三十岁之前，曾经有两次在外受到重压，心疼，心在哭泣，觉得都市势利不宜我居，然而隐身无地，遂怏怏入住少陵原之家。在这里，我包扎了伤口，并恢复了元气和尊严。

少陵原显然近在咫尺，不过我已经多年没有回乡看望我蕉村的老屋了，我儿子已经六岁，我也没有让他认识一下老屋。我极想用手触摸那扇粗糙的一推即响的木门，即使它把利刺扎进我的手指，让我流血受痛，甚至感染化脓，我也愿意，遗憾我不能。我的弟弟在老屋过着非常人的生活，我的父母不得不弃老屋而去。他们的鸡逃走了，他们卖掉了猪。他们把田地托人耕种了。老屋及其以特殊方式生活的弟弟，让我时时牵挂，夏秋长雨，尤其让我担忧，但回乡却不能。没有人知道，我也没有告诉任何人，然而少陵原可以见证。我曾经绕蕉村而徘徊，曾经站在皇子坡以东的一道梁上向蕉村而眺望。夜幕遮蔽，星辰列位，风与白杨喁喁私语。

20世纪刚刚交接中国那年，一条宽阔的水泥公路便从都市窜到了少陵原。这是一个信号，预示着欲望在窥视斯地，并将聚集斯地，直至吞噬它。开发势大，我不会螳臂当车。开发有理，然而我非无情之物。少陵原不属于我，所以我声明，我不是在管。不过我生于斯，长于斯，我有权利思想，何况这里是我的父母之邦，这里有我祖先的坟茔，祖先的灵魂以斯地为安。也许可以开发，问题是，现在的少陵原，它的风貌，它的景色，它的气势，它的品质，是自然亿万年所造化，是我的祖先亿万年所创作，从而才铸成了地理的少陵原，文化地理的少陵原和历史地理的少陵原。它不但是实用的，使祖先世世代代赖以生活，从而一直没有使这里的住民灭绝，而且是美的，遂容易估量出它的价值是多少。可以开发，不过开发的主导者，规划者，实施者，特别是把少陵原出让的人，千万要注意，覆盖了少陵原的种种新的建制，它的价值不能低于其固有的价值，它也不能是丑的。我是在少陵原上长大的，如果在我这一辈丧失少陵原，那么我这一辈就对它负有道义责任，起码我这辈应该上报祖先，下达子孙，以使其明白在我之年所发生的变故。少陵原不属于我，管不了，然而我一向壮怀激烈。多年之后，少陵原改换了模样，少陵原可能只剩下了它的名号，我将白发苍苍，变成一个倔老头。那时候，倔老头会拄着拐杖，经常在少陵原转悠。我想，倔老头将不会找到他的蕉村了，及其他小时候往西安去要经过的西兆余村、皇子坡、韦曲。也算了，然而要是我发现有劣质工程，有污染企业，有致祸部门，我还是认识几个字的，我将用拐杖敲击他们的门牌和匾额，并将在正义的法庭起诉，追究他们，强烈要求他们还我少陵原！问题是，有些事物一旦失去就永远失去，他们怎么还我少陵原！

年岁之末，天垂大雾，故乡退出了我的视线，不过它一直充盈我心。长安朱鸿，是在少陵原上长大的。

一个人做了父亲，才能懂得自己的父亲。这个时候，若父亲的父亲还活着，那就有福了。至亲在心，至亲是永远的陪伴。

——朱鸿

母爱如流

我父亲16岁就外出谋生了，他的母亲无日不思念自己的儿子。她知道儿子好吃面片，只要回家，她总会又薄又筋地给儿子擀一案。1949年，她儿子进入西安3507被服厂工作。那是一家军方所辖的单位，星期四休息。星期三下班，她儿子便徒步20里，赶至家多是晚上了。在无穷无尽的星空下，他远远看到一排树木，接着就看到母亲站在村口接自己。面片已经摊在案上，一会儿就煮熟。母亲给碗里调上盐、醋、辣子、葱花，端给儿子，见儿子吃得很香才高兴。儿子娶了妻子，有了自己的孩子，生活便沉重起来。为了快一点儿回家，1962年他买了一辆永久牌自行车，几年以后骑坏了，在1970年又买了一辆飞鸽牌自行车，几年以后又骑坏了。母亲渐渐也老了，然而她仍会在星期三的晚上走过窄巷，到村口去接儿子。父亲的母亲在清政府统治下裹了脚，是一个三寸金莲式的妇女，大约六十五岁以后便拄着拐棍。冬天的晚上，她会通过黑暗中自行车颠簸的响声辨别是否是儿子的自行车。不等到儿子，她就一直站在村口。白发苍苍，长风拂襟，她拄着磨得发光的荆木拐棍，向着乡间小路举目而望。夜色如海，什么也没有，她便侧耳而闻，以捕捉儿子所骑的自行车的响声。

我儿子的母亲在他还是一个胎儿的时候就让其欣赏音乐，谨防患病，以不服药，不打针，当然也不接触电子设备。一旦出生，成为婴儿，她便给他唱歌吟谣。她慢慢地教他坐、爬、翻身、站立和走路。给他蒸鲜嫩的鸡蛋，先滴一点酱油，再滴一点香油。蒸鲳鱼，蒸鲈鱼，蒸鳕鱼，手指入肉，一丝一毫地探索着挤出硬刺，软刺，一切骨质，喂她的儿子。衣服每日必换，但发型却是要养成风格，所以有几年她儿子是西瓜皮发型，小区的人都夸其活泼，她便得意地笑。反复选择幼儿园，对老师交心致礼，亲如姊妹，以使之能照顾儿子。终于上小学了，由她带儿子读书，朝送暮接，任其酷暑，严寒，春暖，秋凉，从一年级到了五年级。到处打探消息，以知道什么地方有好的英语班，好的奥林匹克数学班，并骑一辆电动自行车带儿子去学习。她检查作业，字潦草当工整，应用题公式不全当补齐，逼着背诵要背诵的诗、英语的单词或句子，通过网络购买所谓教育家推荐的书让儿子阅览。拜师傅以教轮滑，以教打乒乓球，卒以网球运动为儿子所欢愉。儿子偶染小疾，她便忧伤自己，慎诊其医。她让儿子对同学宽容，对老师尊重，在街上或小区见到长者，要主动且热情地问候。撒谎不行，偷懒不行，饭前不洗手和饭后不刷牙都不行。她仿佛是一个艺术家，手握一把雕刻刀，要竭尽其力地凿磨出一个为世所用的绅士或君子。

我的母亲79岁了。2000年一场猝发的脑血栓给她留下了沉疴，举筷不稳，投足不捷，言语不清。她白发满头，其样子看起来真是日薄西山，木枯霜野。然而她见我，必问下班了或怎么没有上班，嘱食嘱穿，怕我饿，怕我冷。她待我依然如待一个懵懵懂懂的少儿，实际上我已经知天命了。

母亲对我的养育和教导完全是勤勤恳恳，劳骨苦志。她的恩情比天大，比山高。1977年，可以通过考大学离开农村了，这是吾辈改变命运的唯一途径，我不敢丧失机会，一定要上大学。可惜有一段社会在愚民，首当其害的是学生，他们把课本里的知识都扒光了，老师的课堂上也很荒芜，于是吾曹的脑子也就空空如也，考大学遂难以顺利。我便夜以继日地钻研，每天几乎学习十五小时以上，累得脑涨，入眠如死，早晨起床闹钟也叫不醒。我就让母亲叫我，她点了点头，说："行!"从此，她每天早晨五点半俯在我屋的窗口喊我名字，因为太困了，太乏了，往往醒来应答一声旋即睡去。她不见我的动静，便又过来喊我，有时候再二再三地过来喊。我考了三年，她喊了我三年。显然，是母亲帮助我实现了上大学的理想。母亲在窗口喊我的印象入神融魄，多年以后，我还常常梦到她站在厦房的檐下，轻轻地，一遍一遍地呼唤我，既怕我醒不来，又怕我睡不足。她的声音仿佛鸽子飞在天空，飞在我澄明的灵魂之中。

父亲的母亲姓田，儿子的母亲姓李，我的母亲也姓李。她们在不同的年代，从不同的地方，嫁在朱家，不过她们都是一样的用丰沛的感情爱自己的儿子。

实际上在千门万户的中国之天下，在中国文化圈，凡是母亲，无不在用丰沛的感情爱自己的孩子，并殷殷盼其成为社会的栋梁。家之兴，国之和，缺少了母爱的滋润是不行的。母爱是中国的道，文化的宝，传统的精华，是一以贯之的永恒的核心价值，甚至是整个民族所赋予的使命。母爱至尊，母爱如流。

爷的烟袋

爷逝世二十年有余了，近来回家，父亲告诉我，他准备在农历十月一日为我爷扫墓并立碑，这使我想起一件关于爷的很有意思的事。这就是烟袋插在自己的腰上，或攥在自己的手里，竟忘了放在何处，一旦烟瘾上来，急得转圈子，自己找，还夸我眼睛亮，要我为他找。他总是犯这种毛病，我碎碎的，也没有办法，每次都指出烟袋在他腰上或手里。找到了，他便释然且快乐。

那天木匠要来伐门前的国槐，这是一棵高大的可以招鸟筑巢的树，在我家门前生长了几十年。伐倒它，是要为爷做棺材。让寿者活着看到自己的棺材，此为故乡的风俗。其可以镇病，爷当然是高兴的。门前已经来了一群喜欢热闹的孩子，给木匠帮忙的人也陆续来了。不过爷颇为淡定，仍坐在堂屋抽烟。他的擦得反光的铜烟锅忽闪忽闪地发红，一缕白烟遂冒出且飘散。大约两尺长的烟杆连着玉烟嘴，玉烟嘴特别温润。此时此刻，它被含在爷的口中，为他输送着令其沉醉的滋味。爷确实已经沉醉，他半闭着眼睛，一条腿蹲在椅子上，一条腿吊在椅子下，仿佛进入了飘然仙境。他粗硬而白亮的胡须，几乎罩住了嘴，不过吮吸之际，随着舌唇的用力，深陷的两条弧线便勒出嘴的形状。蓦地，绞水的辘轳摩擦其轴，尖锐地响了一声。爷眼睛一翻，嗔怒地吩咐：“给轴抹一些清油噢!”随之半闭了眼睛，继续抽烟。我奶在绞水，她知道，爷抽烟，谁都不能打扰。她就慢下来，使辘轳摇得轻轻的。

大约半个小时以后，爷过了烟瘾，便精神抖擞地走出堂屋。秋天的阳光下，他徐步至门前。此间，国槐已经倒地，木匠正在砍掉其枝杆。国槐躺在门前，仿佛比站着更为粗壮，简直就是一个庞然大物。见爷来了，木匠和别的帮忙的人皆夸这是一块好料。爷很是得意，便背着手，踱着，踱着，顺着他的好料来回踱，满面欣慰。烟袋一直在他手里，那只漂亮的羊皮烟包鼓鼓囊囊，一荡一荡的。

突然，他不打招呼，顷返堂屋。他转了一圈，又迅速退出。他四下环视，眼睛挤得皱纹坚硬且焦躁。一瞬之间，他就变了脸，变了样子。我知道爷的烟瘾又发了，他在找烟袋。果然，他问众人：

“见我的烟袋了没有？见我的烟袋了没有?”

众人都笑他，只有我跑到爷的身后敲着烟袋提醒爷。我甚窘，为他难过。爷也尴尬，站着摆弄自己的烟袋。实际上人在某些时候，都有拿着烟袋寻觅烟袋的习惯。可惜爷再三如此，我就难免伤感并沮丧。不过爷是垂垂老矣，或有一点糊涂了，并非利令智昏之徒。

我的祖母

当我意识到世间有一个人是祖母的时候，她已经是一个老太太了。

祖母在合欢树下择菜，久坐起身，遂略有趔趄。徐步院子与屋舍，也稍显摇晃。祖母拄着拐杖串门，走亲戚。她总是白布裹足，青布鞋面，虽然三寸金莲展示的文化并不先进，不过她是深受乡中尊敬的老太太。

祖母穿斜襟衣衫，它是祖母生活的那个时代所赋予的款式，自有其服饰的习惯和审美标准。有客相见，她每每会捏其领，捻其袖，拉其下摆，直至衣衫平平展展的，宛若熨过。她梳头发，对不平贴的就三指沾水，轻轻地抹一抹，使之平贴。接着，盖上浅蓝色或月白色的罗帕。在家里，看到浮尘她便擦，所以桌椅箱柜无不干干净净。方圆数里，凡长者都知道她是焦村一位在生活上颇为讲究的老太太。

祖母规避杀生，有顽童打猫、打狗或掏鸟窝，她看到了，必会制止。可惜顽童不理她，甚至要给她一个鬼脸，真是恶少！

有一次，祖母携我赴姨奶家出席婚礼，我于半途忽生一念，想养兔玩，就催她答应到了韦曲给我买一只。我站在路中间，伸出胳膊拦她。她左行，我左阻，她右行，我右阻，非答应不可。对我的混闹和蛮缠，她竟不忍用拐杖打我。还有一次，不知为什么事，我竟骂了祖母。我正在扫地，似乎还举起笤帚摇晃着遮挡她。祖父厉声怒喝，我怕了，遂赶紧住嘴且住手。十二岁，也是恶少！

祖母喜欢我，当然也喜欢我姐，不过她喜欢我及喜欢我姐的方式完全不同。我姐跟祖母经常黏在一起，嘁嘁喳喳的。我大姑来了，更是夹杂于我姐与祖母之间嘁嘁喳喳，这让我反感。

祖母以病卧床两年以后逝世了，这个过程稀释了我的某种复杂的情感，然而我仍十分震惊，并扶棺痛哭。如果祖母猝尔仙去，我的情感何以缓冲。春秋两年，我仿佛开窍了，成熟了一些，遂日日为祖母端饭端水。不过对祖母的西归，我仍仰头号啕，泣下如雨。我觉得自己有罪，隐约欲以痛哭表达一种忏悔。忙乱之中，本家叔叔婶婶还前来劝解我，这给了我安慰。

今晨七点，我睡醒的一霎，清晰地看到了祖母的身影。我躺在床上，任其飘然目前。范缜说："是以形存则神存，形谢则神灭也。"也许范缜的认识简单了，粗糙了。我倾向认为，死是体毁魂归，生是魂借体游，世界始终是死者与生者共存的时空。

奶，我小时候所做的，不晓得是冒犯！

不能想的父亲

父亲逝世几年了，我一直都没有哭过。

在59岁那年，父亲突发脑出血，幸而命硬，也治疗及时并得当，遂能保存。不过他也以此手足失灵，行动不便。尽管这也是常有的情况，然而父亲获病，总是我的忧愁。经一春是一春，历一秋是一秋，他坚持了20年。

至79岁，父亲再犯脑出血，以迅速抢救，免于殁矣。惜一再摧折，他也就越来越弱。厌烦了医院，也似乎有所忧疑，遂回家康复。

进了自己的房子，他欣然，有解放之感，显得踏实与轻松。不过在我的注视之下，父亲日渐萎靡，彻底卧床，随之食减力竭，言语短，瞌睡多。三个月以后，腰部便患了褥疮。请了保姆照顾他，但保姆却是不会换药的，遂又请了一个大夫专门换药。然而这个人比较冷酷，他用镊子夹了棉球向碘酊瓶子里强塞，猛拉而出，率易涂抹于背，横划，竖划，圆划，角划，算是消毒。

辞了大夫，我决定自己给父亲换药。无非是消毒，晾干，把软膏抹在纱布上，再贴在患处。我很舒缓，气氛也不紧张，父亲遂能安然。遗憾褥疮是顽症，缩聚甚慢，愈合极难。

有半年之久，褥疮好了一个，又添了一个，没有不好的，也未全好。父亲不感到疼痛和煎熬，也不丧失希望，总是一种尊严的平静。

那天晚上，大约 10 点左右吧，我换了药，叮咛保姆明天洗一下窗帘。父亲看着我，手伸出被子，放在床沿，似乎轻轻地摆了摆。我毫无预感，丝毫也没有注意到他的表示。数小时以后，父亲便归天了。

我瞻仰着父亲，他还是一种尊严的平静，然而造化已经抽提了他额头的温度。此刻，我没有哭。

我是长子，丧事由我主导，遂反复陪着亲戚、朋友、同事向父亲的遗像鞠躬，并招呼父亲单位的领导。这个过程，我也没有哭。

向父亲的遗体告别以后，我做了致辞，悼我父亲并感谢送我父亲的所有故人和嘉人。此间，我还没有哭。

火化结束，父亲就变形为骨灰了。我捧着盛放他的盒子，十分茫然。这时候，我还没有哭。

逢父亲的忌日，我召亲戚往陵园去祭祀他，凡三年。三年三次，我仍没有哭。

每至清明节和寒衣节，我都会以风俗习惯，为父亲烧一叠纸。夜幕笼罩，火苗冉冉。我栖之城，尽管华灯齐亮，汽车咸驰，它也是阴气森森，大为寂寞。即使沉浸在这样的氛围和情景之中，我也没有哭。

父亲之死，我真的无动于衷吗？这怎么可能呢？儿子是恃父亲而生的，也仗父亲而成长，所以父亲为怙。以天演地转，儿子必壮，父亲必朽，然而儿子与父亲天赋一种血缘，一种生态，一种结构，一种链式，一种秩序，父亲之亡，能对儿子不产生影响吗？父亲之去，让我觉得世间的空旷，空虚，空荡，空落，仿佛院子里的一棵老槐树被伐走了，庭堂里的一张老方桌被抬走了。生活如流，忙忙碌碌，然而我也并非一下就能适应永别父亲的变化。有时候，我觉得孤独。有时候，我甚至觉得失魂落魄，轻得像漂。有时候，我的目光会悠然拂过楼顶，直抵云霄，看到我的父亲。我的泪水潸然而下，不过这不是哭，这只是眼睛里有了泪水而已。

我曾经梦到父亲两次。一次是夏天，他站在少陵原我家的院子里用毛巾擦胳膊以图凉爽。一次是他坐在一辆三轮车上，旋韦曲镇一个转弯的坡道飞速逆行。他穿着白衬衫，敞着怀，露出了贴身的白背心。他面色严峻，似乎有急事，让三轮车快，再快。不知道他为何是坐在车帮上，眼睛向外，腿也向外，而且还略翘着。父亲有什么急事呢？父亲不怕危险吗？看起来他很结实，是 40 岁左右的样子。他穿的也是 20 世纪 70 年代的男士普遍穿的衣服。父亲啊！这些梦有什么寓意呢？向我暗示什么呢？我已经有鼎力，情理当助您，您就吩咐我吧！

我不能想父亲，因为想到父亲我就泪水涌流，几乎要哭。我有儿子，有妻子，有学生，有朋友，有从我左右前后闪过的衮衮相识者或陌生者，我不愿意让他们看到我泪水浸睫的样子。然而我想父亲，无时无刻不想到他。

在明德门城墙遗址公园散步，看见有人搀扶一个摔倒趴地的小孩，蓦地就看见父亲用自行车驮我走几十里，驰过田野的小路，驰过西安城喧闹的大街，至钟楼附近的一家医院给我补牙。窗子很大，玻璃很明，钻牙而补之都太疼，父亲之眉紧皱着。那年我 8 岁，父亲 36 岁。

只要看见有人搓手，我就看见父亲站在我的小屋，问躺在床上的我："腹部怎么不适？左边不适还是右边不适？"询之再三，仍有焦虑，说："我按一按。"就扔掉烟头，反复搓自己的手，直到手掌手指热透了，才放到我腹部，问："痛不痛？"他不敢使劲按，当然不痛。那年我 21 岁，父亲 49 岁。

父亲爱我甚于我爱他一千倍，一万倍，这是我多年以后才悟出的。父亲爱我甚于爱自己的其他子女一百倍，一千倍，这也是我多年以后才悟出的。我一切的优点，他都高兴，我一切的缺点，他都理解并原谅。小时候，少陵原冬天的风总是从旷野呼啸而来，冻得我鼻尖发红，耳轮发烫。他有狗皮褥子，会让我铺。他有羔羊毛大氅，说："你长高了，就是你的。"他有军鞋，可以踩雪踏冰，颇能暖脚，我上学想穿，他脱下拭净就给了我。我想要军帽，他就给我军帽，想要军装，他就给我军装。他有一辆当年很是时尚的永久牌自行车，我要骑，他便送我。他有工作，也有顶替的政策，几个子女大约都起了接班之念，但他却声色不动，唯默许于我，等我选择。我考上了大学，户口遂由农村转到西安，他喜悦地说："你现在就是西安的人了。"我愚蠢地反驳父亲："不，是国家的人了。"他把自己戴了12年的上海牌手表卸下给我，说："这方便你掌握时间，准点上课，准点吃饭。"似乎若有所思，不知道还有什么东西可以送我。一月之后，他到大学我的宿舍来，坐了坐，从包里掏出一把剃须刀，说："这个给你。"每当我刮胡子的时候，每当我在买新的剃须刀的时候，我总是清晰地想起父亲送我剃须刀的可以从窗口看见终南山的那个遥远的晴秋，鼻子便一酸一酸的。然而我强忍着泪水，没有哭。

父亲送给我的东西，在今天看起来都是极其普通的，不足挂齿的。然而35年之前，社会尚处匮乏和贫困状态，这些东西也不是易得之物，遂显稀罕。关键是，凡此普通之物无不融入了一个父亲对他儿子的无穷的爱。只要想到这一点，我的泪水就要来，不过我没有哭。

家有祖传的一件酒器，银质小杯，刻有蔓草，确实是精细之作。小时候，逢过年，我就看见父亲用小杯独斟三五，高兴而惬意。患脑出血以后，他戒了酒，不过偶尔也会拿出小杯置之于掌，仔细把玩，并把小杯用绢擦得发亮。我并不以为这是什么珍品，但父亲却视之为宝。有一天，我回家探望他，饭毕，他取出此小杯，解开包着它的绸子看了看，又包上，也送给了我。我捧着小杯，觉得父亲已经没有任何属于自己的贵重之物了，顿生伤感。

2008 年，早就申请的一块庄地终于获得批准，我遂筹款，计划筑两层楼让父亲和母亲住。要有卫生间，有厨房，要宽宽展展的。父亲闻之很是兴奋，忽然从什么地方取出一个存折递给我，说："凑一点钱给你。"意料之外，遂难断接还是不接。接吧，儿子给老人建宅，又用老人的钱，未免不慷不慨，不诚不忠，甚至是借机而索。不接吧，又恐老人过虑，认为是我嫌其钱少所以拒绝，伤害了他怎么办。稍加权衡，我接了存折，说："两层楼，联合盖。"父亲很是得意，报了密码。实际上只有 12756.5 元，不过它凝结着一个老人的尊严，也是一个老人对他儿子负荷的分担。问题是，这笔钱尽由老人节俭而蓄。每想至此，我就欲哭。尤其是父亲和母亲在新的两层楼里并没有久居，因为父亲再犯脑出血，不得不进了医院。2011 年 5 月 1 日，他就逝世了。每想至此，我就欲哭。也是在这一年，少陵原上轰然拆迁，我和父亲联合所盖的两层楼也被夷平了。每想至此，我就欲哭。

尽管父亲对我有无穷的爱，我也爱父亲，然而我与父亲并不特别亲密，更无亲昵，且多少存在着一种距离。当然，这纯粹是一种父亲与儿子之间的天赋距离。我从来没有把自己的书送给他，是不愿意让他跨入我的一片微妙难懂的感情领域。但父亲却会自己往书店去买，这是我无可奈何的。有一次，他说："听广播知道你的书出版，我就买了一本。"抬手指了指，顺之转目，只见桌子上确乎摊着一本书，是我的。我略感惭愧，然而也保持着沉默。他又说："晁雄也想要你一本书。"晁雄是同乡同巷，我不打算赠之，遂仍保持了沉默。我的沉默颇为柔和，以免激我父亲之愤。

只有一次，我和父亲之间的距离有所拉近。他再犯脑出血，在医院经过月余的治疗，已经无碍，遂要回家。大夫不持意见，认为回家也可以康复。我要他继续住在医院，因为这里毕竟安全，但父亲却不想。我笑着问："你回家行不行？让我看一看你能不能起床？"他保证着说："行。"就用一只没有疾症之手狠拽床背以起身。我又笑着问："腿行不行？能不能走？"他便穿上鞋，端坐床边，运了运气，抬起左脚使劲踏下去，又抬起右脚使劲踏下去，显示有力能走。我不禁笑出了声，又顷感老人的可怜，就答应他回家。离开医院一月之余，他便倒下了。数月之后，褥疮遂现。

我抱怨过父亲几次，是为我的弟弟。顶替他的工作，我考上了大学，不需要了，我姐姐已经出嫁，也不必给她了。由父亲决定，我的妹妹接班，入职 3507 工厂。弟弟当年才是初中生，他应该还有自己的前途，不料他竟以独守农村而抑郁，终于损毁命运，得了精神病，一再赶父亲和母亲离开我家。筑两层楼，也是要结束老人流离失所的生活，以让他们安居于少陵原上。在租借的房子里，我尝抱怨父亲没有周密考虑顶替一举潜藏的得失，甚至忽略了我的弟弟。父亲不承认自己有错，固执地认为是我弟弟懒。反复治疗，弟弟的病不得根除，反之越来越狂躁，或夜以继日地昏睡。这时候，父亲才察觉了问题的麻烦，遂半靠在床背上，一根烟接一根烟地吸着，直到烟头塞满了烟灰盒。现在，我经常想起父亲半倚在床背上的一副沮丧和颓废的样子。当此之际，我没有一次不心如刀绞，泪水横飞，悔恨自己为什么要抱怨父亲，抱怨又有什么用，抱怨难道不是让父亲增加他的不幸吗？

我 29 岁那年，由于有事，久未回家，父亲非常焦虑并担忧，又不敢往单位去找我，以直面他儿子可能会冒着的风雨。多年以后他告诉我：“那些日子，我每天都在你单位门口溜达，或坐在附近的台阶上。我偷偷地，想从远处看见你。只要我看见了你，就知道你平安着。当然，万一发生了什么，我也想得通，因为你不是为自己。我就当你是进秦岭背柴去了。我和你母亲也会为你养大孩子的。”我哭了，不过我很快就咽下了泪水。然而只要想起父亲这样的一番经历，我便浑身颤抖，泪水蒙目。父亲平凡，但他却深明大义。我敬他。

不能想父亲，是我不愿意哭。然而自父亲逝世以后，我处处会想起他。在书房里，在校园里，经少陵原，过韦曲镇，在朱雀路上看见一个手足有碍的老人，有时候看到树摇叶翻，看到一只燕子在蓝天下滑翔，看到夜空的星星，我都会想起父亲。父亲是走了，但他却时时刻刻出现在我的身前、身后、身左、身右，完全在相挽之间。想到父亲，我就泪水夺眶，以哭之不成，遂酸哽而使之倒灌胃里，从而给口腔一次又一次地留下苦涩。

我偶尔会闪念往终南山去，就是父亲所想象的我背柴的那个地方，深入幽谷，隐匿丛林之中，只有风鸣水响，禽言兽语。身处此境，我将放声哭一场，哭我的父亲，哭出我的五脏六腑，哭净行世之艰和为人之难！

母亲的意象

我的母亲是俊秀的，白皙的；是进取的，劳苦的；是忍让的，慷慨的；是敏捷的，坚毅的；是喜悦的，仁慈的。

不过她也在春秋交替之间不知不觉地把对襟衣服换成了斜襟衣服，衣服上的花也没有了；渐渐地，她皱纹萌额，白发染鬓；终于疾病降临，更是残酷地扭曲她的肢体，扰乱她的语言。

一

我爱我的母亲。

小时候我就懂得保护母亲，也许我可以对母亲发火，然而我不允许任何人欺负我的母亲。

六七岁那年吧，我的叔叔蓦地寻隙挑衅，惹得邻居围观。他站在厨房的檐下，赖我母亲弄脏了井水，母亲便据理反驳。他恼羞成怒，竟抬脚踢我母亲。虽然足尖落空，但他的行为却震荡着我的整个身心。当时我站在母亲背后偏右的地方，这一幕完全看到了。我感觉自己仿佛一头小小的雄狮，泪水盈眶，紧盯着叔叔的手，所有的血液都推动着我，使我扑过去，咬断他的指头。发现我已经变形，他猝然收声敛焰，显然是害怕了。这天以后，叔叔再也不敢冒犯我的母亲了，他对我也辄示喜欢，并日益器重。

十二三岁那年，生产队近百社员在场里碾麦，真是热火朝天，可惜场长派烂活给我母亲干。我恨之入骨，遂堵住他，站在他面前指摘，叱骂。场长拿着木杈检查麦秸的厚薄，这儿抖一抖，那儿翻一翻，到处走动。他转到什么地方，我就跟到什么地方，总是站在他面前叱骂他，指摘他。我像一头小小的公牛似的，摇头甩尾，逼得场长发蔫。多年以后，有老师问我：“你就不怕场长戳你一木杈。”我说：“没有想!”

十五六岁那年，父亲和母亲有了芥蒂，经常争吵。父亲在工厂上班，虽然赚钱，不过我坚定地站在母亲一边，斟酌着如果他们离婚，我就随母亲。有一次，一言不合，父亲跟母亲就又闹开了。我放下作业，批评了父亲一顿，结论是：“我母亲逝世了，我要给她立一个碑子，不给你立。”父亲颇为尴尬，也很是无奈，遂佯装大度地说：“儿子爱他母亲是正常的。你这样，我也放心了。”

二

母亲更爱我。

小学就在村子里，生产队的孩子念书，几乎都是自己去，很少有家长送的。但我念书的第一天，上课的第一天，母亲却送我出门，出朱家巷，陪我走了半个村子，直到看见小学的屋舍，才让我自己去。母亲送我念书，此举固然平凡，不过我似乎获得了追求知识的永恒动力，想起来也十分温暖。

20 世纪 70 年代，冬天甚冷，我的同学多冻伤了耳朵、手、脚和脸。然而我有母亲做的两件棉衣、两条棉裤、两双棉鞋，轮换着穿，并戴着可以保护耳朵的棉帽，戴着手套，从而避免了冻伤。

中学在韩家湾村，一天跑两趟或三趟，时间不确定，不过冬天总是有热饭。实际上锅早就凉了，是母亲隔一会儿就点火烧一次，才保证我放学回家，扔下书包，能吃热饭。

父亲从工厂带了一顶军帽给我，我兴奋至极，急于戴上它炫耀，可惜军帽大一圈，在头上晃来晃去的。母亲便改它，连夜垫一圈草绿色布以缩小。线细针密，毫无痕迹。不幸的是，看露天电影，甫感头上触动，军帽就飞了。我左顾右盼，见所有的五官都颇为平静，根本不知道谁是贼！

考大学，我一败二败，不过也越考越勇，志在必得。母亲支持我，除了不让家务使我分心以外，她还给了我辄有变化的一日三餐。我往韦曲的长安二中去补习，有时候会碰到她在田野锄草。她看我一眼，算是目送。她收回眼睛，埋头继续劳动。踏着乡间的小路，想象着大学之门，我信心更足。她以我托，每天早晨在窗口喊我起床。复习真是累极了，要不是母亲喊我，也许我每天都会从早晨睡到中午。

大学三年级，我身体不适，休学回家，以中药调理。母亲替我煎药，早晨半碗，晚上半碗。她是在下工以后，吃了饭，收拾了厨房，才至院子的一个墙角煎药。秋深霜重，夜气拂面。她一把一把地烧着麦秸，以保持平稳的文火。母亲垂着头，不过文火的闪烁还是照亮了她的疲惫和忧伤。此情此景，烙印在我的心上，到现在还有抓挠之感。

入职了，结婚了，本当自立，遗憾我仍为母亲添了麻烦。有一年，我不得不应付一场灾难，遂把不足两岁的女儿送母亲带。少陵原上浩瀚的秋风和凛冽的冬雪之中，满是她的愁绪，她一边经管着儿子的女儿，一边恐慌儿子的命运。

一天早晨，母亲正在下米熬粥，猝闻女儿尖叫。她猛然转身，只见女儿在案板上摸什么，竟把一杯开水灌进了棉衣的袖筒，灼得当然尖叫。母亲吓坏了，匆匆剪开袖筒，然而她不在村子找医生处理。她抱着我女儿，抄小路，走十数里，再乘车进城，把孩子送我，以求所谓高明的治疗。母亲的棉衣湿透了，背上热气直冒。她也很是内疚，怪自己疏忽，几乎要哭。

三十一岁是我坎坷以后新的跋涉的发轫，不胜艰辛和孤愤，遂不能从容回家。尽管西安和少陵原也不过相距 30 里，然而我未必会保证每月探望一次父亲和母亲。那时候，我已经零落成泥，资产为负了。命运坠入低谷，就得为翻身而战。不但不能经常回家，也不能经常报讯。

母亲不放心，便进城看我。我不清楚她是如何辗转乘车的，总之，她像一片白云一样忽然就出现在我的门口。又激动，又难过，几乎使我落泪。那时候还没有家装电话，更没有个人手机，不能预约以等她。有几次她到了小区，偏巧我不在，她便安安静静地坐在门外的楼梯上。获悉母亲在门外等待，我迅速回家，看到我，她的眉梢溢满了笑。她不知道我的感动和难过，不知道我想落泪。

父亲患脑出血后遗症，母亲患脑血栓后遗症，手脚都不灵便，遂硬撑着生活。我也明白他们需要一个保姆，唯经济拮据，是心有余而力不足。不忍，我也无法。一旦我缓过来，便立即雇了一个保姆。可惜一月之后，不告诉我，母亲就把保姆辞退了。我以为这个保姆不妥，又雇了一个。然而一月做满，她又辞退了。我打电话问："咋辞退保姆呢？是不是嫌花钱呢？"母亲慢慢地说："娃呀，雇保姆，你是为了我。我用保姆，你就把我害了。""为什么？""生活能行么，用保姆干什么？不行了，再雇保姆吧！在村子里生活，不兴用保姆啊！”实际上母亲仍是觉得我经济紧张，不舍得让我雇保姆。

2014年秋冬之际，是我父亲逝世三年以后了，有一天，我和母亲聊天，无非是评姨姨，论姑姑，让母亲高兴而已。俄顷，她在房子悠悠地转了一圈，似乎若有所思，渐渐抬起头，郑重地对我说：“娃呀，我要是不行咧，我就想走快一点！”我的心顿然沉了一下，没有应接，旋即岔开了。

母亲是神的女儿，尽悉自己的生命属于神，应该不会胡思乱想。我父亲临终之前，完全卧床，这是母亲看到了的。我以为，母亲所谓的想走快一点，当是指不要完全卧床的结局，也有不希望再加重我负担的考虑。我了解母亲，她非常自尊，即使万难也要自力，即使儿子反哺，她也存打扰儿子的歉意。

三

在人民公社的那些岁月，母亲是我家唯一的劳力。从1957年至1968年，她先后生有四个孩子，姐姐，我，妹妹，弟弟，都需要她抚养。我的祖父和祖母，已经不能在田间耕耘了，也需她照顾。关键是七个人的口粮，要靠母亲所挣的工分而取得。为了工分，她竭尽了所能。

父亲也是生活所赖的半壁江山，其以人民币供给我家所资。不过生产队有自己的规则，它以劳力及其所挣的工分断其所获。我父亲不算劳力，于是居住在少陵原的这七个人的生活，就主要靠母亲了。

只要闭上眼睛，我便看到母亲忙碌的样子。春天她扛着镢头打胡基，修梯田，没有一晌不是一副受饿之态。夏天割麦，没有一晌不是累得虚脱的神色。秋天她握锨浇地，抡镐砍苞谷，挖红苕，没有一晌不是服役之状。冬天拉着架子车施肥，没有一晌不是汗水潸淋，棉衣从里向外蒸发其汗的。

几乎是每天，母亲下工会小跑回家，利索地摘菜、擀面或做别的饭。她一勺一勺舀到碗里，一碗一碗地端给老老少少。终于姐姐长大了，我也长大了，可以给祖父祖母端饭了。母亲最后一个吃饭，接着洗碗洗锅。天黑了，星辰如洗，母亲坐在炕沿穿针引线，为公婆、子女和我的舅爷舅奶缝棉衣，缝棉裤，纳鞋底，纳袜底，不知道月驰中空，夜逼未央。晚上如厕，从偏厦出来，我总是看到母亲的影子映在正房东屋的窗纸上。

给我祖父祖母四季浣涤，顿顿馍面，这也罢了。难能可贵的是，祖父逝世以后，祖母半身不遂，她毅然承担了全程护理。白天所食，皆由母亲喂之，因为姐姐和我在上学，妹妹和弟弟尚幼，对母亲的夹辅只能是零星的。晚上她按时间抱起祖母，执盆溲溺。点灯、招呼、擦洗，难免会吵到我，在半睡半醒之中，我倍感母亲之累。每天晚上，她有两次助我祖母，从而保持了被褥干净，空气清爽，直至祖母安然殁矣。

有了农闲，母亲便往娘家去，看望自己的父亲和母亲。她做一笼花卷，再做几锣凉皮，分类放在竹篮里。她用纱布盖住，以防灰土落上。她把公婆和子女的生活安排妥当，再三嘱咐，便踏着乡间的小路，匆匆而去。她给我的舅爷舅奶整理房间，拆了被子，去污，晾干，再捶展，再缝了被子，拭窗掸壁，淘米炒菜，做了所有当做的活，又匆匆而返。母亲为大，她的三个弟弟，两个妹妹，无不由衷敬重她。她晚上很少在娘家待，因为公婆和子女不可须臾离开她。

母亲至娘家，我总是若有所失。黄昏披垂，我便在村口向乡间的小路远眺，希望迎接她，可惜她迟迟不归。终于月悬秦岭，星辰灿烂，母亲像一个飘移的点似的在白杨萧萧的小路上出现了。

小时候，姐姐、我、妹妹、弟弟，跟母亲在一起生活，因为父亲只有星期三才回少陵原。懵懵懂懂，打打闹闹，一个接一个地长大了。姐姐在人民公社的商店工作数年，便如期出嫁。1979 年，我进了大学。妹妹机会难得，接班到了父亲的工厂。弟弟情绪起伏，无所适从，遂成我家之惑。1996 年，我经大夫分析才弄懂，此乃疾病之端。

大约这个阶段，淡雅的梅花或菊花就从母亲的衣服上消失了。她开始改穿蓝的灰的一类单色衣服。她明朗的容光之中，也加入了忧郁的元素。然而母亲仍是刚强的，仍是非常能干的。

在我生于斯长于斯的朱家巷，在我少年隶属的生产队，谁有我母亲能干呢？

我家的自留地，不管是小麦还是谷子，母亲可以种得没有一棵草，疏密适度，整齐茁壮。凡是经过我家自留地的长者，多会驻足欣赏，连连赞叹。

过年以前，母亲会使我家庭院的里外和前后焕然一新。她把笤帚绑在一根长长的竹竿上，够着打扫房梁上、天花板上及房间里所有的尘埃，之后化白土于水盆里，一刷一刷地漫墙。所有的被子，她要洗一遍。她把被子搭在两树之间的绳子上，一经冬日阳光的照晒，盖起来真是又暖又香。她撕下旧窗纸，糊上新窗纸，并要对称地贴上窗花。

母亲还有杰出的表现，一般妇女是不具备的。房顶上生长青苔和瓦松很正常，不过繁茂了便要阻水，导致屋子漏雨，是应该拔掉的。母亲就借了梯子，从墙头爬至房顶，自高而低，仔细撅草，并统统清扫一遍。看到别的小孩吃槐花麦饭，嘴馋也要吃，然而我家老的老，少的少，谁能拘槐花呢？母亲便爬上槐树，坐在树杈之间，钩下枝干，之后溜下槐树，捋了槐花，濯净拌面，以蒸麦饭。当时母亲不到35岁，显然就是一个英雄。

四

酸楚起于父亲的疾病，随之是我的灾难及离婚，接着是我弟弟被诊断为精神分裂症。接二连三的变故，沉重地摧残了母亲。她白发剧增，皱纹加深。然而生活是要继续的，天也不会绝路。

母亲左右求索，得到了神的启示，遂能凭着信仰行世。我以为她 60 岁以后的幸福，主要源于此。父亲留下了脑出血后遗症，只能由母亲照料。虽然是不虞之祸，她也心平气和。给弟弟积极治疗，也应该是有希望的。1995 年我又结婚了，它显然也是对弥漫在少陵原的一种悲哀气氛的反击与否定。妻子真爱婆婆，婆婆真爱妻子。我觉得惬快，视我命运的吉庆是给母亲的安慰。

此间，母亲有几次进城看我。我自幼喜欢吃她做的凉皮，母亲遂带凉皮来，并用瓶瓶罐罐装着自己炝的豆芽及其他佐料。在享受凉皮之际，我会问村子里的情况，随之慢慢转向问父亲，问弟弟，给母亲以鼓舞。见我平安，妻子平安，女儿也乖，她便轻松地说："娃呀，你们都好，我就放心了。"便返少陵原，以照管我的父亲。

多年以后，只要想到母亲进城看我，我就为自己的一个疏忽深为遗憾，顿生隐痛。每次见母亲，不管在哪里，我都会给母亲一些零花钱。然而母亲进城看我，我竟有一次或两次忘了给母亲零花钱，让她空手归去。固然父亲有工资，固然母亲并未提出缺钱，不过，如果母亲钱不宽展，需要儿子的钱予以补贴日用呢？多年以后，当我意识到这样一个问题，我就为让母亲空手归去而悔恨得想哭，我就想抽自己的耳光。

我对生活的重整，尤其以拼命翻身，多少让母亲释怀且高兴。她不能放心的是弟弟。春夏之交，弟弟不禁会有狂暴的举动。住院治疗，有药控制，遂还平静。出院回家，他服着服着便中断了药，于是狂暴就又爆发了。反复如此，母亲不得不携父亲离开少陵原，寓居于樊川或韦曲一带。母亲说："把他交给神吧！"见我沉郁，她就说："娃呀，不发愁，天哪里黑，在哪里歇！"

五

在我父亲得脑出血后遗症九年以后，2000 年的冬天，我接到一个电话称母亲感冒了。不可能！我想，一定是严重的疾病。

我火速奔赴少陵原，只见她躺在床上，已经处于昏迷状态。急忙住院，诊断为脑血栓。几天之后，恢复清醒。三月之后，可以出院了，然而右腿和右手都不灵便，语言也疙疙瘩瘩的。不过她坚持祷告，笑迎日出和日落。

我不如母亲，暗忖我家沉疴三人，难免忧闷。那些年，我经常从梦中猝然惊醒，旋坐床上，一再想我弟弟吃什么饭，我父亲和母亲会不会摔倒，遂再也不能入眠。

母亲的伟大，是她能顺应惨绝的遭遇，不抱怨，不叹息，并能把一种内在的明亮和温暖投射到外在的形容上和声音里。她确实是黑暗世间难能可贵的一盏灯！

右腿坏了，不过步行是可以的，她就一高一低地赴市场买菜。右手坏了，她便用左手擀面、烙馍、洗衣服。她拿布条缠住刀片的一半，左手握之，以刀片的另一半切土豆、切萝卜、切白菜、切豆腐、切黄瓜、切肉。她用左手持铲炒菜，并用左手掌勺盛到碗里。

父亲仍由她照拂，屋子照旧干干净净，井井有条，甚至每一个用过的塑料袋也会绾结成团，放在一个纸盒里，以方便再用。

大约就是这些日子，我的逆境得以改变，遂给母亲雇了保姆。然而她一再辞退，认为自己能行。2010 年秋天，父亲再犯脑出血，乃至瘫痪，侍护起来甚为艰剧，她才同意我请保姆。

算一算，我母亲共照顾父亲 20 年，其中她以脑血栓后遗症之躯，照顾我父亲 11 年。2011 年 5 月 1 日，我的父亲逝世了。

办完父亲的丧事，母亲便独立生活。此前，我已经接母亲进城了。她和我共住西安明德门小区，我妻子给她买菜，我也可以随时看她。我数征意见，要雇保姆给她，她无不干脆地说：“不要！娃呀，我能行么。”见我默然，她补充说：“我不行了，你就雇。”我依了母亲，她便一副快乐的样子。

我父亲逝世三年以后，母亲衰颓明显。她移趾拖沓，扬眉拙滞，常常有所疑虑。母亲虽然没有多少学历，不过她是睿智的，通明的，生命感觉颇为敏锐。

在这一年，她有两次郑重交代，我以为它就是遗嘱了。秋冬之际的一个黄昏，她对我说：“娃呀，我要是不行咧，我就想走快一点！”

为了安全和容易操作，我买了电磁炉，以让母亲做饭烧水。烧水的壶，有一个弧形的柄，因为她左手之力有限，只能垂提，不能平端。她先提壶接水，再提壶放到电磁炉上，再提壶灌进保温瓶里。数年如此，并无大碍。不过有一天她笑着对我说：“不行咧，不行咧！一壶水提不起了。”

母亲的坦诚让我起敬，也让我伤感。母亲承认她不行了，就实实在在是不行了。我宽慰她说：“放心吧！现在给你请保姆。”她说：“请保姆吧！”

母亲在81岁的时候，以其之老，以其之恙，终于不能自己做饭烧水了。对此变故，我当谨记。

我便四处奔走，给母亲雇保姆。此事既是轻车熟路，又是无从把握的。中国的保姆让人生畏，令人失望。你可以交心，你难以得心。保姆是赚钱来的，这无大错，不过保姆来赚钱，是否会敬业，是否凭良知？总之，换了一个，又请一个，循环往复，计有五次。

六

2015 年 1 月 16 日早晨，刚刚起床，我便接到保姆的电话，告我母亲情况有异。我一边打 120，一边跑。三五分钟我便见到母亲，不过她已经昏迷。急救车随之而至，径送医学院。诊断为脑出血，便直入重症监护室。

经过 43 天的治疗，一切都正常了，不过脑出血后遗症严重至极：除了思维尚有，母亲彻底瘫痪，包括彻底失语。

大夫让母亲回家康复，我怕难保平安，便托朋友，让母亲进了另一个医院，在所谓的干部病房过年，过十五。一切都稳定了，我才接母亲回家。

母亲躺在床上，头不能在枕上转，脚不能在空中抬，十指也没有一个可以动。母亲几乎变形了，生命仿佛演化成了一棵植物。

然而任何珍贵的植物也不会有灵魂寓于生命之中。

我的母亲是有灵魂的。她紧闭嘴唇，凄迷满目。我想，她一定是觉得自己成了一个拖累吧！母亲是要强的，她不愿意这样。

我对妻子说："不管怎么样，我还有母亲。即使她不会答应，我也可以叫妈。如果母亲走了，就永远没有人可以让我叫妈了。"

为了振作和激发母亲，我说："妈，现在要训练说话呢。你跟我读。"我便发音：一，二，三，四，五，六，七。母亲也随我发音：一，二，三，四，五，六，七。她舌头僵硬，发音含糊。

我非常清楚，已经无法让母亲恢复说话的功能了，然而我想让母亲意识到我爱她，我需要她。我想让母亲明白，即使她躺在白色的护理床上，一动也不会动，她也仍有一个母亲的价值和尊严。

母亲很是幸运，临终之前的数月，竟碰到了一个天使般的保姆。母亲及母亲的房间一直是清洁的，连一个从新西兰来的护理专家也为之称赞。我以为此乃母亲的善报，是神的恩赐。

妻子、我姐姐和我妹妹，交替着跟母亲说话，保姆也跟母亲说话，目的是促进交流，可惜她不应答，不理睬。她面向天花板，望着虚无，没有任何表情。

我必须唤醒母亲对生活的关注和热情，否则她的虚弱会加速的。我搬来一个方凳，挨近母亲坐下，讲我小时候所经历的她的故事。我讲她掐生产队的苜蓿，讲她用架子车拉小麦磨面，讲她买猪、养猪和卖猪，讲她肩上搭着毛巾，一边擦汗，一边拌搅团，讲她腊月的黄昏在荒地里碰到了一匹狼，讲她把我绑在后院的槐树上打我，教训我。我唯一不能告诉她的是，我可怜的弟弟已经不在了。

母亲嘴唇嚅动，咽喉里也有了声响，显然百感交集，要表达什么意思。可惜她主侧大脑半球受损，完全失语了，遂在脸上涌满了哀戚。

保姆夸我，我妻子扫视一周，对我点了点头，我姐姐和我妹妹颇为嫉妒地站起来，拉了拉母亲的枕巾，又抚了抚床单的皱痕。

母亲躺在床上生活着，我不知道她是否懂得春去矣，秋也去矣！

七

2016 年 11 月 8 日上午，我母亲走了。

二〇一七年七月十二日，窄门堡

/ 终南山 · 南五台

/ 御宿川

/ 樊川犹美 · 白杨

/ 少陵原 · 夕照

/ 华严寺

后　记

我为自己的故乡写了不少文章，想编辑起来，印刷为书。这需要一个角度，然而不易决断，遂久未成事。

终于有一天，我觉得不管是韦曲还是少陵原，它都隶城南，从而眼睛一亮，确定了下来。

我以为，虽然文章不少，也不能尽录其中。我做了严格的甄别，淘汰了一切应该淘汰的作品。没有一篇文章不是我呕心沥血推敲出来的，不过一旦要让集子行世，还是不敢放任。

现在所呈览的，就是这样一本。吾志吾愿，全凭它表达了。

二〇二二年三月二十日，窄门堡